陈先云 著

图书在版编目（CIP）数据

天赐 / 陈先云著. --济南：山东画报出版社, 2020.7
ISBN 978-7-5474-3444-4

Ⅰ.①天… Ⅱ.①陈… Ⅲ.①中篇小说－中国－当代
Ⅳ.①I247.5

中国版本图书馆CIP数据核字（2020）第061052号

TIAN CI
天赐
陈先云 著

责任编辑	张桐欣　马屹南
装帧设计	王　芳
出 版 人	李文波
主管单位	山东出版传媒股份有限公司
出版发行	山东画报出版社
社　　址	济南市市中区英雄山路189号B座　邮编 250002
电　　话	总编室（0531）82098472
	市场部（0531）82098479　82098476（传真）
网　　址	http://www.hbcbs.com.cn
电子信箱	hbcb@sdpress.com.cn
印　　刷	山东新华印务有限责任公司
规　　格	880毫米×1240毫米　1/32
	11.5印张　206千字
版　　次	2020年7月第1版
印　　次	2020年7月第1次印刷
书　　号	ISBN 978-7-5474-3444-4
定　　价	30.00元

如有印装质量问题，请与出版社总编室联系更换。

《天赐》非天赐，厚土蕴芳华

——我所了解的陈先云和她的《天赐》

陈先云的作品《天赐》就要付梓了，嘱我写几句话以为序。

开始，甚为惶恐。一直认为，为作品作序之人，或应当有大德，或应当有极高的专业修养，二者兼具当然更好。然而，我与此二者都有着相当的距离，面对先云的托付，不免有些心虚气短。可是，静下心来细想一下《天赐》的成书过程，又觉得我与《天赐》有着莫名的缘分，为《天赐》作序可能也是最合适的人选了。

我与陈先云是山东出版集团的同事。

我是2014年9月调到出版集团任职的，第一次与先云见面，是2016年1月22日上午，在她帮扶的村子的村口。记得那一天寒风凛冽，风中裹挟着三三两两疾驰而过的雪花，冷得刺皮冻骨。我代表集团看望慰问在农村任第一书记的三位同事，当时，陈先

云作为集团唯一下派的女干部,驻扎帮扶安乐庄村。

在去的路上,同行的人力资源部于文主任就向我简要介绍了陈先云的情况,言语中充满了敬意。陈先云本科毕业于四川大学文学与新闻学院,研究生毕业于山东大学文史哲研究院,现就职于山东画报社。从她的学业背景来看,四十岁左右的职业女性,正是知性、干练、成熟的事业黄金期和既要养老又要抚少的家庭艰难期。在这样的特殊阶段,毅然主动要求深入贫困的农村担当第一书记,肯定不是一时的冲动之举,她出于什么样的考虑、经受了怎样的头脑风暴,是我首先想到的问题。虽然尚未谋面,不得答案,但直觉告诉我,陈先云不是一个一般的女子。

汽车到达村口的时候,陈先云正和镇、村里的两名干部站在路边迎接我们。说实在话,陈先云给我的第一印象是颠覆性的,我完全不能把她与文化单位、文化人联系起来,她穿着略显肥笨的灰色棉袍,脚上穿着一双肥笨的、带点灰紫色的棉鞋,脖子上缠了一条肯定不是鲜艳亮色的围巾(具体颜色记不清了),双颊被冷风吹得泛着寒光。见到我们,她有点羞涩和激动地站在那里,仿佛有点手足无措,活脱脱一个傻大姐的形象。于文主任迎上去抱着她说:"真是个农村人啦!"当时陈先云回了一句:"姐,真的忒冷了,不能美丽冻人啊!"

陈先云帮扶的村子有三千人口，在当地是一个大村庄。我们去之前，单位已经把走访贫困户的慰问品提前集中送到了村里。在慰问走访的过程中，我们走街串巷，进院入户。陈先云不停地向我介绍他们开展的修路、养牛、助学等扶贫扶智的项目，介绍贫困户的致贫原因和脱贫计划，她的思想与感情的投入，使自己完全站到了村子发展的境况之中。一路上，乡亲们与她的热切呼应对答，充盈着亲切、关切和敬重，那种朴实的情感让人感到自然和温暖。在五保户宋跃远（小说中八姑的原型）家里，陈先云与宋大娘手扯着手，嘘寒问暖，关系不是一般热络。果不其然，走出家门，陈先云就忍不住向我们介绍起宋大娘富有传奇的人生经历来……

陈先云的介绍虽然简要，却清晰地把宋跃远的命运曲线和性格形象鲜活地立在了我的面前。出于职业习惯，当时我就意识到：一是农村，特别是社会变革时期的农村，蕴含着许许多多真善美和假恶丑的素材，是生活的富矿，可是在城市化的进程中，主动且善于开采的人越来越少了；二是陈先云有着较高的学养支撑，观察细致、敏锐，思维清晰、有条理，表达又雅俗兼具、富有感染力，她具备了做"开矿人"的潜质；三是扶贫攻坚是当下社会的一个重点热点，备受关注，投入的精力财力不少，但实施

起来困难重重,过程充满酸甜苦辣。所以,真实而艺术地反映这一题材的文学作品,必定是对历史发展、社会进步的贡献。

中午,县里分管农村第一书记工作的王军副书记赶过来,陪我们一起吃午餐。午餐极简单,天冷,一盆热气腾腾的羊汤就显得特别舒服。王书记对陈先云的工作满含抑制不住的肯定和赞许,他绘声绘色地讲述着陈先云的帮扶故事,使本来简单的工作餐拉长了一个小时的时间。我想,陈先云"书写"了那么多帮扶的故事,说明她本身就是一个有故事的人,所以我就忍不住问了一个问题:"农村很艰苦也很复杂,农民很淳朴也很功利。用两年的时间做第一书记,与农民同吃同住同劳动,来不得虚假作秀,需要本色出演,而且你上任的时候,孩子尚不足十岁,正处在需要关爱照顾的阶段,你怎么就能毅然决然地来吃这个苦呢?""日常的我可能是一个略带书生气、有些理想化的人。所以,我就更想深刻地了解一下中国基层的农村社会,感受农民群体最真实、最自然的生命和生活状态,然后沉淀自己、丰富自己,做一个对社会有意义的、深刻的人。"陈先云就这样简单地回答了我,也不经意地袒露了自己的人生追求和情怀担当。

下午,我们一起参观了第一书记主持建设的集中养牛、散养鸡鹅的产业项目和村庄主街翻修硬化、文化广场建设等项目,临离开的时候，风声小了，但蝴蝶一样翻飞的雪花却纷纷扬扬地飘洒下来。陈先云和村镇的两位同志站在那里，雪花落在他们的身上，不仅没有掩住他们愉悦的情绪，反而衬托得他们愈发朴实自然，让他们拥有了乡村风情中独具的美感。这时候，我觉得除了代表组织对扶贫工作做出肯定和要求以外，还应当对有故事、有想法的陈先云说点什么。

说什么呢？我很认真地告诉她：一要用心做事，不负韶华；二要多交朋友，记录故事；三要用心观察，领悟思考；四要整理成书，对得起自己和社会。我说我希望看到你富有生活底蕴的作品。陈先云当时听得很认真，很谦虚也很真诚地答应了，我们就这样在漫天飞舞的雪花装点的村口，在乡镇干部的见证之下，达成了一个充满期待的约定。

时光荏苒，转眼到了2018年的春天。一天上午，陈先云抱着一叠书稿，很拘谨地敲开了我办公室的门。她说她已经完成第一书记的任务，回到山东画报社的记者岗位快一年了，今天是来交作业的。她说的作业，就是她用心血写出的约21万字的作品《天赐》（当时她定名为《月亮河》），因为我们的约定，她请我阅读并提出修改意见。

利用业余时间，我非常认真地读完了陈先云的作品。她简练

的笔触细致而精到,弥漫在语言中的情绪如雾一样丝丝缕缕,对乡村景物独具慧眼的描摹构筑出特定的意境,这一切为作品主题的丰富和人物形象的立体展示,培植了丰厚的文化土壤和浓郁的精神氛围,使原创作品的诱惑力充沛地呈现出来。阅读的过程并不轻松,可以说随着故事的展开,随着人物命运的曲折悲欢,我的心一直是紧收着的,情绪一直是紧绷着的。作者非常巧妙地选取了一个生于贫穷之家的留守儿童天赐的视角,带着纯洁善良的本性和混合着既自强又自卑的心态来观察这个阴晴多变的社会,使周边的一切都成为舞台的背景或人物,或黑或白,或正或邪,或明或暗,种种势力和因素都围绕着生存、生活中世俗的现实利益和微茫之中的现实道义而展开。在这个贫穷的村庄里,"常书记"作为下派到村里的第一书记,工作的轨迹都活动在天赐的眼里,记录在天赐的心里。"常书记"就是一个标靶,她的工作移动,串联起了故事的梗概,她工作中的酸甜苦辣勾兑成了作品细节的味道。作品中,多愁善感、内心丰富、懂事勤快、虚心好学的天赐;乐天知命、善良豁达、乐于助人的五保户八姑;憨厚勤劳、通情达理的天赐爷爷和天赐奶奶;自私自利、善耍计谋的地头蛇八斤和狐假虎威的村霸四元;公道正派的村干部晚生爷爷;快言快语、咋咋呼呼、私心较重、易被利用的"二能能"奶奶;

充满了童真之谊的小伙伴一凡和晚生……这些鲜活的人物形象在乡村振兴、扶贫扶智的社会底色上，围绕着发展脱贫、村貌改造、民风改善，上演了一幕幕有血有泪、有笑有骂、有善有恶的乡村活剧。作品中涉猎的农村发展可能遇到的问题，比如劳动力外流、因病致贫、黑恶势力、留守儿童、教育落后、家庭暴力、买卖婚姻、老人赡养等，十分宽泛，让人阅读之后，仿佛听到了乡土的心跳，悲悯的情怀和担当的责任禁不住油然而生。

读过之后，我沉思了很久，仿佛又看到了陈先云迎着风雪在村巷穿行的身影，而《天赐》不正是浸润着她两年扶贫心血、反映千千万万个基层工作者顽强奋斗精神的作品吗？它的意义，不仅仅是对她这两年生命的绽放做的记录，更是对我们当下的乡村振兴、精准脱贫事业做的记录，为我们下派在贫困乡村的第一书记留存了历史形象，为蜕变之中的乡村记下了困惑和期望、丑恶和善良。

由此，我慎重地提出三点修改意见：一是要压缩篇幅，浓缩情节，对过细的场景描写删繁就简，加快叙事的节奏，以便于读者阅读；二是对作品基调的把握，要注意增强亮色，突出正能量；三是作品的题目建议由《月亮河》改为《天赐》，因为精准扶贫、乡村振兴赶上了国家赋予的好时机，主人公的名字也叫天

赐,题目改了以后,对作品人物形象的树立和时代背景的把握更好一些。

  陈先云用一年半的时间做了细致的修改,忍痛将作品压缩。这期间我也参加乡村振兴服务队在基层服务,增强了对农村、农民、农业问题的感悟和理解。在《天赐》付梓之际,我想到了白居易提出的"文章合为时而著,歌诗合为事而作",想到了杜甫的"好雨知时节,当春乃发生",想到了陈先云的《天赐》非天赐,而是她扎根土地、深耕生活的积累,是她情怀担当的写照,是她生命历程的一次闪光爆响。

  是为序。

迟 云

2020年3月17日于梁山县大路口乡

目 录

1 爸爸又喝多了 ……… 1
2 庄里的大新闻 ……… 8
3 一盆冷水泼下来 ……… 16
4 今天我当家 ……… 23
5 八姑的烦心事 ……… 32
6 开学啦 ……… 39
7 常老师的"魔法"课 ……… 49
8 村里要建广场啦 ……… 56
9 好事变坏事 ……… 67

10　爸爸回来了 ……… 74

11　第一个亮亮堂堂的春节 ……… 95

12　井边的一只鞋 ……… 102

13　开联欢会喽 ……… 110

14　终于盼到修路了 ……… 127

15　养牛场里的童话 ……… 138

16　一个难忘的生日 ……… 150

17　爷爷的脚砸伤了 ……… 160

18　常老师的"生意经" ……… 171

19　八斤这个无赖 ……… 176

20　常老师回来啦 ……… 184

21　粪坑的新生 ……… 194

22　疤痢脸找碴儿 ……… 205

23　你是人间的四月天 ……… 215

24　不玩水的夏天 ……… 225

25 宋车爷爷要点煤气罐 ……… 233

26 "二能能"奶奶又出难题 ……… 240

27 学校大变样 ……… 249

28 抓阄分羊 ……… 257

29 梨行前面那口井 ……… 266

30 有个女人跟踪我 ……… 278

31 冬天来了,春天还会远吗? ……… 292

32 快把晚生藏起来 ……… 301

33 春天里的牵挂 ……… 311

34 第一次出远门 ……… 321

35 伤离别 ……… 332

36 人间真味是团圆 ……… 343

后记 ……… 352

1 爸爸又喝多了

爸爸很久没有回来过了,这次回来也是在晚上。

大铁门"哐啷哐啷"震天响,黑虎朝着门"汪汪"地狂叫着。奶奶放下手中的活计,惊慌地说:"不好啦,小松回来啦!"紧张得不知如何是好。爷爷赶紧披上衣服往屋外走。

"咕咚"一声响,不一会儿,爸爸就歪歪斜斜地站在了门口。他光着膀子,一手提着斧头,一手握着酒瓶,一股很冲的酒气扑进屋子。

我和弟弟惊恐地看着爸爸,奶奶张了张嘴,什么也没有说出口。

世界安静了。

爸爸喝醉的样子把我们吓坏了。我抓起弟弟的手,拉着他,

躲开撕成一团的大人们,从屋里冲出去。

出了大门就是成片的玉米地,我担心离家太近,爸爸能找到我们,就拉着弟弟拼命往北跑。家门前这条路往北通往曹庄,两边都是玉米地,白天一个人在这里走都瘆得慌。奶奶不让我带弟弟来这里,她担心地里藏着坏人,把我们拐走。

今天顾不上这些了。幸好有月亮,地里不是很黑。弟弟平时很少说话,被我扯着飞奔,不哭也不闹。也不知跑了多久,家里的吵闹声听不到了,我就拉着弟弟钻进了玉米地。层层的玉米叶子像小刀一样,拉得浑身生疼,但我知道越往里就越安全。到了离路很远的深处,我搂着弟弟趴在那里不敢再动弹。

除了我和弟弟呼呼的喘气声,周围全是小虫的叫声,远远近近,高高低低,非常闹心。它们的声音我都很熟悉,我们的屋后头就是田地。平时,我躺在床上,望着从窗外透过来的月光,聆听它们的叫声。我能听出它们声调的不同,有的像鱼儿从水底吐的水泡,一串一串;有的像小铃铛被风吹响,丁零丁零;有的声音很独特,像是大人在说话。我总觉得小虫们每天都在一起玩耍,嘻嘻哈哈讨论着什么,"大人"在催它们睡觉,我总是在催促中不知不觉睡着了。

今天,我怎么都睡不着。我松开弟弟的胳膊,平躺在玉米田垄里。玉米长得比大人都高了,密密匝匝的玉米像层层蚊帐,一点儿都不透风,热得我们透不过气来。我和弟弟只穿着裤衩,不一会儿就一身汗,我的裤衩像洗过一样,弟弟的也是。刚才急急忙忙冲进玉米地时被玉米叶拉的口子,正火辣辣地疼。蚊子也乘机攻击上来,围着我们"嗡嗡"叫,赶走脸上的,又扑到腿上,赶走腿上的,胳膊上的又来了。我拽来两个苘麻叶,给弟弟赶着蚊子。

扇着扇着,弟弟就睡着了。弟弟总是一声不吭,奶奶说弟弟憨,什么也不知道。我觉得弟弟不是憨,只是话少。弟弟今年要上小学了,我也要上四年级了。奶奶担心他上课跟不上,让我先教教他。我找出一年级的课本,先教弟弟加减法和拼音。我找了块木板,抹上黑墨水,挂在大门口旁边的墙上,天天教。弟弟学得很慢,一个星期才认识1到10,拼音学了就忘。是不是我不会教?等上了学,弟弟会不会好些呢?

透过层层叠叠的玉米叶子,我望着天上的星星,听着周围虫子们议论纷纷。小虫们看到我们是不是很惊讶?它们家也有打仗的时候吗?家里打仗时它们也会这样跑到外面吗?

也不知道家里怎么样了。

我忽然想起梦丽的二叔今年春节刚去世,就埋在这片玉米

地里,不禁一阵害怕,想把弟弟推醒。但想想他人挺好,心稍稍放宽松了些。梦丽的二叔总是笑眯眯的,去年春节他来给奶奶拜年,看我躺在被窝里抹眼泪,偷偷塞给我五十块钱,还安慰我说:"你爸是大人,丢不了。没回来过年,那是因为太忙,我前几天还给他打过电话哩(哩:当地方言)!回头我再给他打,说你想他了,让他赶紧回来!"

去年,小伙伴们的爸爸妈妈都回家过年了,就爸爸没回来,我很担心,也很想他,年初一蒙着被子不肯起来。要是爸爸喝醉了,在外面光着膀子睡着了,会被冻坏的。有一回,他在村口的麦秸垛里睡着了,要不是被夜里巡查的人发现,肯定冻惨了。奶奶看到爸爸冻得不成样子,心疼得直抹泪!不管怎样,爸爸还是爸爸,我们已经没有妈妈了,不能再没有爸爸。

看到晚生、天宝、梦丽他们跟着自己的爸爸妈妈去走亲戚,去赶集,去县城,去很远的城市,我总会靠着巷口的那棵大树,看他们很久,直到他们消失在村口的那条大马路上。他们回来总会带来很多新鲜玩意儿,还有外面的见闻,兴高采烈地跟大家讲,真是羡煞人了!我也想让爸爸带我们出去看看,哪怕去县城也行。但爸爸不回来还好,一回来就这个样……我的鼻子一下很酸很酸。

我总觉得爸爸会慢慢改过来,奶奶说前些年爸爸很孝顺懂事,在大饭店当厨师,一个月挣不少钱,他跟妈妈就是在那里认识的。不知道为什么,妈妈生下我就走了。奶奶说妈妈嫌家太穷,熬不住。看我饿得哇哇直哭,奶奶就抱着我去找妈妈。

妈妈干活的饭店很大、很气派,奶奶说那是她头一回去那么大的地方。奶奶哭着求妈妈回来,都差点给她跪下了,但妈妈还是没有回来。那是我最后一次见到妈妈,但我一点儿都记不得妈妈长什么样。有时我会梦见妈妈,但总看不清她的样子。

奶奶说我小时候长得很好看,胖嘟嘟的,有个城里人把我抱在怀里不舍得撒手。他想给奶奶些钱把我留下,但奶奶舍不得。奶奶经常叹息:"要是狠狠心给了人家,你就不用这样跟着俺们受罪了!"要是给了城里人,我就是城里的孩子了。在城市生活就好吗?跟着爸爸妈妈到城市去的同学,回来说城里有公园,有很大的超市,有很多很多车,有树林一样的楼房。那有什么好啊!我还是喜欢村里的水塘,喜欢田里的庄稼,喜欢村后面的小山;更喜欢弟弟,喜欢爷爷奶奶,还有村里的小伙伴,跟他们一起在田里疯玩多痛快啊!

"天赐——乖乖——"听到奶奶焦急的叫声,我一骨碌从地

上爬起来,边大声答应着,边把身边的弟弟推醒。不知道什么时候,天已经亮了,眼前是绿油油的玉米地,弟弟的背上沾满了黄土,地上一片湿印,跟专门画上去似的。

　　黑虎摇着尾巴,远远朝我们飞奔而来。

　　院子里像是刚刚发生了大战,扫把横在大门口;小黑板也掉了下来,被几块从墙上掉下来的砖头压在下面;饭桌歪了,脸朝下趴在地上;凳子东倒西歪;就连黑虎的饭盆都扣在地上,汤水洒了一地。门旁那棵杏树倒是什么事都没有,无奈地打量着一切。猪圈里的猪不断哼哼着,大概是饿了,在要食吃。往常这个时候,奶奶已经把它们喂饱了。

　　屋里像狗窝。本来挺小的屋子,两张床一南一北,中间只剩下很窄的空。空地上堆着的衣服,都快跟床一样高了。原来横拴在屋里的绳子断了,搭在上面的衣服都掉在地上。那两个矮脚凳的"胳膊""腿儿"散了一地,横七竖八地躺在电动三轮车的旁边。我摁了摁电动车的轮子,左右看了看,它还好好的。这是爷爷心爱的"小电驴",赶集离不了,送奶奶去医院离不了,去远点的工地干活也离不了。

　　奶奶催爷爷赶紧去干活。爷爷是村里有名的泥瓦匠,谁家盖屋都会请他,附近村子的人家也喜欢找爷爷。爷爷干活仔细,

6

三天的活，他能干四天，也不跟谁家讲价，给多少是多少。

奶奶常说爷爷是块榆木疙瘩，我倒是觉得爷爷挺好。村里人对爷爷都很尊敬，辈分低的见了他都"爷爷""大爷"地叫个不停；平辈的不是叫"大哥"，就是叫"大兄弟"，跟爷爷走在街上可威风了！爷爷很疼我和弟弟，也疼奶奶，每回去赶集总会给我们带好吃的。奶奶身体稍不舒服，爷爷就催奶奶去医院，不去都不行。有一回奶奶病得很重，爷爷蹲在大门口，耷拉着脑袋，看上去天要塌下来的样子，我也怕得要命。只是爷爷的背越来越弯，手比老榆树皮还粗糙，拉得我的脸疼。爷爷说再苦再难也得供我上学，上到哪儿是哪儿，不能亏了我。我倒是想再长大些就去打工挣钱，盖上新房，让爷爷奶奶享享福。

2 庄里的大新闻

一夜之间,爷爷的脸黑了很多,脸上纵横交错的皱纹更深了,头发也白了很多,看得我心里一阵难过。我接过爷爷手上的扫把,收拾起院子来。爷爷拿起瓦刀,出门干活去了。

奶奶在忙着和猪食,我站在猪圈的矮墙上喂猪。奶奶拍着手上的灰粉,叫道:"乖乖,赶紧下来!我被气糊涂了,都忘做饭啦。这个不成材的,有还不如没有!你看人家的儿,挣钱又孝顺!"奶奶嘴里嘟嘟囔囔。我看见她的眼圈又红了,赶紧从铁丝上拉下毛巾递过去。

我接着拾掇院子,弟弟也过来帮忙。

奶奶忙着刷锅做饭。厨房是爷爷用木棒和塑料布搭建的,里面放着煤气罐和煤气灶。除了阴雨天或者没有柴火烧,平时很少用，基本都用外面的大灶。这个大灶是爷爷用红砖垒砌的，大大的灶眼，弓形的锅底门，高高的烟囱比墙头还高，冒出的青烟，老远就能看见。

我朝锅底下塞着麦秸，晚上露水重，麦秸太潮，浓重的烟从锅底下蹿出来，熏得我直流眼泪。不一会儿院子里都是烟，弥漫着烟熏火燎的味儿。

"这是烧的啥柴火啊？跟家里着火一样！"是八姑！说话间，她已经走到院里了。我和奶奶都还没来得及搭话，她又说："刚才在路上遇上大叔，他说昨晚上小松回来了，没仔细说就去干活了。我来望望，没啥事吧？"奶奶摇摇头，还没说话，泪就像断线的珠子落下来。

"让你别搬过来，别搬过来！这前不着村后不着店的地方。你俩加起来都一百多岁了，小松闹起来有点儿啥事，一个帮手都没有。没闹出来啥乱子吧？"八姑半责备半心疼地说着，看了看奶奶，又看了看我和弟弟。

奶奶连连摆手说："没有，没有。"

八姑瞪着奶奶说："又吓一下子！"说着，拉过来一个小板凳坐下，"走了半天，真有点儿累了！"

"又往庄西转了一圈？"

"是嘞是嘞!早上凉快,逛一圈。你这一阵子没去庄里,可有个大新闻!"

"啥大新闻?谁家又添孩子、娶新媳妇啦?"

我们搬到这边,来串门的邻居少了,庄里庄外的事奶奶知道的就少,亏得八姑还时不时过来跟奶奶唠叨一些。

"这些都算不上大新闻。"八姑的头摇得像拨浪鼓。

"那是啥大新闻?"我和奶奶都很好奇,等着八姑说下文。

"庄上来了一个蹲点哩!"八姑神秘地说。

"哎呀,那有啥稀罕哩,这么多年庄上可没断过蹲点哩!"听八姑这样说,我们的好奇心一下子跑没了影。

"这回来的可不一样!"

"多了个鼻子,还是多了只眼啊?"

"是从省里来哩!"

"哟,还真是大新闻!"

"还是个女哩!"

"哟,还真没见过上头下来的女干部哩。"

"听人说还不孬。挨家挨户问,啥也不嫌!"

八姑说的这个蹲点的尽管很新鲜,但对我和奶奶来讲,就像飞过院子的鸟,爸爸的闹腾倒像是在木桌上狠狠刻下的刀痕。

10

我们没滋没味地吃完饭,奶奶就下地干活去了。弟弟坐在小板凳上,我用一根树枝指着小黑板上的拼音字母,带着他一遍一遍地念,轮到他自己念,还是不认识。我有些沮丧,坐在院子里,垂头丧气。

黑虎摇着尾巴过来,趴在我的脚边。那只霸道的大红公鸡被卖了之后,家里一下安静了很多。那只花母鸡"咯嗒咯嗒"地挺着胸脯从鸡窝里走出来。这会儿,里面肯定会有一个热乎乎的蛋。算啦,让它在那里躺着吧,今天实在不愿意去捡。

鸡窝旁边的菜畦里,豆角架上挂满了又青又长的豆角。家门口高大的白杨,风一吹,树叶沙沙直响。弟弟安静地蹲在土堆旁玩起来。

村西头的村委大院,一凡、刚子、天宝、翠翠他们团团围着一个人,聊得正欢。

这个人原来没见过,看上去跟村里的人不一样。她穿着一件白上衣、一条泛白的牛仔裤和一双白色运动鞋,一笑就露出洁白的牙齿,脸跟牙齿一样白,连她推的自行车都一点儿灰没有。我们庄到处尘土飞扬,像个灰沙阵,她怎么这么干净呢?我站在外面,静静地打量着她,把那双脏乎乎的手藏在背后。今天出门

没洗手,也没洗脸,穿的还是早上在家胡乱套在身上的衣服,皱巴巴的,后悔出门前没梳洗一番。

看见我,她笑眯眯地问:"这位小朋友叫什么名字?"

一凡他们纷纷回头,看见我,异口同声地说:"他叫天赐!"

"名字真好听!"她说话像电视上的人。她是谁啊?也不是谁家的亲戚,小伙伴们的亲戚我大都见过。

对,是八姑说的那个蹲点哩!我心里一喜。难怪八姑说她来蹲点是"大新闻"。

一辆货车从村东边开过来,后面旋起一大溜灰尘,如同拖着一个长长的大尾巴。

"灰太大了,咱们到里面去吧!"她招呼我们转移到村委大院的围墙里面。

围墙被拆得七零八落,到处是大大小小的豁口,地下全是碎砖头和瓦块,院子里长满杂草。村委那几间屋子歪歪斜斜,好像打个喷嚏就能把它们震倒。我总觉得里面很神秘。平时,成天板着脸的村支书王三羔看到我们在院子里玩,就吆喝着让我们出去,我们谁都没去过那间屋子。没人的时候,我也曾偷偷地从门缝往里看,但什么都看不见,里面除了黑还是黑。

看村支书站在摇摇欲坠的屋门口,我们不约而同地缩回来。

"过来孩子们!"她回头看见支书,"王书记,先回去休息吧,记着通知大家开会。"

"记着哩,你也早回去歇歇吧!"说着他脸上竟然绽出笑容,像石子投在水面上,漾起层层波纹。

见村支书走了,我们赶紧跑过去围着她问东问西。

"你从哪里来?"

"省城。"

"离俺们庄远不?"

"挺远的,得坐三个多小时的车。"

"来俺庄上干啥?"

"扶贫!"

"啥叫'扶贫'啊?"

"哦,咱们这个村是省里的贫困村,我来帮着大家脱贫致富!"她边一字一句地说着,边看我们的反应。大家你看看我,我看看你,都不太明白。

"得扶多长时间啊?"

"两年。"

"你住在哪里?"

"先住在镇上。"

"是小岭镇大院吗?俺跟爸爸去过哩。"

"对。"

"老远哩。"

一凡他们争先恐后地问,她笑嘻嘻地应着,从挂在车把上的一个蓝布包里掏出一叠纸,翻开一页问,王福全谁认识?一凡他们你看看我,我看看你,没人言语。

"是我爷爷!"我小声说,脸一下红到耳根子。

"太好了!家里有人吗?带我去家里看看行吗?"她一脸喜色,期待地望着我。我不知道爷爷奶奶有没有回家,但还是使劲点点头。

我们前呼后拥地走在她身边,朝我家走去。她问我们今年几岁、上几年级、爸爸妈妈都干什么。大家你一言我一语地回答着,嬉笑着。

"啊,你们都是'小猴',跟我儿子一样大!"她惊喜地说。

大家的爸爸妈妈不是在家干活,就是在城里打工、做生意。天宝不一样,他爸爸妈妈在村里开超市、开蒜厂,他爸八斤还到处包工程。八姑说犄角旮旯儿,没有八斤不挣的钱,家里富得流油。

一凡爸爸在砖厂干活,爱喝酒,喝醉了会耍酒疯。一凡成天咬着牙说:"等我长大了,非得狠揍你不可!"他爸听了拎着

2　庄里的大新闻

棍子一阵疯撵，一路鸡飞狗跳，他奶奶在后面紧追不舍，怕他爸失手伤着一凡。一凡跑得飞快，一会儿就没影儿了。一跟爸爸闹别扭，一凡就在外面闲逛，天黑也不愿回家。我总让他到我家吃饭，晚上跟我在一个被窝睡觉。家里人找一凡，总先到我家来找，知道一凡跟我在一起，他们也就放心了。

15

3　一盆冷水泼下来

到了天宝家超市门口，一凡大爷爷——"大嘴"和几个大人正站在那里说话。她迎上去打招呼，他们上下打量着她。

"大嘴"好奇地问："你是干啥哩？卖保险的吗？"

她笑笑说："我是从省里来的，是来咱村扶贫的。"

"扶啥贫？……哦，你是来蹲点的吧！"

"蹲点？"

"就是包村。"

"哦！是的，是的，我是来蹲点的。"她高兴地频频点头。

他们再次上下打量着她，一脸好奇。

"多少年了，庄上就这熊样！""大嘴"撇撇嘴说。

"庄上的路你都看见了？这还算好哩。下过雨你再骑车试试,猪圈样,黏糊糊哩,没有下脚的地方!"

"你要是把路修起来,我给你送锦旗!"八斤也凑过来说。

大家七嘴八舌,她的脸慢慢红了,也渐渐沉下来。

说话间,"二能能"奶奶骑着"小电驴"一颠一颠地从东边过来。她爱管闲事,快言快语,奶奶说她"刀子嘴",还总是一副啥事都不在话下的样子,又因为在家里排行老二,村里人都叫她"二能能"。按辈分,我该叫她奶奶。

我暗暗叫苦,希望她别在这里停车。可惜她刹住了车,支棱着耳朵听了一阵,冷冷地问:"能修路不?要是不能修,啥也甭说,赶紧走人!"说着扬扬手,做了个撵人走的手势,扬长而去。

她的脸色越来越暗,去我家的路上,虽然还在问着大家这样那样的问题,但早已没有了刚才的兴致。

村东头就是我们的学校,还没有到,一凡就兴冲冲地指给她看。学校大门朝着主街,门东边的墙破败不堪,墙上有一个大铁门,常年锁着,生满了铁锈。推倒的楼房、疯长的杂草都被锁在里面。这片地恰好把方方正正的学校切去了一个角。

她停在学校门口,往里面看了一会儿,又问我们有几个老师、都上什么课。

"俺们的老师都是老头儿!"天宝笑着说,鼻涕像两条虫子

一样从鼻孔里爬出来。她递过去一张纸巾。天宝攥着纸巾,用胳膊连抹了几下鼻子,使劲在短裤上蹭了蹭。她笑了,一凡笑弯了腰,翠翠笑得捂起嘴,我笑得别过脸去。

"加上校长一共五个老师,俺们就上语文、数学、英语。"

"有书读吗?"她问。

"有啊,语文、数学、英语。"

"课外书呢?"

"课外书?天赐喜欢读课外书。"一凡他们说着看向我,她也看向我。

"都是他们从城里带回来的书。"我小声说。

我们家的那间小屋在村子东北角,从学校东边拐进那条通往曹庄的路,要走很远才能到。路坑坑洼洼,布满一条条下雨天被车碾压出来的深沟,走上去硌得脚疼。她推着自行车,走起来磕磕绊绊,不一会儿就满头大汗。自行车颠得像小毛驴尥蹶子,我想帮她推车,又不好意思开口。一凡他们像兔子一样,蹦跳着找平地走。

快到家门口了,黑虎"汪汪"叫着冲过来,我吼了它一声,它垂头丧气,哼哼着跑一边去了。奶奶听到动静从院子里走出来，我赶紧跑过去小声说:"那个蹲点哩,从省城来哩!"奶奶愣了愣,把她让进院子。

太阳一出来,院子里的猪粪味更大了,也成了苍蝇的天下,嘤嘤嗡嗡到处都是。我从屋里搬来一个干净点的木凳,在短裤上使劲擦了几下。她笑着和奶奶坐在屋门口的杏树下,一凡他们也好奇地围上去,一直在墙角玩的弟弟也凑了过去。

厨房的竹篮里还有几个小苹果,是翠翠婶子送来的,她家开超市,常剩下些水果,不是长得不周正,就是有点儿干疤,不过挺甜。我用压水井的水冲洗了一遍又一遍,放在塑料盆里,端到她面前。她感激地说:"谢谢你,宝贝!"她叫我宝贝!还没有人这样叫过我,我想咧嘴笑笑,可是脸木木的,动不了。

"大娘,我是省里派来的'第一书记',是来咱这儿扶贫的。我看你们家是贫困户,过来了解了解情况。"一坐下来,她就对奶奶说。原来不是"蹲点"的,是"第一书记"。真新鲜!我看着她,一肚子好奇。"听说庄上来了个蹲点哩,总算见着啦!"奶奶亲热地说。

真是的,奶奶怎么还说是蹲点的呢?

说起我们家,奶奶一五一十地讲了起来。奶奶虽然不识字,但很会说话,再复杂的事,经她一说总会一清二楚。她对人又

好,邻居家的大婶大娘都喜欢找她评理说事断家务,没有说不通的。我们搬过来时,她们都很舍不得。现在离得远了,她们总还骑着车过来找奶奶拉呱儿。

"要是小松争气,俺们咋能过到这地步!"奶奶拍着手掌说,"原先这孩子还挺好,初中毕业,学成了厨师,一个月挣好几千。自己找了个媳妇,生了大孩。"奶奶指指我。我咬咬嘴唇,低下头。"谁知道人家在庄上住不惯,嫌家穷,大孩一满月就走啦!"泪在奶奶眼里打转。

"大娘,先别难过!"她好像意识到什么似的,对围在那里的几个小脑袋说:"孩子们,你们先去大门口玩好不好!"我从屋里拿出皮球,把他们带到大门口,又折回去,听她们说话。

"我一把屎一把尿拉扯着大孩,小松看我带孩子不容易,又找了一个,这个生了二孩,后来生病没了。小松想不开,天天喝酒,喝完就撒疯使气,越来越没个人样!昨天晚上两个孩子在玉米地里藏了一夜,我找到他们时,浑身拉得红鲜鲜哩,裤衩上又是汗,又是泥,都没小孩样了!你望望拉的印子!"奶奶拉过我,撩开我的上衣。我羞红了脸,赶紧往下拽衣服。

奶奶接着说:"庄里实在住不下去了,才搬到这前不着村后不着店的地方。"

3 一盆冷水泼下来

这回爸爸闹翻了天,倒没有惊到邻居。离庄那么远,即使把天戳个大窟窿,也不会惊到谁。但我还是希望有人来帮忙,爷爷奶奶岁数大了,爸爸喝醉了见鸡打鸡,见狗打狗,六亲不认,万一伤到他们,我们这个家就完了。

去年春天搬到这里时,还没有厨房,只有那间彩钢板搭起来的小屋。屋前那棵杏树开满了粉白的花,像把整个春天都搬过来了。

这里本来是我家的田地,杏树自己长出来,奶奶没舍得拔掉。它倒是争气,没几年就长得碗口一样粗,每年结不少杏子。盖这间小蓝屋时,奶奶让爷爷傍着杏树盖,她说门前有棵杏树喜庆。

蓝色的小屋在太阳下闪着光。爷爷用厚塑料布搭起了透明的厨房。我们把院子里的杂草拔掉整平,在小屋的前面铺上了红砖。爷爷垒起围墙,安上铁门,又在小屋西边砌了个猪圈,奶奶在南面靠墙的空地上修了菜畦……我们的新家越来越像样了。

第一天住进小屋里,非常安静,庄里的狗叫声都显得很远,田野里的声音却很近,能听到大地苏醒的声音。恰好刚子家的狗生了,我抱来了一只,就是黑虎。

"我浑身是病,成天不是吃药就是打针,上头给的老年补贴都不够,他爷爷挣得那几个钱都给我看病了。天赐这孩子从小就很懂事,啥都明白。就是二孩忒憨,不好说话,啥也不明白。要是我哪天猛地走了,两个孩子可咋办啊!"奶奶忧心地说。

她安慰奶奶,说:"孩子看起来聪明伶俐,怎么会憨呢?只是性格不一样罢了。再说孩子还小,千万不要当着他的面说他憨,说多了,不憨他也会觉得自己憨。"

她大半天才离开,走的时候眼红红的,奶奶把她送出去很远。我站在大门口,看着她推着车慢慢消失在路的尽头。黑虎蹲在我身边也望着她的背影,它大概也觉得这个人哪里不一样吧。我有种说不出的感觉,想想家里还是很烦心,但期待和希望像雨后的庄稼苗子,恣意生长。

晚上,爷爷回来了。奶奶对他说:"这个女干部看着一点儿都不娇气,啥也不嫌,还问东问西,说不准能办点事。"

"能办啥事?他们说一看就是个书呆子,对庄上的事啥都不懂,连咱的土话都听不懂。过了兴头,八成就不来庄上了。"

哼!我看她可不是他们说的那种人。

4 今天我当家

夜里,奶奶突然不舒服,爷爷慌里慌张带她去医院了。这间小屋一下变得空旷起来。弟弟睡得正甜,我躺在床上,憋了很久的泪奔涌而下,越哭越想哭。我边哭边祈盼奶奶赶紧好起来,家里不能没有她。要是爸爸在家多好,要是爸爸不喝酒多好!

天亮了,大公鸡在院子里追来跑去,猪一睁眼就哼哼着要食吃,黑虎趴在地上看了我一眼,又眯上眼,跟没事一样。弟弟醒了,我对他说奶奶病了,他咧咧嘴,想哭。我一把搂住他,问他:"想吃什么?哥哥给你做,吃完饭,哥哥带你出去玩。"他乐得眼睛眯成一条缝。

弟弟圆圆的脸,双眼皮。而我是尖下巴,黑豆眼。村里人都说我和弟弟一点儿都不像,奶奶说我们都像各自的妈妈。我经

常拿着镜子观察自己,想象着妈妈长什么样。她会不会也想我,像我想她一样,哪天会来看看我。奶奶常说孩子是娘身上掉下来的肉,谁不心疼自家的孩子!妈妈想我了也会偷偷掉眼泪吗?妈妈真的像奶奶说的那样狠心吗?

我烧了大半锅热水,给猪娃和好食,先把它们喂饱了。弟弟一会儿抱柴火,一会儿和猪食,跑前跑后帮忙。我煮了面条,放上两个鸡蛋,还加了院子里种的青菜叶,弟弟吃得满头大汗。

好久没去抓鱼了,平时奶奶不让,怕掉到水里淹着了,今天正好带弟弟去。我准备好玻璃瓶,里面放好馒头,拎起小桶,朝庄西的池塘走去,弟弟蹦蹦跳跳跟在后面。

我们小院的前面有一条路直通到池塘,窄窄的,两旁是白杨树,不是很粗,却很高,齐刷刷一般高、一般粗,像列队的士兵。这条路在村子最后面,车很少,平时我们喜欢在这里骑车玩,一凡还喜欢在这里玩滑板。可是就怕下雨,一下雨路上泥泞不堪,到处是水。车一碾压,会留下深深浅浅的坑。水没了,坑还在,骑车颠得屁股疼。

有一回,一凡带我们在路的两头架起棍子,不让车过。傻里傻气的存福偏来起哄,非得过,三两下把我们推倒在泥坑里,开起他那辆快散架的"小电驴",朝着我们千辛万苦搭起来的路障冲过去。稀里哗啦!转眼那些棍子被撞得散了一地,压得稀巴烂。我们见了存福就想揍他,但我们太小了,不是他的对手。奶奶常说"憨人蛮力",他缺心眼,但不缺力气,再说他个子又高。奶奶担心弟弟长大了跟存福一样,成天在村里闹腾得鸡飞狗跳,大人小孩都嫌弃。奶奶就是爱往坏处想,弟弟这么乖,怎么会长成他那种人呢!

走到一凡家后头,听见他奶奶"咕咕咕"地在喂鸡。炊烟从院子里升起,又在巷子里弥漫开来,弥漫到树梢,弥漫到庄稼地里。一辆"小电驴"摇摇晃晃从胡同那头开过来,是一凡爸爸,车厢里坐着一凡的姐姐田田。

"你哥俩干啥去?"一凡爸爸问。

"湖里转一圈!"我要是说去抓鱼,他又得说我"不干正事"。

"一凡呢?"

"那小子肯定还撅着屁股睡大觉哩,回去非得用棍子把他敲起来!"

路北边是庄稼地，地里的雾气还没散尽，玉米、高粱、大豆、花生……都还湿漉漉的，它们大概还在梦中！弟弟在玉米叶子上抓到了一只毛毛虫，欢天喜地，拿过来让我看。路边长满了青草，草叶上的露水被太阳一照，亮晶晶的。

八姑背着手，从田间小路上走过来。看见她，就像看见奶奶。泪在眼眶里直打转，我使劲憋了回去。八姑没事经常在池塘附近溜达，还给我们讲关于池塘的故事，我常听得入迷。

看见我们，八姑问奶奶在忙什么，听说奶奶生病去了医院，她一脸惊诧，又叹息说："你望望，可怜不！猪喂好了不？"我点点头。临走，她千叮咛万嘱咐，还是不放心，让我们中午去她家吃饭。

八姑跟奶奶很要好。奶奶说她从嫁到庄上起，就跟八姑家挨着住。当时八姑还是个十来岁的小姑娘，在家排行老八，辈分又低，大家都叫她"小八"，平辈的叫她"八姐"，我们叫她"八姑"。她有六个姐姐，一个哥哥。哥哥十几岁就跟着部队走了，几十年什么信都没有。父亲去世得早，姐姐们又都出嫁了，母亲需要人照料，她不愿带着母亲拖累谁家，就没嫁人。母亲去世后，家里就剩下她一个人了。

奶奶成天说八姑没个伴，单得慌。我看八姑过得挺好，无论她到哪里都笑声一片。八姑成天坐在门楼底下，跟大婶大娘一起做针线，一说话就哈哈笑。我和弟弟穿的鞋都是她做的。八姑还会用缝纫机，会给我和弟弟做衣服。庄上谁家娶媳妇添孩子，都找八姑帮忙。她心灵手巧，干什么都行，她绣的鞋垫、花鞋都可好看了。

池塘周围还很安静，一到中午，这里总是一片欢腾，一凡他们喜欢在这里玩水。我有时也偷偷来玩，跳进水里，扎几个猛子，很痛快。在水里睁开眼，能看到水底的小鱼小虾。奶奶要是知道了，会狠狠数落我一顿。但看到一凡他们下水，我还是忍不住要下。

刚子奶奶用锅底灰在刚子身上做上记号，回家要是看不见了，就一顿臭骂。一凡心眼多，他给刚子用锅底灰画上一样的记号，刚子奶奶以为他不下水了，逢人就夸。

谁知有一次我们在水里玩得正欢，刚子奶奶恰好从这里经过，抓了个正着。她抓起地上的泥巴蛋子，朝着水上的脑袋扔过来。稀里哗啦，水面上溅起一片水花。我们扎着猛子，迅速游到另一边，抱着头，纷纷爬上岸，可泥巴蛋子还是砸在了屁股蛋上。

我们钻进岸上的玉米地里,不敢出来。刚子奶奶还没解气,把我们的衣服装进粪箕子里,骂骂咧咧扛走了,害得我们光溜溜地跑回家。刚子奶奶像只大老虎,成天张牙舞爪,说话像是吃了火药面儿,但她最怕刚子姐姐刚花。

我们家那两棵大枣树就在池塘边上,一南一北,像是两个士兵。北边的那棵枣树很矮,我一下就能蹿到树上去。树干很粗,搂都搂不过来。枣树枝杈繁茂,尽情向四周伸展,像一个巨大的伞盖。挂枣时节,沉甸甸的树枝都快垂到地上了。

枣还没熟,能够着的枣子就被我们摘得差不多了,吃得少,大部分都被打了水漂。把枣子投掷到水面上,看谁能让枣子在水上滑行得远,蹦跳的次数多。

北面那棵枣树成了我们的乐园。

枣树有条枝子正好伸到水面上,粗粗壮壮,像一只强有力的胳膊,树枝头上正好长了三根粗壮的枝杈,就像粗大的手指头,它们的连接处像是手掌,这里就是我们的跳水台。我们游水时,喜欢从这儿往水里跳。我们跳水,枣树就遭了殃,那个横在水面上的枝子,离水面越来越近,青青的枣子不断落到水里。

天冷不能下水,我们就爬到树上,玩藏猫猫。一凡从来没被抓到过，因为他总是像猴子一样，拉着树枝，一晃一晃地吊在上面。

枣熟的季节，也是我们大显身手的时候。枣树就在水边，一竿子下去，红红的枣子"扑通扑通"纷纷落进水里，像我们跳水一样。奶奶不得不叫我们到水里捞枣子，这样我就能光明正大地跳下水去了，一会儿仰着游，一会儿钻进水底，玩着各种花样，不停地朝岸上的奶奶叫唤："奶奶我在这儿！"水里到处浮动着黑黑的小脑袋，很多扑腾着的双臂，抢着抓浮在水面上的枣子。弟弟站在奶奶身边，拍着手，一蹦一蹦地叫着"哥哥，哥哥"。

逢上大丰收，奶奶总是挑出最好的，挎着篮子，带着我和弟弟，挨家挨户送。奶奶给我们煮枣子、蒸枣馒头吃，院子里还晒了很多，家里到处都是甜丝丝的枣味。春节，奶奶把干枣用水泡透，和红豆地瓜一起煮成馅，蒸甜包子，好吃得不得了，吃一回想一年，年也有了盼头。

池塘西边连着一条河，它一直通到李桥水库。遇上大雨，水从四面八方涌到池塘，池塘里的水漫过树林北边的那片低洼地，流到地头的沟里，沟里满了，又都漫出来，漫过田间小路，漫过庄稼地……村头水汪汪的，大片庄稼都站在水里。

漫出来的水，浅浅的，清清的，能看见小鱼咬脚趾头，黑

黑的小蝌蚪一群一群游过小路，一直游到田里。在浅水里抓鱼，抓蝌蚪，打水仗……每次我们都玩得精疲力尽，浑身湿透。然后把衣服拧干，挂在树枝上，我们一个个光着屁股藏在庄稼地里。要是肚子饿了，就去菜地里随便摘谁家几根黄瓜、几个西红柿，边吃边等衣服晾干。

池塘南岸是一块菜地。长长短短、宽宽窄窄的菜畦，种着笋瓜、茄子、辣椒、西红柿，绿叶间赤橙黄绿青蓝紫，闹闹嚷嚷，都想抢风头。春天，大人们平整土地，修整菜畦，从池塘里挑水种菜，一番忙碌的景象。

我很喜欢跟着爷爷在菜地里干活，用铁锹翻地，能翻出很多蚯蚓，爷爷不让抓它们，说它们能松地，让菜长得更好。除了挑不动水，我什么都能干。大家伙见了直夸我："这么小的孩子，干起活来像模像样！"奶奶叹息道："干这个能有啥出息，还是上好学强！"奶奶希望我像村里秀成家的孩子，上大学，到外国留学。我才不愿意去那么远，见不到爷爷奶奶和弟弟怪难受！

我用奶奶纳鞋底子用的棉线绳拴住玻璃瓶，先灌满水，然后把瓶子甩到深水处，再找根树枝结结实实插进土里，把绳子挂上去，这样即使碰上大鱼，瓶子也不会被拽走。弟弟用崇拜的目光看着我。

我们静静地蹲在那里,等鱼儿钻进瓶子。

没有风,知了"热啊热啊"地拼命叫着,青青的枣子高高挂在枝头。

今天不知是怎么回事,一个人影没有,池塘显得孤孤单单。菜园里倒是很热闹,黄瓜架上挂着墨绿色的黄瓜、紫色的茄子、黄黄的笋瓜……

过了一会儿,我忍不住抓起绳子,猛地把瓶子提上来。瓶子里翻腾得厉害,几条小鱼正在惊慌地找出口,但四处碰壁。我和弟弟喜出望外,把它们倒进小桶,又把瓶子投进水里。

不到半天,小桶里已经有不少小鱼了。上次我和弟弟也抓了很多小鱼,奶奶裹上面糊给我们煎了煎,很好吃。不知道奶奶怎样了,我一下子又难受起来,很想给爷爷打个电话。

在菜园里摘了几根黄瓜和辣椒,我就赶紧带弟弟回家了。

5　八姑的烦心事

把桶放回家，让弟弟看家，我就往卫生室走。

卫生室在学校的西边，紧挨着学校，门朝街，两间房子，中间隔开，一间是药房，一间放着长凳，可以坐在长凳上打吊瓶。这里常年弥漫着浓浓的药味。奶奶三天两头来这里，我也常跟着来。翠翠妈妈是这里的医生，没少给奶奶打针。每回来这里，人都不少，今天也是。村里谁身上不得劲、生啥病，整个庄上的人都知道。

他们聊得正欢。

"又碰见那个女蹲点的哩，啥都打听。"

"前些日子我在街上碰见她，戗了她一顿。要是不干事，哪儿来的都白搭！""二能能"奶奶得意地说。

5 八姑的烦心事

"就你逞能,人家刚来,你咋知道人家不干事?"一听晚生爷爷说话就知道他感冒得不轻,鼻子发出拉风箱一样的声音。他是村委的人,八姑说他都快干一辈子了,是个好人。

"哎哟,你们当官的就会互相护着。"

"二婶子先别闹。六爷,这个女干部啥来头啊?看她走村入户,逢人就打招呼,倒是没啥官架子。"秀成打断"二能能"奶奶的话,认真地问。

"咱庄是省级贫困村,省里给派来的第一书记,是帮着咱脱贫致富哩!前些日子我跟三羔领着她在庄上转了一圈,就不让陪了,怕耽误我们干活。"

"那是,要是你们跟着,谁还敢说实话啊。人家是想摸清真情况哩。""大嘴"说。

晚生爷爷瞪了他一眼,他缩了缩头。

"具体扶啥贫啊?"秀成问。

"修路、兴产业、让贫困户脱贫致富……任务多着哩。"

"听说咱庄上有一百多户贫困户、三百多贫困人口?"

"是嘞,咱庄是镇上最大的庄,贫困人口最多。"

"赶上曹庄全庄上的人多了。"

"咱庄还出了名的难缠。"

"越这样,才越该派个男书记来。"

"女书记咋啦?说不定能办事呢。"

……

"你来半天了,光在那儿站着,来给奶奶拿药吗?"翠翠妈妈笑着问我。光听他们说话,差点忘了来干什么了,我不好意思地搔搔头,说:"我想给爷爷打个电话。"

"你爷爷不是在庄里干活吗?"

"没有,他带奶奶去医院了。"

"婶子又住院了?"

我使劲忍住眼泪,点点头。

她赶紧拨通电话:"大叔,婶子啥样了?还是心脏的事啊?"我眼巴巴地看着,期待她快点把电话给我。

我接过电话,爷爷说奶奶要住几天院,让我好好看家,带好弟弟。奶奶说话声音听起来跟平常差不多,就是低了些。奶奶说没啥事,打几天针就回家了。今天她就要回,人家医生不让。

晚生爷爷让我有事就找他,"二能能"奶奶让我到她家吃饭,我说自己会做饭,不麻烦了。

"这孩子真懂事,奶奶一住院,家里都靠他啦。"

"他还挺能,啥都会。"

……

我一路小跑，回家给弟弟说奶奶没事，过几天就回来了。弟弟笑得眼睛成了弯弯的月亮，我心里一下敞亮了，整个世界都轻快了。

我把小鱼一条一条洗好，刮干净鳞片，把内脏择出来，盛了半碗面粉，加上水，搅拌成面糊，把鱼放进里面拌匀和，再加上五香粉和盐。打开煤气灶，把锅放上去，倒上油，把裹着面糊的鱼放进锅里，用铲子摊开……照着奶奶上次给我们煎鱼的样子做，虽没奶奶做得快、做得好，但奶奶常说"头回生，二回熟"，慢慢就好了，啥都是练出来的。火大了，头一锅有点糊。第二锅用小火，样子就好看多了，面糊黄黄的，鱼儿嵌在上面，像是画上去的一样。还没煎完，弟弟就围过来，眼巴巴地看着盛在盘子里的煎鱼。我一边手忙脚乱地翻着锅里的鱼，一边让弟弟先尝尝。他抓起一块放进嘴里。我问他怎么样，他连连说"好吃！"

弟弟一块接一块，吃得正欢，大铁门"砰砰砰"被敲得震天响，黑虎冲过去狂叫。我急忙过去，从门缝里一看，原来是八姑。她一手提着一个柳条编的篮子，一手使劲拍门。

"等你们半天也不见去，我就给送过来啦。哟，这是做的

啥？闻着还挺香！又去逮鱼了？可得小心点，那里可淹过不少小孩。大人不在家，可得少去！"一进门，八姑嘴就不闲着。

八姑揭开篮子上的印花布，把煎饼和炒菜放在桌上，先看看猪，又看看院子里的菜，拉过来一个小凳坐在饭桌前，看我们吃饭，说："二孩挺能吃，大孩也得多吃。你忒瘦了，正长个的时候，营养跟不上长不了大个子。你看人家刚子，都快比你高一头了！你这孩子就是心细，操心的命，再大的事有大人顶着呢，你操啥闲心！你望望还操持着做饭，去谁家没饭吃？"

八姑不愧当过老师，说起人来一套一套的。她还说我好操心，她才好操心呢！庄上的事没有她不上心的，看着谁的衣服破了、鞋烂了，就赶紧没白没黑地给做给补。村里路修不上，她见了支书就叨叨。支书见了她就躲，躲不了就赔笑脸。她成天跟奶奶说庄上咋就没出个能人，带领大家修修路、致致富，这么大的庄连一条像样的路都没有，一下雨跟猪圈一样。看看人家电视上的庄，建得那个好啊，出门就是大马路，到处种着花草，跟公园一样。奶奶常跟她开玩笑："你当支书，早把庄给治理好啦！"

"要不是那个小丫头到我那里去，我早就过来了。一跟她聊起来，就刹不住车。你还别说，头一回拉呱儿，我就觉得她不赖。"

"是那个蹲点的不？"

"是嘞,是嘞。"

"她也到俺家来啦。"

"一点儿架子没有。我唠叨的都是些陈芝麻烂谷子,她也不嫌。"

八姑坐在那儿有些出神,仿佛在想什么。

天一擦黑,八姑又来了,带着自己的家当。她手脚麻利,不一会儿就把屋里拾掇得整整齐齐。把自己带来的席子铺在奶奶和弟弟睡的那张床上,喷上驱蚊药,关上门窗。她说闷一会儿,蚊子就不咬人了,晚上能睡个安稳觉。

我们仨坐在院子里,八姑用蒲扇为我和弟弟赶着蚊子。黑虎趴在我的脚边,舌头伸得老长,"哈哧哈哧"喘着气。鸡"扑棱扑棱"都飞上了鸡架,猪圈里也渐渐安静下来。庄里偶尔传来狗叫声,听起来很远很远。庄稼地里升起的雾气慢慢弥漫开来,空气如同草纸放进水里,越来越湿润。

月亮很圆,院子里全是白色的月光,到处明晃晃的。起风了,吹得白杨树的叶子哗哗作响。白天的燥热渐渐退去,风穿过院子,裹挟着庄稼的青气,很爽快。我摘了几根黄瓜,洗干净让八姑吃,缠着她给我们讲故事。

"白天跟丫头聊天,倒是让我想起来很多从前的事。你们还小,说了也不明白。"八姑叹着气摇头。

"能明白,能明白!"我摇着她的胳膊让她讲。

"我跟你一样大的时候,咱庄可没这么大,吆喝一声,全庄都能听见,现在高音喇叭都得好几个。村支书都是老王家当,二十多年没挪过窝,这个庄就是老王家的天下,人家跺跺脚,庄上就得晃三晃。你们小孩子不懂这里的厉害。

"八斤在庄上横行霸道,还不是仗着他爹当过支书,他三叔在上头当官,三羔是他叔伯兄弟,他弟弟九斤又在村委。九斤虽然人不孬,但毕竟是八斤的亲兄弟,遇到事八成还是向着他。唉,啥好事都让他老王家得了。庄上的事可不像你们小孩家看见的这样简单,你们懂啥?就知道吃饱了不饿。"

"三羔是出名的'和珅',在位十几年,庄烂得都快拿不起来了,他还好意思在大街上背着手、昂着脸走路!他能跟小丫头一条心?"八姑摇着头叹了口气,"小丫头要在村里蹲两年,收拾这个烂摊子可不容易!"八姑忧心忡忡地说。

从没见八姑这样犯过愁。

6 开学啦

开学啦！

我起了个大早，奶奶说："就你心急，起这么早干啥？你不是几天前就把书包装好了吗？"我笑笑，帮着奶奶烧水，给小猪崽拌食。

奶奶从医院回来，跟原来没什么两样，但我还是想让她多歇歇。她见我总是抢着干活，说："乖乖，人累不病，闲才能闲出病来。你在长身体，累坏了就不长个了，大了连媳妇也难找。"奶奶扯着扯着就远了。

太阳还没睡醒，早起的鸟儿在枝头叽叽喳喳，大概在说晚上做的梦。偶尔有露珠从树上跌落下来，砸在墙角的浮土上，土星溅起，地上顿时开了一朵花。墙边菜畦里的黄瓜架水漉漉的，

像刚洗过澡一般。藤上的小黄瓜还没有我手指肚大,浑身细细的刺,挂着针尖一样的露珠。长大的黄瓜,墨绿墨绿的,挂在瓜秧上,有的跟直尺一样直,有的弯得头接着尾,蜷缩着。奶奶常说,黄瓜也跟人一样,有的争气,有的不争气。

我侧着身子,在瓜架间小心翼翼地挪动,还是会碰到支棱起来的瓜叶,露水一会儿就打湿了衣服。瓜叶涩涩的,拉得胳膊痒痒的。我抖抖瓜架上的露水,翻着瓜架上的层层绿叶,常有长成的黄瓜藏在叶子下面。

我摘了根嫩黄瓜、几个青辣椒,拔了几棵嫩芫荽,洗干净,切好,用酱油拌好。爷爷扛着铁锹回来了,裤腿湿乎乎的,胶鞋上全是泥。弟弟也起床了,我边吃饭,边告诉他今天要上学了。他端着碗边吸溜吸溜地喝粥,边笑眯眯地看着我。奶奶叮嘱他说:"二孩,在学校可跟在家不一样,别跟人家闹仗。要跟哥哥学,听老师的话,好好学习,一考就考第一,一考就考第一。"弟弟捧着碗,愣愣地看着奶奶。

我换上干净衣服,弟弟穿上我穿小的衣服,背起我一年级用的书包,美滋滋的。之前的书包是八姑给我缝的,蓝色的布,两条宽宽的带子,背起来很得劲。奶奶想给我买个新书包,我没让,又让八姑给做了个大的。八姑说:"人家小孩都好背买的书包,我给你买个吧,做的没买的好看。"八姑一个人可不容易,她的钱才不能乱花呢!奶奶边给我们把衣服拽平,边一再嘱咐我带好弟弟,别跟谁闹乱子。

刚下过雨,路上坑坑洼洼里的积水还没干。我领着弟弟,小心翼翼地跨过一汪一汪的水。黑虎在前面上蹿下跳,踩得地上的水飞溅,看我们跟不上,时不时停下来等,一会儿又钻到庄稼地里去了,大概是听到里面有什么动静,去撵兔子了。出来时,它的毛都湿了,一抖,水溅得到处都是。这片田种着花生,一块连着一块。夏天,花生秧子疯长,一开始还盖不严地皮,几场雨过后,一簇一簇的花生苗,拥挤着生长,不多久就到了膝盖。黄色的花藏在秧子下面,奶奶说开多少花就结多少果。

学校里已经很热闹。教室的门开着,一凡他们正挥舞着扫帚打扫卫生。校长站在一年级教室门口,正和几个大人说话,他们都是来送小孩上学的。我领着弟弟凑过去,校长看见我们,说:"先去教室报到,宋老师在里面。"

屋里已经站了好多村里的小孩,闹哄哄的。宋老师坐在讲台上,正往一个本子上写着什么。宋老师教我们语文,从一年级教到三年级。宋老师还教过我爸爸,他常说爸爸本来是块好料,可惜没成器。

看到我们，宋老师站起来，摸摸弟弟的头，上下打量着我，说："二孩长得壮实，你也长高了。"校长过来对宋老师说，我们家属于特殊情况，什么费用都不用交。

"哦！很好，我正想给垫上呢。"宋老师说着在纸上画了几下。

把弟弟交给宋老师，我心里非常踏实，奶奶也一定会很高兴。

打扫完卫生，我们几个扛着扫帚，拿着簸箕，提着水桶，把工具送回储藏室。

"快看，那个蹲点哩！"一凡眼尖，惊奇地叫起来。果然是她。她站在办公室前的柳树下，正在跟校长说话。她穿着草绿色的上衣、白色的裤子，依然很清爽。

一凡骄傲地说："她也到俺家去了，待了老久哩！"我跟着一凡凑过去。

"天赐，一凡！"她惊喜地叫道，像见到老朋友。几天没见，她的脸黑了，红红的，像田里熟透的高粱。

晚生倒是变白了，暑假他去城里找爸爸妈妈了。他穿着一套橘黄色的球衣，很扎眼。一凡可羡慕了，他喜欢踢足球，总想穿着球衣，在球场上奔跑，帅帅地踢进球，让梦丽给他鼓掌。绿草如茵的足球场和帅气的球服，我们只在电视上见过。

我们没有体育老师，天气好的时候，校长带我们在操场上跑几圈，踢踢毽子，跳跳绳，就很开心了。一凡成天抱着爆了皮的足球，在大街小巷窜。把球踢在土墙上，黄土簌簌往下落；砸在木窗棂上，房上的瓦都要震掉了。

一凡问晚生衣服在哪里买的，多少钱。晚生正在摆弄着一辆遥控小汽车，头也不抬地回答："不知道，是俺妈给买哩，我和弟弟一人一套。能遥控啦，能遥控啦！"晚生一手举起小汽车，一手拿着遥控器，冲出教室，大家一窝蜂都跟着跑出去。

操场是水泥地，很平坦，小汽车在上面"哧哧哧"地跑着。其他年级的学生也围拢来，一时间操场上很热闹。晚生两手握着遥控器，不停扳着摇杆。小汽车哧哧跑这边，哧哧跑那边，一会儿前进，一会儿倒退，大家都啧啧称奇。一凡跃跃欲试，晚生大方地把遥控器塞给他。

天宝揩揩鼻涕，叫着："让我玩玩，让我玩玩。"

晚生白了他一眼，说："鼻涕都过河了，你会玩不？"

天宝左右开弓，又使劲揩揩鼻涕，两个手背上顿时黏糊糊的，他向短裤上蹭了蹭，仍叫着："让我玩玩，让我玩玩！"晚生别过脸去，不理他。

"你能啥,俺也能买着!"天宝说着拨开人群想走开,又不甘心,扭过头来,大喊道:"你不是你妈生哩,是在大路边上拾哩。所以你爸妈带你弟弟去大城市,不带你!"

"你才是拾哩,你才是拾哩!"晚生的脸涨得通红,冲过去,挥起拳头。

天宝边往人堆里钻,边吱哇怪叫着:"你是夜里拾的,所以才叫晚生。"我们冲上去,七手八脚把他们拉开。

梦丽和弟弟暑假也去城里找爸爸妈妈了,她穿了件白纱连衣裙,裙摆蓬蓬着,脸显得更黑,眼睛更加有神。她的书包也换成了新的,粉红色的,有一个拉杆,能拉着走。一放学,梦丽拉着书包,昂着头,马尾辫左摇右摆,跟她一样骄傲。一凡紧跟着她,笑嘻嘻地找话说。梦丽瞥他几眼,绷着嘴忍着不笑。

梦丽又带回来几本书,我很想看,家里那本神话故事书都翻烂了,我不看书就能给弟弟从头讲到尾。梦丽把新书摆在课桌上,大家都围过来。"俺早就看完了!"她拂拂遮住眼睛的刘海儿,自豪地说。我凑过去,很想借一本。

一凡嬉皮笑脸地说:"梦丽,借我一本吧!"

"你又不看,还把书都弄脏啦!"梦丽扭过脸去不理他。

"我还是借给天赐吧,他爱看。"梦丽拿起一本递给我,"别弄脏了,看完赶紧还给我,我再借你其他的。"

"俺妈说,明年叫俺到城里上学。"梦丽说,"咱庄上没有五六年级,要到李桥去上,到时候没人接送俺。"

"听说李桥的小孩光欺负外庄上的小孩,咱庄上到那里去上学的,都转到县城去上私立学校啦。"晚生说。

"俺爸说私立学校学费很贵,还不能天天回家,我才不去呢。"一凡摆着手说。

大家七嘴八舌,我也开始担心起来。明年到李桥去上,还真挺麻烦,爷爷成天干活,奶奶身体不好,老师又不让自己骑车。

"你真去城里上学?"一凡追着梦丽问个不停。

放学回到家,我给奶奶说起明年到李桥上学的事,她安慰我说:"是挺麻烦哩。让你自己骑车去又不放心,路也太远。船到桥头自然直,你也甭担心,好好念书要紧。"

我摆好饭桌,带弟弟一起写作业,他还是一问三不知,不知道作业是什么。自习课时,我悄悄溜到教室外面偷偷看弟弟。他双臂放在桌上,全神贯注,看来弟弟是记不住学的什么。我让他先看课本,等我写完作业再教他。

吃完午饭,我总绕道去一凡家,叫他一起去上学。今天看

离上课还早,我们又到庄西头叫刚子。路上看到翠翠家门楼底下停着一辆自行车。"咦?这不是……"我和一凡几乎异口同声地叫道。院子里,她坐在马扎上,正和翠翠爸爸说话,我们赶紧凑过去。

翠翠爸爸是村里的养牛好手,他家院子后面搭了宽敞的棚子,里面养了十来头牛。

"我都养了十来年了,前些年庄上养牛的不少,这些年养的少了。孬好养养,一头牛也得赚千把块。要是都养牛,就没有贫困户啦!"翠翠爸爸笑得脸上涌起层层皱纹,"他们都看不上这活,嫌脏嫌累,都到城里打工挣钱去了。打工早晚得回来啊!"

"大哥坚持这么多年真不容易。我们考察过几个大型养牛场,近年来,牛的价格很稳,不像猪和鸡,一年高,一年低。"

"是嘞!去年猪的价格低得不行,血本都赔进去了。今年就高了,养猪的发了,你奶奶养的猪秧要卖好价钱喽。"翠翠爸爸扭过头对我说,我咧咧嘴。

我们一起从翠翠家出来,大家在她周围前呼后拥,喊喊喳喳问个不停。

"你吃饭了不?"

"还没有,一会儿就回去吃。"

"你问养牛干啥?"

"打算建养牛场。"

"建养牛场干啥?"

"养牛,增加村里贫困户收入,让大家脱贫致富。"

"谁是贫困户,俺家是吗?"

"咱村有一百多户贫困户,你们两家都是。"

大家七嘴八舌,问她各种问题。她总是很认真地回答,不像其他大人,我们多问一句就不耐烦。

"你们平时读什么书?"她问。

"神话故事!"我抢着答。

"天赐喜欢看书,他的作文可好了,在县上都获过奖。"一凡自豪地说。

"这么棒啊!"她高兴地看着我,我不好意思地挠挠头。

"我们的书都被天赐看完了。"梦丽也跟过来。

"这么厉害!下次我给你带几本来。"她看着我,眼里充满赞赏。

停了停,她看着我们,问:"我给你们上课讲故事,怎么样?"

"你不是来扶贫的吗?还能给我们上课?"

"听你们校长说,学校没有图书馆,你们平时读书不多,光

学课本的知识哪够?我想开门国学课,让你们学点传统文化方面的知识。"

"好哇,好哇!"大家拍手欢呼。

"你们是村里的未来,你们好了,村子自然就好啦。所以除了扶贫,扶智也很重要。"她若有所思地说。

原来,我们这些经常被大人们吵来吵去的小孩这么重要!等我们长大了,庄里会变成什么样呢?

"慢慢你们就会明白,精神富有比什么都重要。一定要多读书,做个内心世界丰富的人!"她望着我们,好像在问听懂了吗。我使劲点点头。

7 常老师的"魔法"课

我又做梦了吧!

明亮的教室,窗外知了在鸣唱。

"卖豆腐哩,卤水豆腐——"

"香油果子,香油果子哩——"

走街串巷的小贩悠长的吆喝声时远时近,时断时续。窗里窗外,都没有两样,只是站在讲台上的是她,她正在讲《论语》,讲孔子的后人……

我和天宝隔着窄窄的过道,他双臂放在课桌上,一动不动地看着黑板,鼻涕一长一短快流到嘴巴了他都没察觉。要不是在做梦,才不会见到这么聚精会神的天宝。静极了,世界仿佛停止了运动,流动的只有她的声音。我梦见过她给我们上课,但讲得

都没这次清楚。我擦了擦眼睛，以为能看见窗外那道光，光一照进来，天就亮了，梦也醒了。但眼前还是教室，下课铃响了，我如梦初醒。

校长和其他老师都走过来，原来他们坐在后面跟我们一起听课了。

"怎么样？提提意见，我挺紧张的。"

"知识点多了些，乡下的孩子读书少，底子薄，听起来会有点儿吃力！"语文老师说。

"讲得快了点儿，孩子们恐怕跟不上。"校长笑着说。

"我回去改改教案，精减下内容，留出跟孩子们互动的时间。这次准备的内容的确太多了，就这还没讲完呢。"她笑着跟老师们聊着，转过身来，又急不可待地问我们。

"有没有不明白的地方？有收获吗？"

"老师，你见过孔子吗？孔子长啥样？跟我们一样吗？"天宝边用手背揩鼻涕边问。

她从衣服口袋里掏出一包纸巾，抽出一张递给天宝："宝贝，以后用纸擦鼻涕，勤洗手，好不好？"摸摸天宝的头又说："跟我们差不多，只是发型和穿的衣服不一样。可惜咱们教室没有多媒体，没法播放PPT。对啦，用手机搜一下他的图片给你们看看！"

不一会儿，她把手机递到大家面前，解释说："古代没有摄影技术，这些图像是后人根据记载想象着画出来的。"

大家都朝着她围拢过来，你推我搡。天宝个头小，被挤到外面。"不要挤，孩子们，先让女生看！"班长梦丽帮着维持秩序。

大家看完了，还是围着她问这问那。田田坐在座位上，一直朝这边看，想过来又不好意思的样子。她走过去："田田也看看吧！"说着坐在她身边，把手机递过去。田田拂拂脸庞的头发，认真地看起来，水汪汪的眼睛漾起笑意。"你真漂亮！"她由衷地赞美道。

我一直认为田田是村里最漂亮的女孩，一凡非得说梦丽最漂亮。连她都说田田很漂亮，那肯定是没错了。

她的课越来越有吸引力，我像着了魔一样，回到家不是给弟弟讲她讲的故事，就是给奶奶描述她上课时的风趣。奶奶经常被逗乐："你们常老师还真有本事，难怪八斤家的孩子也能好好听课了。"

我把得的奖品给奶奶看，奶奶边割蒜边说："怪好看，别糟蹋了！"

"老师从省城带来哩,我写日记用。我今天上讲台讲故事去了,常老师夸我声音洪亮,讲得好。"

"不赖,不赖!"奶奶哪里知道,我第一次上讲台时,两腿发抖,声音发颤。弟弟拿着本子左看看右看看,羡慕得不得了。

"哥哥下次还去讲,老师给了奖品再给你。"我拍拍他的肩膀说。

讲课时,常老师不断提出问题让我们思考,鼓励我们踊跃回答,但刚开始大家都不敢主动站起来。"大胆说出你的想法,凡是回答的同学都有奖励!"天宝表现得非常积极,有时回答得很逗,引得全班哄堂大笑,她也乐得前仰后合。

"天宝的回答很有创意,给他鼓掌!"天宝领奖品时,像得胜归来的大将军,胸脯挺得老高。

讲完故事,她让我们到讲台上,用自己的话把故事讲一遍。她点名让田田去讲,田田犹犹豫豫,大半天才挪到讲台上,站在那里,低着头,摆弄着衣角,一言不发,真替她着急。她好不容易开口讲了,但什么也听不清。

"不错,不错。第一次能讲出来就很棒!"她递给田田奖品时鼓励道。

下课后,她跟我们一起玩投沙包,跟一凡一起玩那个爆了皮的足球。放学后，只要她在，一凡就不再像跟屁虫一样跟着梦丽，而是围着她常老师长常老师短的，有问不完的问题、说不完的话。我也很想跟她说话，但总不知道说什么好。她倒是经常问我爸爸回来过吗，奶奶身体怎么样。

我天天盼望着上她的课，一凡也是，几天不上，就打不起精神。校长说常老师还有很多其他的事，让我们不要老缠着让她上课。

放学后，经常有一堆同学围着她，跟她走村入户。我跟着去过几回，有一回去公自成家。一见面，公自成就诉苦，说领养的小丫头今年上高二了，还没有户口，没有户口就不能办身份证，就考不成大学，十来年的学就白上了。说着说着，竟然呜呜地哭起来。常老师让他先别着急，她打听打听，看怎么能尽快把户口办下来。

有一回，刚子奶奶把常老师拉到一边，低声说："常书记，你劝劝俺家丫头吧，她说啥都不愿意去上学啦。我说一句，她顶十句，句句窝心！"说着竟然抹起泪来。

头回见她这样。她成天张牙舞爪，铁嘴钢牙，在刚子姐姐面前却像只花猫。八姑说"一物降一物"，再厉害的人总会有降

住他的人。那八斤呢，谁能降住他？常老师能吗？八姑最担心的就是八斤欺负常老师。

见我们跟着常老师涌进院子，刚花一脸诧异。刚子奶奶赶紧说："这是你弟弟的老师，也是庄上的书记。"她打量着常老师，没说话。刚子走过来，叫了声"老师"。

"上几年级了？"常老师边问，边拉过来马扎坐下。

"九年级。"刚花垂下眼帘，不敢看常老师。

"快上高中了，为啥不愿上啦？"常老师不解地问。

"我根本学不下去，在学校也没啥意思，还不如早点儿出去打工挣钱。"

"你还没成年，打工也找不到地方。再说你能打一辈子工吗？"常老师见刚花要去打工，有些着急。

"我才不呢！"

"你连初中都没毕业，又没有任何技能，靠什么在社会上立足？"

刚花不再说话，但看样子常老师的话她并没有听进去。

连着几天，常老师不断去做刚花的工作，给她讲各种励志故事，甚至还讲到她小时候如何厌学逃学，又如何发奋读书的经历。

"你的心情我很理解,闯过这一道关就好了。"

每次,常老师都恳切地劝解,但刚花仍然坚持退学。看刚花铁了心,常老师也无可奈何,就建议她上技校。

"国家有个针对贫困家庭子女的'雨露计划',可以学习一技之长,不收学费,毕业后学校帮着就业。有了技术,到哪儿都能立足。"

"这个路子不孬!"刚子奶奶连连称赞。

"觉得好,你去!"刚花狠狠瞪了奶奶一眼。

没过多久,刚花就跟着村里的大人去城市打工了。

8 村里要建广场啦

周末，我们跟着常老师去田间，她坐在地头跟大人们说话，我们在田里捉蚂蚱、逮虫子。

秋天说来就来，田里的庄稼都该收了。花生秧子变黄了；大豆的叶子快脱光了，黄褐色的豆荚全都露出来；玉米棒子的须干枯成深褐色的丝线，黄色的棒子冲破层层包裹的皮，从丝线下面露出金黄的牙齿；高粱红得像关公的脸，也跟关公一样，站在地头，威风凛凛……

"希望的田野！"看到庄稼地，常老师总是情不自禁地赞美。

八姑笑话她说："看稀罕的你，像八辈子没见过庄稼地。"

"可不，这辈子可得看个够。"常老师大笑道。

庄稼地都让常老师高兴成这样，看见打枣，不知道她会高兴成什么样呢!

七月十五枣红圈,八月十五晒半干。该打枣了。

奶奶说趁着我明天不上学,一块儿去打枣,我高兴极了,赶紧去找一凡。他一听,乐得跳起来,说:"叫常老师跟咱们一起!"说着拉起我一路小跑。

天宝家的蒜米厂在村南头,塑料布搭起来的棚子下面,十来个人坐在那里加工大蒜,有的割蒜头上的须,有的在剥蒜皮。常老师坐在成堆的大蒜间,边剥蒜皮,边笑着跟大家聊天。

一凡一跳一跃,像兔子一样,越过小山一样的蒜堆,走到她身边,兴奋地说:"老师,明天你还来庄上不?天赐家打枣,你来吧,可好玩了。"

"好啊!"她爽快地答应了。

我像盼望过年一样,等着太阳落山,盼着月亮赶紧升起来。太阳像蜗牛一样慢慢爬啊爬,总算到了地平线,还依依不舍地留下绚烂的彩虹,好像把一整天没有用完的色彩,一下全都倒在西边。彩霞红透了半边天,半个月亮好不容易才爬上来。

第二天,天气晴朗,急急忙忙吃完早饭,我扛起长竿子,弟弟挎着大篮子,往池塘走去。一凡、晚生、天宝、刚子、梦丽他们都到了,田田竟然也来了,她羞涩地远远站着。

"我一说常老师来,他们都来啦。"一凡美滋滋地说着,接过我肩上的竿子,照着树顶上一簇一簇的红枣就是几下子。枣子夹杂着树叶扑簌扑簌落下来,大家纷纷过去捡,我捡了几个大红枣给田田送过去。今年枣子挂得稀,但个头大,离地面近的,差不多快没了,树顶上的枣子红艳艳一片。奶奶开着"小电驴"过来,从车斗里拖下来簸箩,放在树下,说:"乖乖,别往水里打!"刚子个子大,劲儿大,抢着竿子打个不停,有些枣子直接跳进簸箩里,有些扑通扑通跳进水里。

翠翠边跑边喊:"常老师来啦,常老师来啦!"后面还跟着班上其他几个同学。他们兴奋地喊着:"打枣啦,打枣啦!"

常老师放下车,笑嘻嘻地过来,奶奶赶紧迎上去,说:"别过来啦,枣砸着头怪疼。"

"没事,没事!"说着帮着捡枣子。她用手擦了擦,吃了一个:"又脆又甜!能收多少斤?"

"没算过,怎么也得一簸箩!"

"得有好几十斤,一斤卖多少钱?"

"没卖过。"

"我带回省城帮着卖吧,明天我正好要回去。"

"怪麻烦哩!"

"没事，大娘！要是量多了，还能在网上卖。这些我的亲戚朋友就能买了，明天我请人过来拉。"

一凡看到常老师来了，故意逗能，噌噌爬到树上，手晃脚摇，枣不断落在地上，掉进水里。"注意安全！"常老师在树下喊，一凡更加卖力。水里漂着红红绿绿的枣子。常老师在，谁都不好意思下水去捞。奶奶早有准备，在一根长竿子上绑上笊篱，一点一点把枣子捞上来，漂到远处的枣子，奶奶用笊篱慢慢搂过来。常老师也饶有兴趣地去捞。树顶上的枣子顽强地抵御着一凡的地动山摇，抗拒着刚子手中竿子的狂轰滥炸，依然高高地挂在枝头。一凡往上爬，想用手里的树枝把它们一网打尽。奶奶看着稀稀拉拉的枣子，说："乖乖，别打了，给鸟留些吧！"

看见刚子，常老师问他姐姐怎么样了，刚子说刚花在工厂里干活，一天工作十来个小时，嫌累，又回来了，在家里窝着呢。常老师叹了口气，紧锁眉头。

公自成扛着粪箕子过来，看样子是来摘菜。

"常书记，小丫头的户口啥样了？小丫头回家来了，没有户口就没法参加会考，哭得不行！"他也马上要哭的样子。

"大叔，我正想找你呢。孩子有出生证明吗？有出生证明就好办。"

"一生下来我就抱来了,啥也没有。"

"没有证明,不好办。"

"常书记,你可得帮俺想想办法,俺们全指望你了!"他焦急地跺着脚说。

"大叔,咱不着急,我想想办法。回去给孩子说户口正在办,让她安心学习。"

"公自成年轻的时候在外面闯荡,抱回来一个女娃娃,要不是他老娘照顾着,这个娃娃可长不成人。他老娘没啦,娃娃也成大闺女了,长得可俊啦!"奶奶跟常老师絮叨着。

"是嘞,大娘。孩子学习还很好呢。要是办不成户口,考不成大学就可惜了。再难也得把户口办下来,可不能耽误了她。"

回到家,奶奶挑出来又红又大的枣,装在红色的塑料袋里,一袋挨着一袋,"小电驴"里都放满了。她开着"小电驴"去给庄里原来的邻居送过去。看样子,奶奶又得被这个拉着说会话,被那个拉着在家坐一会儿,大半天才能回来。

果然是这样,天黑透了她才回来,车斗里拉回来邻居给的各种吃食。夜里,奶奶又把剩下的枣子挑挑拣拣,装进两个蛇皮袋子里,爷爷掂了掂,说有三四十斤。奶奶说让常书记带回城里送人,哪能收钱呢!

我又来得最早,校园里还很安静。办公室的门敞着,常老师恰好走出来,笑着问:"这么早!吃饭了吗?"

"吃了,吃的大包子。"她搂住我的肩膀,我顿时浑身暖洋洋的。

"爸爸最近回来过吗?"我摇摇头。

"昨天我们去城里,碰到你爸爸了,他说过几天就回家来。等爸爸回来,告诉老师一声好不好?"要是爸爸像上回那样,让她看见,多丢人啊!虽这样想着,我还是点点头。

我希望爸爸能回来,又担心他回来闹事。他不在,家里就平安无事,他一来,家里就翻天。

本来今天下午常老师能给我们上两节课,但第二节课她去给三年级上了,三年级的同学也很想让她上课。我听见隔壁一阵欢呼,心里有说不出的失落,放学时还高兴不起来。一下课,一凡就跑到隔壁教室,趴在窗户上往里瞧,不舍得离开,我带着弟弟失望地回家了。

一到家,奶奶就对我说:"乖乖,常老师送来五百块钱,说是卖枣的钱。咱那些枣,五块钱一斤也没人要啊,她说卖十来块钱一斤呢,明摆着是照顾咱!"

茄秧子蔫了,堆在院子里,奶奶摘了一篮子小茄子,叫我

给八姑送过去,让她腌蒜茄子。我挎起篮子,黑虎看我要出门,从地上站起来,晃晃身子,跟我一起出了门,蹦蹦跳跳在前面开路,精神抖擞,而我却像霜打的茄子。

八姑跟我们家的老院挨着,在庄西南,要穿过大半个村子。我沿着大街慢慢走,车一过,灰尘滚滚,我捂起鼻子,顿时觉得自己成了小灰人。临街的房子总是灰头土脸。下雪后,不到半天,房顶上的雪就蒙上了黑乎乎的一层灰,地下更是乌黑乌黑的雪水,这里一窝,那里一摊,大大小小的坑连成片。下雨时,积水跟水塘一样,大车开过去,溅人一身泥浆。总看见"二能能"奶奶掐着腰,扯着嗓门,朝着车去的方向骂。

天宝家的超市挂着竹帘子,他妈成天擦个不停,一天不知道往门口泼多少次水,里面的东西还是蒙着一层灰。前面不远是翠翠婶子家的超市,她婶子也不停地擦,还是不断灰。八姑说要不是翠翠二叔在派出所上班,她家可开不成超市,谁敢跟八斤唱对台戏呢!

刚子家的拉面馆开着门,浓郁的大蒜味直冲鼻子,刚子正坐在门口剥蒜。剥一斤蒜米五毛钱,刚子奶奶割蒜头一斤五分钱。红色塑料桶里白花花的全是蒜米,堆得小山一样高,另一个大桶盛着水,泡着一瓣一瓣的蒜。刚子从桶里捞出蒜瓣,很麻利地剥了皮，放在蒜山上。他的手被蒜米杀得通红，时间长了还会裂小口子，更是杀得手钻心地疼。他妈穿着花裙子，从屋里又提出一桶泡在水里的蒜瓣。看样子她要出门，脸擦得白得泛青，脖子显得更黑。

村委大院里有辆挖掘机拼命地吼着，随着"轰隆"的声音，地在颤抖，灰尘席卷而来。刚子用手捂住嘴，指指前面，说："在拆房子！"围墙被推倒了，摇摇欲坠的村委办公室成了一堆砖头瓦块。

一凡爸爸在烟尘弥漫中推着小车，来回穿梭，头发眉毛上挂着一层灰。村支书三羔叼着烟，指手画脚："你看那轻飘飘的样，一脚踩不死只蚂蚁，像干活不！""这边这边！""那边那边！"……他指哪儿，大家就往哪儿干，没人吱声，他们七手八脚用榔头把大土块砸碎，装到车上，推到大院的东南角。

"去去去，一边去，有啥好看哩！砸着了，可别怨人！"村支书不耐烦地朝我和刚子摆手。刚子伸伸舌头，跑回去把店门锁上，跟我一起往八姑家走去。

远远就看见常老师的自行车停在八姑家门口，我和刚子不约而同地跑起来，篮子里的茄子都颠出来了，刚子折回去帮我捡。

　　八姑的小院方方正正，里里外外都干净利落。大门两旁种着鸡冠花和月季花，尽管八姑成天用喷壶洒水，叶子和花上还是落了一层灰，看上去风尘仆仆，像是赶路回家的人。黑漆木门的颜色褪得差不多了，还能隐隐约约看出黑色的底子露出黄褐色的木纹，挨着地面的一头连木头都剥落了一层。门扇底下垫着石头，天长日久，石头上磨出深深的窝，光溜溜的。

　　院子里盆盆罐罐，高高低低，都是花花草草。墙根的指甲花，粗粗壮壮，夏天开满花，红得像火焰。翠翠她们掐来叶子，加上白矾，捣碎，放在手指甲上，用蓖麻叶包住，半天工夫，指甲和指头肚鲜红。指甲花的花落了，会结成一个一个青色的小口袋，胀鼓鼓的。不久，黑色的籽冲破口袋，散落在泥土里，明年春天，又长出很多小苗，密密匝匝，八姑挖出来分给我们去栽。

　　三间老屋，八姑吃住都在里面。老屋门旁的那丛月季，长得快跟房檐一样高了。大朵大朵的月季花，每年都开很多，开很久，散发着甜丝丝的香味。每次来，我都会站在那儿看好久，看到脖子直发酸。八姑说我是花痴，将来能娶个花一样的媳妇。

　　八姑和常老师正在屋里看房顶，屋西墙满是水印子，那是下雨时从房檐上渗进来的。整个屋角往下塌陷，被三根长木棍顶住，光线从大大小小的缝隙间透过来。

"我怕屋子塌了，用棍子先顶起来了。"

"这属于危房，你是五保户，修缮房子国家是有补贴的。抽空您把屋里收拾收拾，趁天还不冷，赶紧修修。"

看到我们，八姑和常老师高兴地招呼着。八姑从八仙桌上抓来糖果，一人塞给我们一把。

"天赐家的房子也得尽快解决，冬天那地方不能住。"

"是嘞是嘞！去年大人孩子冻得撑不住劲。大婶子的身体又不好，再冻出啥毛病就更麻烦了！"

"让他们搬回来住，我看这边的房子还不错，比那边强多了。"

"老师，村委大院扒房子哩！"刚子嚼着糖说。

"是嘞是嘞。村委大院要重新规划，旁边空地修一个广场，建一个大舞台，以后演戏、放电影就有地方了。"常老师说话已经跟我们很像了。

"真哩？"

"当然是真哩，还要安健身器材，到时候你们就有地方玩了。"

"啥时候能建成？"

"很快，大概一个月吧。"

未来的广场是啥样呢?我一时想象不出来。

"工程定下来谁干了?"八姑认真地问。

"开了党员会和村委会,都同意支书领着大家伙干,说省钱,质量有保证。"

"咋不让刚老六领着人干?"八姑问。

"本来想让他带着干,他人实诚,工作认真,但他不愿意。"

"他是不愿意得罪人吧,这么多年都是三羔说了算。"

"村里的事得大家开会讨论决定,不是哪个人说了算。以后要多开村民代表大会,村务公开。这次工程王书记挺积极的,专门推荐秀成老师记账,还让定期公布账目明细呢。"常老师充满信心地说。

"你呀,就是这点不好,啥都往好处想。凡事要多个心眼。"

9 好事变坏事

教师节到了,大家想给常老师一个惊喜,凑到一起就商量。送钢笔、本子、糖……这些都不新鲜。一凡一拍脑袋,说要不专门给老师画个黑板报吧,写啥、画啥、谁画谁写,大家喊喊喳喳,终于定了下来。

教师节那天,常老师送给每个老师一把雨伞。宋老师撑起蓝底白花的大伞,乐得合不拢嘴,说:"这下中啦,下再大的雨都不怕啦!"

下午,我们缠着语文老师让她答应第一节课让我们上自习。常老师一进校门,一凡、翠翠他们就跑过去,让她第二节课一定给我们班上。一下课,一凡又跑去提醒常老师。上课前,翠翠、晚生在教室门口缠着常老师说话,好让她上课铃响了之后再进

教室。

我和梦丽第一节课就站在黑板上又画又写。"'欢迎常老师'写大点""'谢谢您'写下面""再画几朵花"……大家不停提着意见,我们不断修改。我担心下课时画不完,想快点儿画,越想快,越紧张,手下的粉笔越不听使唤。下课前,总算画完了,我和梦丽都松了口气。

像往常一样,常老师笑着走进教室。"起立,老师节日快乐!"我们的声音充满喜悦,都期待她看到黑板的那一刻。

常老师转身看到黑板,愣了一下。

"啊!谢谢孩子们,好特别的节日礼物!"她说着流下泪来,"老师太高兴了,太高兴了。谢谢,谢谢!"

老师这样感动,我们非常高兴。值得高兴的事接二连三。

学校操场变了样,草坪一样的塑胶垫,一直铺到墙根,椭圆形暗红色的跑道上画着白线。一凡在上面一个接一个打着旋子,鞋都甩飞了。低年级的同学在上面打滚嬉闹,大家都兴奋得不知如何是好。

一凡气喘吁吁地过来,让我掐掐他的胳膊,我使劲掐了两下,"哎哟,哎哟!"他龇牙咧嘴,"真不是做梦,是真哩,是真哩!"

9 好事变坏事

接下来的足球课更让一凡兴奋。

常老师身边站着一位穿运动装的叔叔,他笑着朝我们摆摆手。

"今天给大家隆重介绍一个大帅哥——罗老师。他足球踢得很棒,请他教大家踢球好不好?"

"好!"兴奋喜悦的回答震得耳朵嗡嗡响,教室里一片沸腾。

一凡整好队,把大家带到操场。罗老师给我们讲完踢球要领,就教我们带球。男女生分成两组,一个接一个往球场另一边带,然后再带回来。男生学得很起劲,一凡最投入,连看梦丽的工夫都没了。女生嘻嘻哈哈,带着带着,球就跑一边去了,她们赶过去,抱回来接着带。"那是足球,不是排球!"男生不断嘲笑她们。田田带得很慢,但还是有惊无险地带过去了,我松了口气。

足球在庄上火起来,一凡带着球在前面跑,后面跟着一串高高矮矮的男孩,闹闹哄哄,穿街走巷。

"这群熊羔子成天撵个皮球干啥,真是吃饱了撑哩!"大人们无奈地摇着头。听说是常老师给的球,"二能能"奶奶拉着脸说:"你望望,常书记放着路不修,成天带着一帮鼻涕不干的孩子东窜西逛!"一凡停下来想争辩,我扯扯他的衣服,给他使个眼色。他爸爸背着手正从街那边趔趔趄趄走过来,我们呼啦一下

转进一条窄胡同里。

我的饭量变大,奶奶怕撑着我,吃饭就提醒:"乖乖,咱能吃多少是多少,别强塞,个子是慢慢长哩!你看庄稼不也都是一点儿一点儿长起来的嘛!紧工不紧食,看你就差把头揪下来,往肚子里倒饭了,吃这么快干啥?"看爷爷恨不得一口吞下一个馒头,噎得脖子伸老长,奶奶数落起爷爷来。

爷爷急慌慌地吃饭是赶着去干活。

这一阵子,爷爷跟着盖村委大院,我经常去工地找他。五间红砖瓦房从垫地基到砌墙,不几天就起来了。爷爷说:"常书记天天往工地跑,让大家伙注意安全,还给俺们买水喝,工钱一天都不拖,真是不赖!"爷爷想到哪儿说到哪儿,"唉,想叫人人说好可不容易!"

"咋啦,听见啥啦?"奶奶问。爷爷看了奶奶一眼,没再说话。工地上人多,奶奶常说人多嘴杂。

吃完饭,我跟爷爷一起出了门,爷爷去工地,我去一凡家。

一凡奶奶坐在院子里割蒜,一凡还赖在床上,不见田田的影子。我正坐在床沿上,挠一凡的胳肢窝。

"大娘在家吗?"是常老师的声音。一凡猛地用床单蒙上头,随即又一把掀开,跳下床来,从一堆乱糟糟的衣服中翻出一件,

9 好事变坏事

胡乱往头上套。

"孩子们呢?"

"田田跟她爸下湖刨花生了,一凡还没起呢。"

"小家伙真够懒哩。"

"他大兄弟,坐坐坐。"一凡奶奶在给谁让座。

"太阳都晒屁股了,还不起床?"常老师撩开花布帘子笑着走进来。一凡使劲把上衣往下拽,他还没找到裤子。常老师捂住嘴笑得弯下腰,我笑得倒在床上直打滚。

"大嫂子,这是一千块钱,是常书记根据国家的福利政策跟民政局申请的,让你们好好过个八月十五。"晚生爷爷说着递过去一个牛皮信封。

"这还了得,可让常书记操心啦!"一凡奶奶在衣服上擦擦手,把信封接过去。

"要是栓柱的腿好,能出去打个工,咋着月月也能挣几千。他那腿病说犯就犯,挣得没花得多。"奶奶撩起围裙擦擦眼泪。

"大娘,在家一样挣钱。赵大哥愿意养牛,咱尽快把牛养起来,日子会好起来的。"常老师安慰她。

"大嫂子,常书记来咱庄就是让咱们过好日子哩。她让咱脱不了贫,咱不让她走!"说着晚生爷爷嘿嘿笑起来,"大嫂子,

俺再陪常书记走走其他户,还有好几户要去哩。"说着起身就走,我和一凡跟了出去。

刚拐进一个胡同,憨存福从后面赶上来。

"常书记,听说发钱,有俺的不?"他觍着脸问。

"去去去,一边去!"晚生爷爷黑着脸撵他。

"八斤说常书记发钱,有俺哩,让俺赶紧来领,来晚了就没啦!"

"你不够条件!"常老师还想再解释,晚生爷爷连连摆手,说:"跟他说不出里表来,甭理他!"

存福狠狠吐了口吐沫,走了。

"六爷六爷,俺家能摊上不?""二能能"奶奶也撵过来问,"俺去八斤家超市买东西,他说发钱,也有俺家哩。"

"这是给庄上缺爹少娘的孩子哩!"晚生爷爷气恼地说。

"俺家外甥不就是没爹了。"

"他不是咱庄上的人。"

"还想骗俺,八斤说比俺家日子好过的都有!"她掐起腰,做起大吵大闹的架势。常老师咬咬嘴唇,没吱声。

"常书记,庄上的事就这样,好事办着办着就成孬事了,你别往心里去。"晚生爷爷劝常老师。

9 好事变坏事

"没事,没事,我早习惯啦。八斤在后面捣什么乱啊?"

"你还糊涂着哩!那不是村委的工程他没捞着嘛。"

"是大家投票决定的,人心所向啊。"

"庄上垒一个猪圈你不让他干,他都得兴点风做点浪。这个工程他没捞着,不生出些事来,他就不是八斤了!"晚生爷爷叹了口气,"这也不全怪八斤,是支书三羔故意拆他的台。"

常老师的脸沉下来。

"常书记,庄上的事跟城里的事不一样。庄这么大,啥事都有,不能较真!"

"糊糊弄弄,能干成事?能服众吗?我就是不信邪!"

10 爸爸回来了

回到家,爸爸竟然在院子里站着!我呆呆地站在那里,弟弟跑过来躲在我身后。黑虎见了常老师摇着尾巴迎上来,常老师喜笑颜开,摸着它的头说:"黑虎乖,黑虎乖!"

"你望望,连狗都不叫了,常书记这是偷着往这里跑多少回啊?小松在家啊,真稀罕!"晚生爷爷笑着说。爸爸不好意思地跟大家打招呼,奶奶忙着找板凳,我给常老师拎来马扎。

"小松在哪里发财啊?"晚生爷爷问,爸爸低下了头。

"不是我说你,孩子这么大了,大孩学习这么好,也该好好干啦!光指望爹娘,他们还能动弹几天?俺家二小跟你光着腚一起长大,不是我夸自家孩子,他哪一年不挣个十万八万,你哪一样比他差?"晚生爷爷数落道,爸爸静静听着,一言不发。

"常书记为了你家,不知操了多少心!你成天喝得东倒西歪,闹得鸡飞狗跳,摸摸良心,对得起谁?"

奶奶常夸晚生爷爷能说会道,他还真是说得在理,我爷爷就从来不会这么说。爸爸埋着头不吱声,泪一滴一滴落到地上。

"以后少喝酒,多顾顾家。天马上凉了,冬天住这里太冷,哪天搬回去住吧。"说着常老师递过去一张纸巾,爸爸接过去擤了擤鼻子。

下午,爸爸跟我们一起下湖刨花生,弟弟紧跟着我,不停地看爸爸,唯恐爸爸冲上来把他吃了似的。

秋收了,田里到处是干活的人,掰玉米的、刨地瓜的、收大豆的……

花生叶子枯黄了,落了一地。动手早的,已经刨完花生,把花生秧倒过来摆放在田里。秧子上白花花的果子朝着太阳,不几天就能晒干。刨过花生的田里是新鲜的泥土,零落的花生隐约可见。

"小松,赶明儿咱把那边收拾收拾,趁天还没冷,搬回去吧。咱以后少喝酒,别再叫左邻右舍笑话啦!"奶奶边把刚刨出来的花生摔干净土,边劝爸爸。

"不喝了,我最近一喝酒就难受。"

"不是病了吧？"奶奶停下手里的活，担忧地望着爸爸。

"没事。"爸爸的脸黄得跟土一样，他心不在焉地安慰奶奶。

黑虎狂跑着追老鼠，老鼠钻进洞，它趴在洞口火急火燎地刨土，新鲜的黄土被抛撒得老高，把花生都埋上了。

爷爷傍晚才回来。他中午没回家吃饭，村委大院快完工了，支书请他们吃饭。他看到爸爸，就像啥也没看见一样。

奶奶熬了小米粥，烙了葱油饼，炒了黄瓜鸡蛋，我拌了青辣椒。奶奶在院子里拉开桌子，摆上碗筷，我们很久没这样正儿八经地吃过饭了，都是各人端着各人的饭碗，随便找地方吃。爷爷端起一碗汤，卷起一个饼，到大门外面去了。奶奶朝着爷爷的背影想喊，但啥也没喊出来。

太阳一下山，凉气立马涌上来，坐在院子里，凉凉的。小猪崽儿都卖了，没有它们哼哼唧唧，院子里安静了很多。老母猪显得很孤单，抓猪崽儿的时候，它仰着头吱吱叫了一阵子，之后就跟没事似的，照吃照睡，偶尔会听见它长长嘘气，大概在梦里担忧它的孩子们吧。它浓重的呼吸声，让人也想立马睡觉。刨了半天花生，浑身骨头都要散架了。

月亮升起来，跟奶奶烙的饼一样圆。

桌子上的饭菜，除了弟弟抓起一个饼狼吞虎咽地吃起来，没谁动筷子。黑虎也乖乖趴在一边，不像原来见人吃东西就围上来，赶都赶不走。我一点儿都不想吃，只想快点儿躺下。爸爸的脸在月光下泛白，比白天好看多了。爸爸的模样挺好看，长得像奶奶，圆圆的眼睛，双眼皮，高高的鼻梁，可惜我一点儿都不像他。

奶奶看着爸爸的脸，担忧地说："松，你要是身上不得劲，就往药铺拿点药吃吧。"

"没事，干一下午活，有点儿累，歇歇就好了。"

"这是一千块钱，你拿着用吧。常书记今儿给送来哩。"爸爸接过钱，塞进衣兜。

"八月十五回家来吧，猪崽卖了三千多，再加上这些钱，咱家可是肥啦，今年好好过个八月十五！"奶奶难得这样高兴。

爸爸还是打不起精神，看上去他任凭情绪把他拽入低落的深渊，连挣扎一下的勇气都没有。那个喝醉了一蹦三尺高的爸爸哪里去了？哪怕强挤出点笑容哄哄奶奶也好，他的脸像冬天池塘的冰面。我一阵发冷，起了一身鸡皮疙瘩。

草草吃了几口，爸爸就要手电，说去老院子住，顺便收拾收拾。奶奶喜得泪都出来了，忙不迭地去找手电。爷爷放下空碗折身出门去了，爸爸走了很久他才回来。

爸爸又回来了，笑得合不拢嘴，带来一个崭新的足球，带着我和弟弟在打麦场踢球，带球、运球、传球，他踢得跟罗老师一样好，我大叫着，笑着……

"乖乖，做啥好梦了？都笑醒了。"奶奶大概又失眠了。

那道直尺一样的白光，正好横在脸上，我感到丝丝凉意。虫儿还在鸣唱，此起彼伏。耗子吱吱地叫着，它们又在偷吃堆在墙角的花生，弄得"哗啦哗啦"直响。奶奶把床边的棒槌扔过去，"哐当"一声，霎时，夜又安静下来。

秋天，花生、玉米、大豆堆得满墙满院，耗子多起来，大白天都敢在院子里窜来跑去，黑虎悄悄守在那儿，支棱着耳朵，但一只耗子也没逮到过。

花生晒干，奶奶挑出饱满的，留花生种明年再种。又从花生中挑出又白又饱鼓的，装了满满一塑料袋，让我带给常老师。看她的车停在学校车棚里，我把花生放在车筐里。这辆自行车前一阵还崭新锃亮，现在前后轮子上都沾满了泥，车链子黑乎乎的。

"天赐，在跟我的车说话呀？"我正看着自行车发呆，常老师不知什么时候走过来了。

"这么多花生！"

"奶奶让你带回家吃。"

"太多啦,这一阵到谁家都给花生。放学时叫我一声,跟你一起回家。"

常老师笑得跟八姑家的月季一样,眼角涌起细密的皱纹,原来好像没这么多、这么深。她嘴唇干裂,翘起来不少白皮,脸上也有成片的白皮,鼓鼓的腮也不知跑哪里去了,让人看着心疼。不过她比刚来的时候壮实多了,不再是八姑说的"白面书生"。

她摘下车把上的布包,搂住我的肩往教室走。

"爸爸最近怎么样?"

"可好啦,没喝过酒,还帮奶奶干活,八月十五也回家来了!"

尽管爸爸总是板着脸,不过他在家,奶奶还是喜滋滋的,她的病仿佛一下好了,药都不吃了。

"太好啦!看来我们的工作没白做。"

"俺家的老院子快收拾好了,奶奶说晚几天就搬过去。"

"耶!耶!耶!"常老师高兴得连着跟我击了几下掌。我受她感染,痛快地笑了一回。

放学时,常老师在跟校长商量着什么,我带着弟弟站在柳

树下等。柳树的叶子快落光了,软软的枝条泛着黄色。一凡见我不去踢球,带着一帮同学一溜烟跑没影了。顿时,校园安静下来。一阵风吹过,棉线一样的柳枝,随风起舞。

"人口超过三千的村就能办一所完整的小学,县教育局支持咱们扩建学校!"常老师的声音充满喜悦。

"常书记,地是大问题,咱得有地才能扩建啊!"校长说。

"那片地不正合适吗?现在这个样子多难看啊,像块膏药似的。"

"你可别提这块地了。多少年啦,都没人敢管。"

"我打听过,是挺复杂的。事在人为,慢慢做工作。"

"不管没事,你一管,事就来啦。八斤这个人可不好惹,村里人谁不怕他三分。"

"再怎么着也得讲理啊。"

"跟这些人没法讲理。"

"总会有办法的。"

……

常老师从办公室出来,手里提着一个大袋子。

"走吧,孩子们!等急了吧?"她把袋子放在车后座上,我和弟弟一人一边扶着朝家走。路颠得厉害,袋子时不时歪下来。

"这袋子一点儿都不听话,我让你往下掉!"常老师扶正袋子,使劲拍了几下。我和弟弟都被逗笑了。

黑虎老远就摇着尾巴迎上来。

八姑和奶奶正坐在院子里,她们中间放着一个簸箕,里面盛着白花花的花生。

"你望望谁来啦!"八姑拍拍前襟,站起来。奶奶慌忙跑上来,接过自行车。常老师把花生和袋子一手一个提下来,对八姑说:"我昨天去家里,你不在,我看屋子修得差不多啦。"

"屋子这两天就收拾好了,过几天就能搬回去,真是多亏了你!"

"阿姨,是多亏了国家政策好。"

说着,常老师从袋子里捧出来一些花生,放进随身带的蓝布袋里,说:"大娘,我留些尝尝就行了,这些留着当种子吧。这是我孩子穿小的衣服,千万别嫌弃!"

"有都不孬,咋能嫌弃!"

羽绒服、毛衣、围巾……常老师像变魔术一样,从袋子里一件接着一件,掏出各种衣物。她拿起一件蓝色羽绒服给我穿上,帮我围上蓝黑格子围巾,顿时我浑身散发着淡淡的香味,像月季花一样好闻。接着,常老师又帮弟弟从头到脚装扮一新。

弟弟看看身上的棉袄，看看脚上的鞋子，看看我，高兴得不知如何是好。

"真帅！"

"确实怪好看，跟画上的小孩一样！"八姑打量着我们夸道。

"小八蒸的大包子，还热着，赶紧吃一个！"奶奶把筐子端出来，揭开白粗布，递到常老师面前。

"还真饿了。"常老师拿起一个包子坐在马扎上吃起来。我和弟弟人手一个，吃得很欢。

"又没吃午饭吧？说你多少回了，饿了就去我那儿，又没外人，怕什么呢，又吃不穷我！"八姑心疼地责备道。

"跟着信用社的人入户了，咱们村有些贫困户想申请国家贴息贷款，信用社得一一上门了解情况，一点多才走完。"常老师用手遮挡着嘴说。

"能不问的就别问，大事小事你都揽着，多大的心也操不完啊！村委那些人呢？让他们去！来了不到一年，看你瘦成啥样啦！"

"他们一个月才三百多块钱，都一家老小，哪能天天拉着他们，我能办的就不麻烦他们了。正好减肥，我那些同事成天为减肥发愁呢。"说着，常老师笑起来。

"我看广场也快修好了,这一倒饬,还真好!就是……"

"马上要装健身器材,还要安路灯。"

"好是好,不过……"八姑望望常老师,欲言又止,不忍心说的样子。

"是不是又听见啥啦?说来听听。"常老师笑着说。

"你呀,就是让人生不起气来!你咋不先修路,弄那些中看不中用的村委大院、广场干啥?"

"激起民愤了,是不?路早晚都要修,不加大大小小的胡同,咱村共有十八条主路要修,还有一条通村路,共十来公里,需要好几百万,工程量很大。情况早就报上去了,等资金呢!"

"我要是你,修路之前啥都不动。村委大院盖得亮亮堂堂,人家还以为你拿修路的钱弄形象工程了呢。你光把路修起来,庄上的人就心满意足啦。"

"建村委大院国家有补贴,先垫资建起来,审核合格了才拨款。事得一件一件做,也得有个先后。"

"别操那些闲心啦,干得越多,闲话越多!"

"来就是干事的!多干一件是一件,要是光听闲话,什么事都干不成啦。"

我躺在床上,怎么也睡不着,却如在梦中。房顶上直尺一样的光消失了,连经年不息咆哮的风都无声无息了,虫鸣仿佛也被隔开,去了另一个世界。八姑家"吱呀吱呀"的关门声、"哐啷"上门插的声音、胡同里由远及近的脚步声……陌生又熟悉。

我们搬回了老院子,邻居都过来帮忙。八姑忙前忙后,帮奶奶收拾:"这回中了,串门方便啦!"常老师也过来帮忙布置,屋里屋外都不一样了,院里院外热闹起来。

期末考试快到了,常老师让我们好好复习,暂停上课。她来学校,跟校长商量着什么。一下课,她就被大家团团围住,田田也跟着围过去,抢着跟常老师说话。

田田正渐渐变成另外一个人,虽然讲故事声音不大,不过能听到了,还有些羞涩,但敢面对大家讲了。她的课堂笔记非常工整,常老师经常拿给全班同学展示。她跟女生一起玩沙包、做游戏,不再一个人静静坐在那里。

常老师给我三本书,也给她三本,让我们看完了交换着看。换书时我对她说《丑小鸭》很好看,不知道她看了没有。就像童话里的故事一样,田田在慢慢变成白天鹅。

每天都是复习课,老师发了很多试卷,天天做,让人腻烦,我更想上常老师的课了。但见她的时候不像原来那样多了。放学后，我和一凡在庄上转悠，很希望碰到她。一凡穿了件淡紫色羽绒服，他说是常老师给的，田田的衣服也是。

八姑说，这阵子常老师在忙着流转土地，建养牛场。庄西边的山包下流转了十来亩地，有一凡家两亩，他爸说别说给钱，不给钱也让出来，常老师帮了这么多忙。还有梦丽家的、晚生家的，这些户都好说话。八姑说常老师没放过空话，大家伙都信她，换别人就不会这么顺当。

知道常老师在工地，我和一凡得空就往山包下跑，果然常老师经常在那儿忙前忙后。常老师专门来我家找爷爷，请爷爷过去砌牛槽和排水沟。正好邻村的活干完了，爷爷每天都去牛场干活。这样一来，我也能顺理成章地随时去了。

养牛场建得很快。大吊车吊着钢板、钢条，几个工人又焊又敲。没几天，宽大的大棚就有模有样了。相比之下，爷爷在棚子里砌牛槽就慢了许多，两个棚子又宽又长，每个棚子里砌两个，砌完了还得用水泥弥好。"慢工出细活，不急，歇着干。"常老师总是这样说。

日子跟建养牛场一样快，转眼快元旦了。我很想给常老师

买个礼物,一凡也想。女生叽叽喳喳也在讨论给常老师准备什么礼物好。我和一凡在翠翠婶子家超市转了一圈,又到天宝家超市转了一圈,连刚子家的面馆都没放过,她妈妈也在卖各种小玩意儿,都没有中意的。我们商量好周末去月庄集上买。

月庄集离我们村有五六里路,晚生、一凡和我吃完早饭就走着去赶集。在村口的小河玩一阵子冰,在弘村看了半天蔬菜大棚,走走玩玩,中午才到集上。

集很大,人很多,各种小摊小贩,叫卖声此起彼伏:"甜橘子,甜橘子,五块钱三斤!""热烧饼,热烧饼,刚出炉哩!"……小轿车、电动车、三轮车、自行车……你不让我,我不让你,挤成一团。

我们东瞧瞧,西望望,不知道买什么好。不是找不到这个了,就是那个掉队了,走走停停,半晌过去了,还两手空空。

"常老师就住在这里,上次我跟爷爷来过!"晚生一拍脑袋高兴地指着路边的一个院子说。"咱们去看看吧!"说着大家拨开人群朝院子走去。

院子里有几棵高大的白杨树,一排红砖瓦房有些破旧,不过干净利落。晚生冲到其中一间屋子前,兴冲冲地叫着:"这个就是,快来快来!"他使劲拍着门,大叫着:"常老师,常老师！"旁边屋子的门打开了，一个叔叔探出头说："你们常老师成天不见人影，到村里去找吧！"我趴在窗台上，好奇地打量着老师的宿舍。里面摆着一张床，床头有一张桌子，桌前有一把椅子，桌上放着一摞书和一叠一叠的文件。

我们又在集上转悠了半天，最后，在一家文具店，我花了三块钱买了支笔，常老师的教案是用钢笔写的，笔能用得着。一凡买了只玻璃天鹅，花了五块钱。晚生买了两个装在透明盒子里的球，一按开关就亮，一共十块钱。

回去的路上，大家都慢吞吞地走着，两腿像灌了铅，肚子"咕噜咕噜"叫个不停。路两边是大片大片的麦田，霜打过的麦苗，墨绿墨绿的，紧贴着土地。奶奶说，冬天麦苗要好好睡一觉，大雪是它们的棉被，被子越厚越好。今年的棉被还没来，大概还没做好。大蒜苗也被冻得蔫蔫的。

眼看快到弘村了，过了弘村，就快到家了。

"常老师！"晚生惊呼。

果然是常老师，她猛蹬着车子迎面过来。看到我们，她跳下车，扯下蒙在脸上的围巾，气喘吁吁地问："你们干啥去了？"看上去她焦急不安。

"赶集买东西，给你……"没等一凡说完，我赶紧扯扯他的

袖子。

"买东西,买东西!"一凡挠着头笑着说。

这时,她的手机响了。

"咱妈怎么样了?……没事就好,吓我一大跳!……哦,还是心血管的事……住上院了……那我就放心了……好好好,这边还有些事,办好就回家。"

放下电话,她仰头长吁了一口气,轻松了很多。

"老师,你妈咋啦?"一凡问。

"她忽然晕倒了,幸好及时送到医院,抢救过来了。"

"啊——"我们惊得睁大眼睛。

常老师咬住嘴唇,眼眶红了。我们不知如何是好。

"你们还没吃饭吧?"我们不约而同地点点头。她看了下表说:"我也没吃饭,咱先到弘村的小饭馆吃饭吧。"听到吃饭,我的口水都快流出来了。一路上,谁都没说话。

"常书记来啦?"饭馆老板撩开帘子把我们让进屋。

这户人家外间屋是超市,里面的院子是吃饭的地方。我们坐在门楼底下的矮桌旁,常老师拿来菜单让我们点菜,大家推来搡去,都不肯点。她拿过去,边点边问我们喜不喜欢。点好菜,她又给我们每人倒了杯热水,喝上热水,身上暖和起来。

油炸河虾、猪肉炖白菜、蒜薹炒肉,一条油炸大鱼炖得酸酸辣辣。卷着煎饼,大家风卷残云。我很少吃这样丰盛的饭菜,十天半个月也吃不上一回肉,家里过年也很少这样吃。常老师吃了几口,就放下筷子,心事重重的样子。

元旦前一天,下午放学时,常老师正好从学校门口经过,她被团团围住,大家都抢着把礼物递给她。常老师都快拿不过来了,抱着满怀的礼物连连说:"谢谢孩子们,谢谢你们!"激动得眼泪都出来了。我挤在里面把笔递过去。她把礼物放到车筐里,把女生给她叠的玫瑰花插在车把上,一脸幸福。

很快,期末考试考完了,成绩出来了,一凡获得了进步奖。将第一张奖状捧回家时,他奶奶和爸爸都说"不孬不孬",寒假他能放开玩了。

一放寒假,一凡就叫我去池塘溜冰。

冰封的池塘像童话里的睡美人,冰面亮亮的,落在水面上的树叶被冻在冰里,像放在玻璃盒子里一样。岸边的冰翘起来,白白的,雪一样。被砸碎的冰块堆在冰面上,像冰糖。一凡抓起一块放进嘴里,凉得"哈哧哈哧"的。

四周的树落光了叶子,无精打采,昏昏欲睡,都在做春天

的美梦吧?枣树的枝杈直直地向着天空,精神抖擞,永远斗志昂扬。菜园里一片冷清,没有长出心的白菜被遗弃在菜畦里,歪七扭八,白菜帮子冻得发黑。

我们说好今天在冰上玩陀螺。我和一凡来得早,晚生、天宝他们还没到。我捡起冰块往冰面上使劲斜着一投,它在冰上蹦跳几下,飞快地往前滑去。一凡用脚使劲跺跺冰面,厚厚的冰面没有丝毫反应。我们大胆跑上去,往前一冲,一停,就滑出老远,张开双臂,飞一样的感觉。一凡搬来一个大冰块蹲在上面,我用力一推,哧溜哧溜滑出去很远。"噢——"一凡欢快地叫着,惊飞了树枝上的寒鸦。

爸爸又回来了,手里提着一块肉。最近他经常回来,脸依然很黄,偶尔露出笑容。爷爷还是不怎么跟他说话,我很想跟爸爸说话,又不知道说什么,就只听奶奶跟他说。

"松,炒个鸡蛋,你喝点吧!一下子停了,能行?"奶奶关切地让爸爸喝酒。

我找来两个小酒杯,给爷爷和爸爸倒上白酒,酒还是过年剩下的。

"喝一盅就行,辣嗓子,啥喝头!"爷爷一仰脖子喝光了,龇着牙，咧着嘴，赶紧夹块鸡蛋塞进嘴里。爸爸也一口喝下，像喝白水一样。连着倒了几盅他都喝了，我望望奶奶，赶紧把酒收起来。

奶奶忙里忙外，准备过年。屋里屋外都清扫得干干净净，厨房里的锅碗瓢盆也都洗刷干净。听到街上"磨剪子哩，抢菜刀——"的吆喝声，奶奶把钝得木头一样的菜刀、长满锈的剪刀拿出来，让我拿过去磨。

过年大家都要磨刀，磨刀匠脚边放着大大小小、各种形状的菜刀和剪刀。他往磨刀石上泼了点水，吹吹刀刃，用手试了试，埋头接着磨，吹起口哨。

"要不是你们庄大、活多，我才不来哩！路忒难走，来一回鞋都崴坏啦！都是抬头不见低头见的熟人，也不好加钱。"说完他接着吹口哨，一会儿停下问，"你们庄上的光棍汉多，知道为啥不？"我还没来得及回答，他就加重语气说："路忒孬！"这个磨刀匠真有趣！

直到中午，还不断有人送刀过来，奶奶让我去给磨刀匠送几个热包子，说大冷天，不能饿着肚子干活。

临近年关，走街串巷的小商小贩也多起来。"打酱油哩——卖酱油来啦——""豆芽，豆芽，绿豆芽——黄豆芽——"……

各种调调的叫卖声,远远近近,带着过年的喜悦,洋溢在村子的上空。我模仿着给奶奶来了几嗓子,"学得真像,学得真像!"奶奶揉着面乐开了花。

奶奶着手准备吃食,我帮着奶奶擦萝卜、剁馅、烧火、擀面皮,弟弟帮着抱柴火。爷爷外头的活干完了,把干活的家什都找出来,捣鼓着修。爸爸看上去总是有气无力的,稍一动弹,就得坐那里歇半天。奶奶说不指望他干啥活,只要他不瞎闹腾就行。

奶奶装了一筐子冒着热气的甜包子,让我给八姑送过去。她门口停了两辆"小电驴",车斗里满满的全是面粉和桶油。九斤坐在车上,看见我,说:"哟,你奶奶够麻利哩,过年包子都蒸出来啦!"我递过去,他说刚吃过,饱得很。晚生爷爷和常老师在院子里,八姑正往常老师的衣袋里塞花生。"阿姨别塞了,都盛不下啦。"花生"啪嚓啪嚓"掉到地上。

"你望望,又来送礼的啦!这回大婶子铆足劲过个好年。"八姑接过筐子说,"不早啦,你也该回家过年啦。"

"三百多户,她非得挨家挨户走到。"晚生爷爷边剥花生边说。

"这不是过年了嘛,正好到各家各户串串门,拜个早年!"常老师笑着道,"六爷,让他们年轻人送,你也该歇歇啦!"

"是啊,把九斤他们扶上马,再送一程,我和三羔这些老家伙就歇着去，关键看常书记对接班人满意不满意！"晚生爷爷笑呵呵地说。

"我满意没用，乡亲们满意才中。"

"你望望，八月十五给月饼大米，天冷给送棉被，过年又送面和油。"八姑看着一大堆东西乐开了花。

"八月十五的东西是我校友给村里五保户和老年人的，棉被和年货都是我单位给的，让大家伙过个好年。"

八姑倒下包子又给装了一大包鸡蛋糕，筐子里散发着甜丝丝的香味。

一眨眼的工夫，门口聚集了好几个人。

"有俺家的不？"

"俺家能摊上不？"

他们纷纷过来问，晚生爷爷看看手里的名单，说："有，回家等着吧，一会儿就送到！""二能能"奶奶也在，我担心她又乱说，大过节的让人听了不舒服。

"常书记可操心啦！啥都想着俺家，逢年过节啥都不愁了！"很稀罕，这次她的话没带刺。

"刚花回来了吗？学得咋样？"看见刚子奶奶，常老师问。

"回来啦，学得不孬！"

"俺娘咋没有呢？"宋孬凑上来问。

"你娘年龄还不够，六十五岁以上的人才有。"

"瞎说，人家比俺娘小的都有。"

"你才瞎说！你说说谁不够年龄有了？"晚生爷爷指着他怒气冲冲地问。

"多值钱的东西？啊呸！"宋孬提起一袋面仔细看了看，丢下，吐了口吐沫，骂骂咧咧地走了。

晚生爷爷骂了几句，拎起两袋面就往我家走，常老师提着一桶油跟在后面。

到了我家，奶奶从热气腾腾的厨房里迎出来，拉住常老师的手，说："怪凉哩，进屋烤烤火吧！"说着端过来刚出锅的包子。常老师连连推辞，说："还有很多户要走，不用啦！"爷爷站在一边嘿嘿嘿笑着。常老师四处看着，好像在找什么。奶奶赶紧说："这阵子小松怪好，今年俺可过个安心年。你一家老小，忙完也赶紧回家过年吧！"

"常书记还想年前把路灯安上，还得过几天才走。"晚生爷爷说。

"明天就开始安，先安五十盏，春节让村里亮起来！"常老师哈着手说。

11 第一个亮亮堂堂的春节

果然,第二天就有人在我家附近的电线杆上装路灯,很多人围着看新鲜。

"这电费很贵吧?"

"是太阳能路灯,不交电费。"安灯的人边干活边给围观的人说。

"谁管开关?"

"天一黑自己就亮,天亮了自己就关上啦。"

"真稀罕,真稀罕!"翠翠的太爷爷拄着拐杖看着灯,觉得很稀奇。

天一擦黑,灯果然亮了。

"这灯说亮就亮了!"

"夜里出去可不愁黑灯瞎火了!"

"要是路再修好就更好啦!"

"村委的人现在干劲大着呢,修路肯定没问题。"

"听说村委要增加人,常书记在物色人选,你是党员,又有文化,去试试吧!"

……

大人们站在路灯下聊得热火朝天。

我和弟弟跟着一帮小伙伴在灯下做游戏。玩得正高兴,一凡跑来,拉我去广场,他说广场可热闹了,常老师也在。我们一窝蜂往广场跑。

广场也安上了灯,每个角一盏,新盖的村委办公室前面也有一盏,把村委办公室和广场照得如同白昼。广场南面建了个舞台,东侧安了一排健身器材,小孩在排队等着玩。新刷的墙白得耀眼,水泥地面平坦光滑。晚生在玩滑板,嘴里含着棒棒糖;天宝在玩陀螺;翠翠喜欢上玩健身器了,欢天喜地爬上去,两条腿前后摇摆着。

刚子妈妈和村里的一群小媳妇围着常老师喊喊喳喳。

音乐响起来,梦丽妈妈跳上舞台,她们跟着扭起来。不是这个碰着那个的腿,就是那个撞了这个的腰,你推我一下,我搡你一下,嘻嘻哈哈,她们都没有梦丽妈妈跳得好。常老师边笑边鼓励她们好好跳,元宵节比赛争取拿名次。

临近春节,梦丽的爸爸妈妈都回来了。梦丽妈妈很时髦,穿着火红的大衣,脸擦得白白的,眉毛描得细细的,穿着高跟鞋,鞋跟细得还没我手指头粗,"嗒嗒嗒"到这家,"嗒嗒嗒"到那家。庄上的路这么多坑,我老是担心她崴着脚。妈妈也是这样子吗?我呆呆地想。

快过年了,办喜事的也多了。一进腊月,噼里啪啦,村里村外就没断过鞭炮声。

晚生五爷爷家娶新媳妇,天还没亮,就听见吹吹打打的声音,村里洋溢着娶新媳妇的喜气。我草草吃了早饭,就带着弟弟去看热闹、吃席。

他们家门口有块空地,那里搭起一个舞台,三四个人正坐在台上吹吹打打。公自成嘀嘀嗒嗒吹着喇叭,两腮鼓得像青蛙。浑身簇新的晚生和弟弟在玩一个遥控飞机,一凡兴冲冲地在跟他们一起玩。还有几个小孩围着他们,他们有的是外村来走亲戚的,有的是从城市回家过年的。我和弟弟也凑了上去。

"一边玩去!要是飞到了锅里,非得砸碎你们的脑袋瓜子!"晚生爷爷进进出出,忙得团团转,还没忘记吓唬我们。

院子里支着两口大锅，锅底下的木柴噼里啪啦烧得很旺，锅里热气腾腾，庄上的几个做菜师傅围着锅忙个不停。长长的案板上堆着丸子、酥肉、烧鸡、炸鱼……阵阵香味直冲鼻子，我使劲吞着口水。一摞一摞的碗和盘子，摆了一地。存福装模作样，一会儿在大锅前蹲下添几根木柴，一会儿又去忙着搬长凳。谁家有事都少不了他，大家都图个喜庆，只要他不帮倒忙，没人去管。

好不容易熬到坐席了，我和弟弟跟一帮小孩坐在一个桌子上。贵客都在屋里，我们在外面。阳光灿烂，只是风大天冷。存福不知从哪里过来，跟我们挤在一块，占了大半面桌子。

上菜了，一碗热气腾腾的酥肉端上来，刚一放桌上，转眼碗里就只剩下汤了，好在我和弟弟都捞到了一块。第二碗、第三碗……不一会儿就吃饱了。存福从一上菜就没停过筷子，吃得满嘴流油，还"呜呜呜"着让上菜的人给上烟酒。我们吃饱喝足都跑一边玩了，他还在那里吃，边吃边把烟和酒塞到裤腰里。实在吃不动了，他捡来一个塑料袋，把碗里的汤汤水水都倒进去，说是给奶奶带着。

晚生爷爷拥着支书和八斤从贵客屋里出来，他们都喝得脸通红。支书笑眯眯地说："咱都跟常书记一条心。人家一个女同志抛家舍业，到咱庄上来，是给咱帮忙哩！""俺也支持常书记!一见她俺就说,谁要是敢欺负她,找俺!"八斤东倒西歪,拍着胸脯说。

晚生爷爷左一个右一个搀着他们,说:"在理在理,你望望,咱们拧成一股绳,多办了多少事!"

年节下,大人们的脾气好多了,爸爸的脾气也好得出奇,成天一声不响,有时还会露出笑容。

过年候客的烟酒糖茶都准备齐了,鸡鸭鱼肉也已经煮好,装碗摆在簸箩里,一二十碗,满满的,上面盖着黄纸,纸上全是油印子。

都准备妥当了,奶奶烧了一大锅热水。爷爷把大瓦缸搬到太阳底下,用厚厚的塑料布把缸围得严严实实,用绳子把塑料布的一头扎紧,绑在院子里的铁条上。奶奶兑好水,我和弟弟跳进去。里面热气蒸腾,不一会儿塑料布上就挂满水珠,外面朦胧一片。我给弟弟洗头、搓背,挠他的胳肢窝,他乐得缩起身子。奶奶不断加热水,我们洗得很热乎。洗完澡,穿上奶奶做的新棉裤,套上常老师给的衣服。里里外外换洗干净,顿时觉得自己换了个人似的。夜里我听见奶奶叫爸爸洗澡,他说在城里洗过了。

忙得差不多了,奶奶去卫生室拿药。我闲得慌,跟着奶奶

一起去。去城里打工的人都回来了,村里热闹了很多。路上碰见不少人,晚生奶奶亲热地拉着奶奶的手拉起家常,她在城里给晚生二叔看孩子,穿得干净利索。奶奶说她俩一样大,但看起来奶奶老多了,脸上的皱纹深一道浅一道,犹如老树皮。

卫生室里不少人在闲聊,他们你一言我一语正说得热闹。

"路灯装上怪好,亮堂堂哩!"秀成抄着手说。

"常书记说先安主要路段,年后还得安。"

"今年庄上变化不小啊!"

"明年变化更大,来了干事的人,咱庄有奔头啦!"

大年三十,一早起来,奶奶打好糨子,盛在一个大海碗里,找出一个磨得光秃秃的炊帚,刷糨子用。

家里用高粱穗做成的炊帚有好多个,奶奶串在一起挂在墙上。炊帚长长的头,用久了就磨得光秃秃的,奶奶舍不得扔,再用它刷猪食槽子。这把刷猪食槽子的炊帚刷完糨子,晒干,当柴火填到锅底下,烧成灰,被运到田里,当下一茬高粱的肥料。

每年,奶奶总会在地头或沟渠种几行高粱。秋天,收获的高粱堆在院子里,我总是仔仔细细看它们,看是不是上一茬高粱又重新回来了。它们也跟"年"一样,到时候就来,奶奶说忙忙活活就是为了"年"。

早早吃完饭,我和爷爷忙着贴门神,弟弟帮着端糨子、拿门神。贴爸爸住的那间小屋时,里面一点儿动静都没有,他大概还没睡醒。爸爸总是把自己关在屋里,除了在院子里晒晒太阳,几乎不出门。

吃午饭时,爷爷在枣树上挂上炮仗,从锅底下抽出一根燃着的火头,点着炮仗捻子,噼里啪啦,纸片像蝴蝶一样满院子乱飞。我和弟弟捂紧耳朵,躲到离枣树最远的厨房里。黑虎最怕炮仗,一听到炮仗响,它就到处躲,恨不得钻到地底下去。

远远近近的炮仗声,此起彼伏,响彻整个上午。

12 井边的一只鞋

爸爸刚起床,坐在灶台前吃早饭,锅底下的火光映得他的脸红红的,跟门上的关公一样。锅里炖着一大锅过年菜,酥肉、粉条、金针菇……家里备的年货能加的奶奶都加上了,她想让全庄人都知道我们家今年过的是肥年,是团圆年。

一夜北风,给天空畅快地洗了个脸,天蓝蓝的,带着喜气。路上下雨天碾出的车辙比石头还硬,一不小心就会被绊倒。憨存福也消停了,不再惹鸡打狗,穿着一件黑棉袄,敞着怀,四处乱窜,逢人就说"过年好,过年好",两腮上红得发紫的冻疮,看起来也没那么难看了。奶奶看他穿的鞋露着脚后跟,生着冻疮,找出来一双棉鞋,让他换上,帮他扣上棉袄扣子,临走又塞给他几个枣馍馍。"大奶奶真好,大奶奶真好!"他揣着馍馍,乐颠颠地走了。

大街小巷到处是穿着新衣服玩耍的小孩。晚生带着他弟弟在玩遥控飞机,一个小女孩在后面跟着叫"哥哥",这是他二叔家的孩子。晚生爷爷家门口停着一辆白色小汽车,晚生说那是名车,很贵。大家伙都说他二叔挣大钱了,这次回来开着新车,带来了城里的媳妇。

吃完午饭,我帮着奶奶包饺子。爸爸吃过饭又不见了人影,大概又去睡觉了。

"大奶奶,松叔在家不?"黑虎"汪汪"冲过去,奶奶呵斥着黑虎,迎出大门。晚生二叔走进来,他头发梳得油光光,穿着西服,看着很单薄,尖头皮鞋蒙着一层灰。"穿这么薄,不怕冷?"奶奶招呼着他问。"不冷,大奶奶!今儿晚上叫松叔跟我们一起乐和乐和去?"

爸爸听到动静,从屋里出来。"松叔,这几年也没吃胖!你看我的肚子!"他拍拍自己有些隆起的肚子,"脸咋这么黄,身上不得劲?"爸爸说:"没事,没事。"

"晚上到我那儿聚聚,叫上一块长大的咱几个,还有外庄上的咱同学,都好几年不见啦。"爸爸点点头。"你要是没事,跟我一起去下通知吧,正好坐坐我的新车。"

见爸爸跟他走,奶奶嘱咐道:"少喝酒,早点回家!"

"大奶奶放心!"

"这个二孩小时候鼻涕拖三尺长,现在发达成这样啦!"奶奶边包饺子边感叹,"唉,要是小松——"

奶奶拍拍围裙上的面粉,松口气说:"总算忙到头喽!"她拿出几张票子,抽出一张五十的给我,说:"乖乖,今年咱家肥,不缺钱,给你这张新票,专门让爷爷换哩。"给弟弟两张十元的,也崭新崭新的。弟弟接过去,反过来看,正过来看,又盯着我手里的看。我指着上面的十说:"你是十,哥哥的是五,你的大!你两张,我一张,你的多!"他点点头,眯起眼笑了。

吃过晚饭,一凡、晚生、刚子、天宝都来到我家,我们一人兑了五块钱,到超市买了瓜子、糖豆、水果糖……晚生又提来一大兜东西,说是二叔带来的。天宝带来一瓶酒,说是甜酒,不醉人,一凡跃跃欲试想大喝一场。奶奶给拌了两个凉菜,盛了一海碗"百家菜",切了一大盘猪下水。天天吃过年的东西,大家都不怎么吃。奶奶在火盆里生起炭火,又端来一瓢花生,让我们在火盆里烧着吃。

我们打扑克牌,谁输了就学驴叫。天宝学得最像,捏着鼻子,伸长脖子,一吸一呼,"啊哦啊哦——"抑扬顿挫,表情滑稽，我们几个笑得前仰后合，奶奶笑得眼泪都出来了，弟弟笑得在地上打滚。

一凡一杯接一杯地喝甜酒，连连说好喝，一点儿都不辣。他的脸慢慢变红了，他也越来越兴奋。

我们说好要熬一整夜，不到十二点，大家都困得东倒西歪，像被风吹倒的庄稼。我刚想趴在桌子上睡一会儿。门"哐当"开了，一股冷气灌进来，我打了个寒战，揉揉眼睛，原来是爸爸跟跟跄跄闯进来了。奶奶听到动静，披着棉袄跑过去，上去搀住爸爸。爸爸抄起桌上的一盘菜就要摔。

"大过年的，咱不摔啦，让俺过个心净年！"奶奶像是哀求爸爸，我从爸爸手里夺过盘子，盘子里的菜稀里哗啦都撒到地上。一凡、晚生、刚子上来扯住爸爸。爸爸松开手，放声大哭。

爸爸这段时间没有说出的话，都化成了惊心动魄的哭声，震得房子都在颤动。"都比我混得好！我有啥啊？啥也没有，连命都快没啦！你们都嫌弃我，我还不如死了干净！"他哭叫着。"大过年，说啥傻话啊！"奶奶最怕过节说这种不吉利的话。

我们把爸爸团团围住，拉胳膊的拉胳膊，扯衣服的扯衣服，他动弹不得。我们推搡着，把他送到那间小屋。他身子一挨床，就打起呼噜来，奶奶给他盖好被子。

　　噼里啪啦，噼里啪啦，远远近近的炮仗声接连不断。院子里震耳的炮仗声响起来。"赶紧起来，吃完饭磕头去。"爷爷叫我起床去拜年，我挣扎着爬起来，连连打着哈欠。"小松起床吧？"奶奶边叫边拍门，屋里一点儿动静都没有。奶奶端上来热气腾腾的饺子，说："昨晚喝得不少，让他睡吧。"

　　拜完年，大家伙都聚在路灯下闲聊，这里一群，那里一伙，闹嚷嚷的，很热闹。

　　"过年亮堂堂哩，真不赖！"

　　"路要是修上，就不用磕磕绊绊，磕头也不硌得慌啦！"

　　"这是今年没下雪，要是下雪，别说磕头，连门都出不了！"

　　"听说常书记来咱庄上就是来给修路哩。"

　　"她是来扶贫哩，精准扶贫。"

　　"没看电视上说嘛，精准到户，精准到人，都脱贫才中。"

　　"脱贫得有致富项目才行，咱庄上可不好整。"

　　"没听说吗？养牛场早建起来了，还成立了养殖合作社。"

　　"哟，还真有两下子！"

　　"是嘞是嘞，一开始见来了个女书记，大家伙都摇头，没承想还真能成事。"

　　"倒想跟她聊聊，听说一点儿架子没有。"

大人们聊得火热,小孩们在周围追逐嬉戏。

庄上像一锅沸腾的开水,喜乐的气氛把锅盖都顶起来了,这是一年中最热闹的时候。

我和爷爷往家走,到了八姑家门口,八姑院子里黑灯瞎火,大门紧闭。每年这个时候,八姑总是把自己紧紧关在家里。喜气洋洋的拜年,跟她一点儿关系都没有。庄上所有的孤寂冷清都挤到她院子里去了。天上有几颗寒星,也显得非常清冷。

奶奶和一群婆婆站在小巷里聊天。今天不兴干活,大伙都放开玩。我跟一凡、晚生他们在广场上闹腾了一番,实在困得不行就回家睡觉。弟弟还没起床,我爬进暖和的被窝,沉沉睡去。年被关在屋外,梦都很遥远。

"乖乖,赶紧醒醒!看见你爸爸了吗?"奶奶推醒我,急得眼泪都快掉下来了。我腾地坐起来问:"爸爸怎么啦?没看见啊!"

"一天都没见人啦,我还以为他在屋里睡觉,叫他吃饭,屋里没人!我跟爷爷都找大半天啦!"

"打他手机!"

"打一万遍了,打不通!大过年能上哪儿去啊?"听完这话,我一下子如同掉进冰窟窿,无助地往下沉。

屋里的黑暗越来越浓,我不知如何是好,坐在那发呆,肩膀冻得发木。奶奶不停地抹泪。"你唎唎着哭啥!他又不是小孩,说不准一会儿就回来啦!"爷爷心烦意乱地吼着奶奶,爷爷从来没有这样对待过奶奶。

大门"吱呀"一声,奶奶抹抹泪,赶紧跑出去,爷爷也站起来。是晚生二叔,一股烟味跟着灌进来。他递给爷爷一根烟,给爷爷点上,自己也猛吸一口,说:"大爷爷大奶奶,该去找的地方都去啦,没见人。你们也不用担心,他昨天还说以后好好干,还想跟我一起做生意哩!"看见我,他走到床前说,"你爸说你学习好,将来肯定比俺们强。今儿早上来没见你,给你买本子用吧!"说着把几张新票子塞到我手里。我睁大眼睛盯着他,他脸上的忧虑劈头盖脸而来,我放声大哭。

来串门的亲戚问起爸爸,奶奶说出门了。他们摇头叹息,说:"年轻人都不愿意回来过年,嫌家脏,嫌家冷。要是娶个城里的媳妇就更不着家啦。"妈妈要是跟爸爸在一块,也不愿意回家过年吗?爸爸在哪里,妈妈又在哪里?

爷爷原来的手机老坏,一直没舍得买。怕错过了爸爸的电话,爷爷又去镇上买了个新的。爸爸的号码拨无数次,里面总是说:"您拨打的电话已关机。"有一回拨通了,爷爷的手一下哆哆嗦嗦，连手机都拿不住了，我的心一阵狂跳。然而电话那头却传来一个陌生的声音，原来是打错了。

邻居们见面就问爸爸有信吗，我总是摇头。我期待着爸爸哪天忽然出现在眼前，哪怕喝得醉醺醺的，让我们害怕也好。

"大嘴"跟一群人站在那儿说话，我远远听见他说："听说早得了癌病，瞒着没说，也没去治。"

"刚老六家二孩说找到了他一只鞋，就在梨行前面的机井边上。"

"照这样说，够呛活着哩！"

"这么年轻，怪可惜！"

我放慢脚步，支棱起耳朵听。他们看见我，赶紧说起今年没下雪，麦子长不好，盼着年后下场大雪。

天地在眼前旋转起来，我蹲下身，好一会儿才摇摇晃晃站起来，晕晕乎乎，深一脚浅一脚摸到家。"这是咋的了，乖乖？可别吓唬奶奶，你可不能再有啥事啊！"奶奶带着哭腔抱住我……

"把心放肚子里吧，孩子没事！都怪他心太细，以后少当着他的面说大人的事！"听见八姑在说话，我浑身瘫软，连睁眼的劲都没有了。恍恍惚惚，我再次与世界失去了联系。

13　开联欢会喽

一切都还是老样子。爸爸带走了我们的好胃口,除了弟弟,我和爷爷奶奶吃饭都只是做做样子。奶奶脸上少有的红润消失了,铆足劲过好日子的精气神也没了,但家里还是慢慢恢复了原样。爸爸的走犹如一块石头扔进水里,泛起一圈一圈的波纹之后,又重归平静,也很少有人再问起他。

我也像刚栽在菜畦里的茄秧子,被太阳晒蔫了,浇上水,用梧桐叶盖上,几天就又支棱起来。常老师说得对,爸爸离开家是为了风风光光地回来,说不定哪天他就像晚生二叔那样回来了。有志气的人都这样,等闯荡出一番成就之后,才与家人联系。

村里传的那些话都不能信,村里人就是爱传话,好话传成孬话,好事传成孬事。常老师这样的人,还有人在背后传孬话,憨人才信瞎传的话呢!八姑的话很有道理,我信!

夜里,我期待起"咕咚咕咚"的跳墙声。曾经让我害怕的翻墙声再也没有响起过,连梦里都没有。对,要是像常老师说的那样,爸爸立志闯出一番成就才回来,那就不翻墙了。

常老师过完节回来,头发剪得更短,两腮上消失的肉又回来了,还有了红润。她找在外面打工的人聊天,八姑说问他们也白搭,要是有能人,庄早就富起来了。常老师笑话八姑对自家庄上的人有偏见,庄上能人多的是,只是庄太大,没有人敢领头干。

常老师在八姑家里跟在自家一样,八姑丫头长丫头短地叫,她俩嘻嘻哈哈的,有说不完的话和说不出的亲密。奶奶说,八姑捡了个闺女。

常老师想在"三八"妇女节搞个活动,活跃活跃村里的气氛。年前成立了广场舞队,参加的主要是年轻媳妇,元宵节参加镇上的比赛,还得了奖。赶上这个活动,她还想成立一个秧歌队,让上了年纪的婆婆们也舞起来。八姑听常老师一说,拍着大腿大笑,连老花镜都笑得从鼻梁上滑下来。

"我看中!咱庄上原先有个文艺队,吹拉弹唱样样精,还串乡走村到处演,把他们组织起来,可就热闹啦!"

"原来咱庄上藏龙卧虎啊!我还犯愁呢,原来有现成的队伍!说说是谁,我找他们去!"常老师惊喜地说。

"公自成吹喇叭,刚老六敲锣、打鼓、拉弦子都行,刚子奶奶有一副好嗓子,扭秧歌扭得那个好哟,梦丽奶奶比她扭得还好!"

"还有你,别漏下了,说说你擅长啥?"

八姑又是一阵大笑,说:"我使劲笑,使劲拍手!"

没过几天,天一黑,广场上就传来"咚锵咚锵咚咚锵"的敲锣打鼓声,伴着"咣咣咣"的打击声,热闹喧天。广场南面年轻的小媳妇们跟着音乐跳广场舞,广场北面刚子奶奶带着一群婆婆踩着鼓点扭秧歌。书记三羔带着几个人敲锣打鼓,他奋力击着鼓,满面春风。

"大婶子,扭得跟原先一样好!"

"多些年不扭了,都快扭不动啦。"

"抓紧练,妇女节扭出新花样!"

八姑在一旁边看边大声跟她们说话,她远远看着支书,眼神里没有了锋利的寒意。

庄上的夜晚一下有了生气。

常老师让我们也出节目,女生跳《小苹果》,一凡想跟我和

13 开联欢会喽

晚生合唱一首歌,最后决定唱《青春修炼手册》。每天放学后,我们就到晚生家跟着电脑上的视频练。晚生家有一台电脑,他成天在上面玩游戏,眼睛都快近视了。常老师也常用手机放伴奏让我们练习,夸我们唱得跟原唱一样好。我到家唱给奶奶和弟弟听,奶奶说不孬不孬,弟弟直鼓掌。我心里还是打鼓,到了台上能不能唱好呢?

晚会定在三月八号晚上,常老师让我们吃完晚饭尽早去广场,再彩排一次。我兴奋得不得了,放学后飞奔到家,放下书包,抓起一个凉馍馍就往广场跑,奶奶在后面喊什么都没听清。

广场上已经来了不少人,梦丽她们都化好了妆,差点认不出来了,个个两腮抹得跟红苹果一样,眼睛看起来大了很多。一凡围着她,不知在说什么,梦丽笑得捂住肚子。田田也化了妆,眼睛更亮了,她站在那里抿着嘴笑。她们都换上了一样的白运动衫,黑色的紧身裤,充满朝气。

舞台的背景墙上拉了一个横幅,上面写着"三八妇女节联欢会"。成天串乡演出的海龙正在布置音响和灯光。梦丽奶奶嫌舞台空,把家里的几盆花搬过来,放在舞台上。音乐一响,灯光一亮,跟电视上的联欢晚会舞台一样。我的心"怦怦"直跳,一

阵紧张。

　　常老师让梦丽她们整好队，指导她们彩排。伴着音乐，她们都很投入，跳得非常好，活力四射。常老师不断给她们鼓掌，说："太棒了，太棒了！"我们三个到台上跟着音乐练了两次，远没有平时练习时那般轻松，总有这样那样的失误。常老师让我们放松，大胆唱。

　　人越来越多。跳广场舞的媳妇都换上了一样的衣服，宽松的红裤子，黑色紧身上衣配着红色的V字领，很时髦。她们围着常老师，聊得很欢。

　　"常书记可费心了，你给买的衣服真合体！"

　　"你们本来都挺好看，衬得衣服也好看！"

　　"常书记，我们专门给你准备了《三句半》节目！"

　　"啊，可不敢当！"

　　"这些成天灰头土脸的小媳妇，一打扮还真好看，真是'人是衣裳马是鞍'啊！"晚生爷爷带着几个人在舞台下面边摆凳子边打趣她们，"你们都好好演，镇上的人也来看，别给咱村丢脸！老嬷嬷就是慢，人家小媳妇都排完了，她们还不见影哩！"正说着，刚子奶奶带领一帮婆婆从胡同里涌出来。她们的衣服跟电视上的一样，玫红的底子印着暗花，袖子和裤脚都包着宽边，

13 开联欢会喽

腰里系着红绸带。

"来来来，扭起来！"支书三羔也换上了黄色的演出服，挥舞着鼓槌敲起鼓。她们踩着鼓点，扬起绸带，扭进了广场。村里的幼儿园也出了两个节目，小孩子们也早早到场，他们叽叽喳喳跟喜鹊一样。海龙媳妇是主持人，打扮得花枝招展，她说加上小品，一共十来个节目呢！

奶奶带着弟弟来了，他们和八姑搬着小板凳坐在前面。走街串巷的小商贩来了，车斗里摆满花花绿绿的小玩意儿，还有卖烤肠的、瓜子糖块的。天还没黑，广场上都快没有下脚的地方了。

天慢慢黑下来，台上的灯光显得更亮。广场上的人越来越多，里三层外三层，把大舞台围得严严实实，小孩子都蹲到舞台上去了。不少外庄上的人骑着电瓶车来凑热闹，挤不到台边，就站在车斗里往舞台上瞧。没法站到高处的，踮着脚从人缝里瞧。

田田她们第一个上场，比彩排时跳得还好，台下掌声雷动，我巴掌都拍疼了。节目一个接一个，海龙媳妇唱了段《穆桂英挂帅》，场上又是一阵掌声，都叫着让她再来一段，她又唱了一段《花木兰从军》。刚子奶奶和两个婆婆演小品《赶集》，她粘着假胡子，戴着灰色的帽子，打扮成赶集卖东西的老头，挑着担

115

子,一摇三晃,她一出场,大家就笑爆了。公自成他们吹奏了《百鸟朝凤》,热烈欢腾。

离我们节目的演出时间越近我越紧张,看着黑压压的人群,我心里像揣着只小兔子。常老师拿着相机在人群里挤来挤去忙着拍照。她看我们节目近了,挤过人群给我们打气。

轮到我们上场了。灯光刺得我睁不开眼,我的心几乎要跳出来。我瞟了他俩一眼,一凡在长长地吐气,晚生在拍胸口,原来他们也紧张。我按照常老师教的缓解方法,深深吸口气,眼睛看远处。音乐响起来,刚开始我声音发颤,腿直打哆嗦,渐渐地我忘掉了紧张。

从台上走下来时,看见奶奶她们正使劲鼓掌,我松了口气。没有了上台的压力,接下来的节目看起来更轻松愉悦了。

常老师和镇上来的人给"幸福家庭"颁奖,翠翠婶子、天宝妈妈十来人抱着火红的证书,提着奖品,高兴得合不拢嘴。接下来的节目是广场舞,别看她们在台下嘻嘻哈哈,一上台都认真起来,随着音乐,跳着各种舞步,变换着各种队形,很有活力,场下的人也跟着舞起来。

刚子妈妈和翠翠婶子表演《三句半》。她们上台"咣咣咣"敲了几下锣,就你一言我一语地说唱起来:

13 开联欢会喽

敲锣打鼓台上站,

我们说段三句半。

扶贫政策就是好,

请观看!

咣咣咣……

给俺派来常书记,

不怕苦来不怕累。

进村入户摸清底,

很仔细!

咣咣咣……

找出致贫啥原因,

因户施策定方针。

缺啥补啥重实效,

精又准!

咣咣咣……

扶贫扶智多交心,

种养技术不发愁。

加入专业合作社,

好得很!

　　咣咣咣……

　　扶贫政策人人夸,

　　建好小家强国家。

　　同圆小康中国梦,

　　你我他!

　　三句半说出了大家的心声。

　　最后的节目是扭秧歌,舞台太小,大家让开场地,她们在广场上风风火火扭了起来!

　　镇上的人说:"这台节目录下来,都能在电视上放了!"

　　天渐渐暖和起来,麦子返青,冬天没下雪,麦地干裂了缝,麦苗干巴巴的,贴着地皮。奶奶说春天雨少,不能指望天,让爷爷趁没活,赶紧把麦子浇一遍,给菜地也浇上水。

　　公自成在菜地里翻地,跟人夸着他家闺女学习好。"常书记来望望啦!那天节目真不赖,庄上搞这活动还是头一回!"他换了个话题。

　　果然是常老师,我撂下铁锨跑过去。

　　"咱村里有才的人这么多,不搞些文艺活动太浪费,多亏了你们文艺骨干!"

"当年咱庄上的文艺队是远近出了名哩!唉,这些年都没工夫搞了。"

"以后咱们常组织。"

"丫头的户口办成啦,我得好好请你喝一场!"公自成一脸喜色。

"不用谢我,是孩子赶上好时候了。国家户口政策放宽了,在以前还真不好办。"

"大嘴"他们也围过来,焦急地问:"常书记,你看天旱成啥样啦,没有水浇地,让李桥水库放些水吧!"

"协调好了,这两天就能放水。"

"那太好了,真是及时!原先这塘里哪断过水啊!"

"是嘞是嘞,早些年沟里壕里都是水,这一大片地种的全是稻子。"公自成附和着。

"是嘛!"

"可不是,原先那边有两个泉子,像磨盘一样,常年呼呼地冒水。"公自成指着沟渠说。

原来还有泉!我很惊讶,要是现在还有那该多好玩啊。

"不知道为啥,水越来越少了。天一旱,就愁人!"

"修好水塘,再打几口深水井,以后就不愁天旱了。"

"那怪好!我逮的鱼,给你几条,野生哩。"

"不用,心意领啦!你们这样逮法,池塘里以后就没鱼了。"

"不是快修水塘了嘛,修的时候也得抽干水,鱼也没法活。"

"消息怪灵通,主要修水闸,整饬四周。"

"听八斤说的,他说池塘的活他包。"

"哦,工程的事我不清楚,水利部门统一招标。"

"庄上的活,除了八斤,谁还能干呀?"

……

常老师的脸慢慢沉下来。

"常书记过来望望啦!上回的活动可是不孬,多少年庄上没这么热闹过啦!"秀成走过来说,常老师笑着给他打招呼。

"我看看这二亩麦能浇上水不?"

"你退休金一月好几千,大孩在国外,月月打钱来,还在乎二亩麦干啥?""大嘴"打趣道。

"再多钱也得种庄稼。要是都不种了,有钱也没地方买去,光喝西北风能喝饱啊?"秀成笑着说,"常书记,听说咱庄的路快动工啦?"

"是嘞是嘞。天气暖和暖和就动工,天冷,怕影响路的质量。"说起路，常老师来了精神。

"那倒是。"

"国家花那么多钱给咱修路，可得修好！"

"是嘞是嘞！这可是民心工程，也是良心活，谁干，定了不？"

"咱镇上有六个第一书记村，都要修路，镇上统一招标。"常老师露出忧虑之色。

"常书记别担心，不管谁干，他不给咱好好修，老少爷们可不愿意，到时大家伙一起监督！"

"咱想到一起了，我们召开了党员会，让党员分组在工地监督，一方面监督工程质量，一方面发现问题及时解决。"

"我动员动员其他人，也组成个小组，常到施工现场望望。"

"那太好啦，叫上宋阿姨。"

"这事不能缺了她！"

"真是不孬，修路修路，都盼十来年了，可等到了！"秀成喜滋滋地走了。

清明节，奶奶煮了一筐子鸡蛋，八姑给的两个大鹅蛋奶奶也煮了，还炒了过年蒸的馍馍，让我们敞开肚皮吃。馍馍硬得像石头，奶奶头天晚上用水泡上，早上搦碎，加上葱花鸡蛋，炒了

大半锅。我和弟弟从门框上的对联边上撕下红纸,用水沾湿,裹住鸡蛋,不一会鸡蛋就变成了红色。

寒食不打柳,死了变成狗。奶奶说不知道这是哪辈子兴起来的,也没人问其中是什么道理。每年我们都折柳条玩。庄南头田边有一排柳树,一树一树嫩黄色的枝条随风招展,远远望去像一溜儿黄绿色的云朵。再远处就是那棵大柳树,它的年龄跟打柳的习俗一样久远,没人知道它的年龄。它身子粗壮,我、一凡、晚生三个人手拉手才能搂抱过来。它的根都跑到地面上来了,像长长的大蛇,枝枝杈杈像巨大的伞盖。

树下有一口井,井台上的石头磨得光溜溜的。干活累了,大人们常在这里休息,从井里打水喝。谁家的小孩夜里哭,或者是谁家有人得了病,都会来树下祈福。渐渐地,这棵柳树就跟其他柳树不一样了,平时没有人敢动它一枝一叶。

我折了些柳枝,挑出一个滑溜的,折出一段,从头到尾,拧松动,把枝子抽出来,就成了吸管一样的树皮管,捏紧手指甲把一头刮齐,柳笛就做成了,鼓起腮一吹,就发出"呜呜呜"的声音。弟弟目不转睛地看着,乐得直拍手。我给他做了一个粗点的,一吹发出浑厚粗重的声音。我又给弟弟编了个柳环,戴在他头上。

广场上很热闹。大家都戴着柳环,晚生捧着柳笛,双手一开一合,发出"呜啊呜啊"的声音,天宝拿着柳枝在编柳环。一凡拿着一个大鹅蛋,正在四处找人斗蛋,大家的都是鸡蛋,纷纷败下阵来。翠翠拿着一个染红的鸡蛋,紧握着,只露出尖尖的一头,往一凡的大鹅蛋上一碰,还是碎了。

梦丽拿着一个青鸭蛋,她看了好一会儿,犹豫了半天,还是决定跟一凡的鹅蛋碰碰。"梦丽,别用尖头碰,用那头碰!"晚生在一旁出谋划策。梦丽轻轻碰了一下,赶紧撤回手来,看了看手里的鸭蛋,高兴地说:"没破,没破!"大家都拍手叫好。"再来,再来!"一凡鼓励她。梦丽又轻轻碰了一下,还是没破。

天宝挤过来,说:"我来,我来!"他拿着一只青鸭蛋,狠狠砸过去。"砰"一声,一凡的大鹅蛋被碰碎了,天宝的鸭蛋也碎了大半个。

我把口袋里的那只大鹅蛋递给一凡。"谁还来?"一凡擎着这个鹅蛋,像是被打败的公鸡,扑棱着翅膀重新站起来。

"我还来!"一凡还没明白过来怎么回事,天宝紧握另一个青鸭蛋又使劲碰上来。"砰!"大鹅蛋还是碎了,天宝的鸭蛋碎得不成样子。

"你咋这样碰啊?明明是用拳头砸烂哩!"一凡推了天宝一

把。天宝毫不示弱，上去就是一拳，打在一凡鼻子上。一凡恼羞成怒，飞起一脚踢在天宝的屁股上。

我和晚生赶紧过去拉，梦丽她们在一旁不知如何是好。

天宝被一凡连踢了几脚，没有还手的机会。"哎呀，疼死我啦！"他大叫着，看一凡还没有停手的意思，又哭叫着说，"你这个没娘的孩子，再打，我找你爹去！""你才没娘，你才没娘！俺娘过两年就来回来啦！"一凡一下眼泪汪汪，停住手，跑了。

吃午饭时，田田到我家来找一凡，看不在我家，就急忙走了。没过多久，他爸爸又来了，灰头土脸的，问我到底咋回事，我一五一十地说了。

"他就是不让谁说自家没娘，说啥都行！"他爸爸跺着脚说，"这能跑到哪里去呢？"奶奶让他别着急，八成赌气藏哪里了，说不定一会儿就出来了。

"不找吧，不放心，万一有个三长两短就麻烦啦！找吧，没地方找去，还耽误我干活！"一凡爸爸急得团团转。

"大孩，你跟一凡好，你好好想想他能去哪里？"奶奶看着一凡爸爸心急火燎的样子，催着让我想。我们常去的地方就那些：水塘、广场、打麦场……"对啦，去打麦场找找吧！"我们捉迷藏常躲到麦秸垛里，在里面掏了几个窝，知道的人没几个。

13 开联欢会喽

我和一凡爸爸一前一后往打麦场走,没走多远,就碰上了常老师。

"你们这是去哪儿?"常老师停下车问。

"一凡跟天宝打仗,跑了!"一凡爸爸说,"找了快一天了,不见人影。"

"啊,应该不会有事。"她像安慰我们,也像是在安慰自己,跟我们一起往打麦场走。

"常老师过节也没回家啊?"

"这几天事太多,晚几天再回去,你的牛棚建好了吗?"

"快建好了,银行该放款了吧?就等这四万买牛犊了。"

"这两天就能下来,到时信用社会通知你。"

打麦场堆着几堆麦秸垛,这是翠翠家专门留着养牛用的。一凡爸爸说前些年庄周围全是麦秸垛,麦子打好入仓,麦秸都留着,冬天铺床、烧火、喂牲口、沤粪积肥用。这几年,除了留下打草苫子用的长秸秆,其他的都没人要了。日子好了,谁还铺麦秸?种地积肥都嫌麻烦,镇上又不让烧,都不知道放哪儿。常老师说养牛场建了两个青储池,能存储不少秸秆。

"一凡,一凡!"还没到打麦场,我就大声喊起来。一群麻雀"哗"一下飞跑了。

　　有一堆麦秸垛傍着一棵梧桐树，梧桐树上挂满了深褐色的花蕾，过不了多久，淡紫色的花就会开满枝头。我噌噌爬上树，从树上跳到麦秸垛上。顶上有一个很大的窝，是我们捉迷藏扒的。一凡头扎在麦秸窝里，正一动不动趴在里面。

　　一凡一身草屑爬下来，他爸爸扬起巴掌就要打，被常老师拦住。常老师让他赶紧去干活，一凡交给她就行。常老师怕奶奶着急，先带一凡回家。到了天宝家超市门口，常老师给一凡十块钱，让他买点吃的，也给我十块，让我也买点自己喜欢的东西。一凡买了牛奶面包，我买了两瓶水，给常老师一瓶，把剩下的钱还给她，她让我留着用。一凡饿坏了，恨不得把整个面包一下都塞进嘴里，噎得脖子伸老长，眼泪都出来了，常老师让他慢点吃。

　　一凡渐渐有了兴致，他抹抹嘴，说："常老师，我告诉你个秘密吧！"常老师看看我，一凡说："这个秘密他早就知道。俺妈说等俺十三岁生日的时候就来看俺，明年俺就十三啦！"一凡美滋滋的，仿佛已经看见妈妈一样。常老师高兴地说："那太好了！"我明年也十三岁了，不知道妈妈会不会来呢？

14 终于盼到修路了

上课时，常老师跟我们说起修路的事。"孩子们，咱们庄马上就要修路了。前边这条主街，要加宽一米，两边的房子、墙头碍事的，都得拆。要是谁家摊着了，让家里人尽快拆。南北那条主路，两边堆放着的砖头、柴火，帮着大人抓紧挪走，咱们同心协力尽快把路修起来，好不好？"大家鼓起掌来。不知为什么，常老师眼里涌出泪水，我心头一热。

"修路喽，修路喽！"这激动人心的消息和着春风吹过大街小巷，吹过田野。

我们迎来了与往常不同的春天。

水库放水，水塘里、沟沟壕壕都是水，抽水机没日没夜地欢唱着，灌溉麦田。麦苗喝足了水，争先恐后地拼命生长，都能

听见它们拔节的声音。蒜苗粗粗壮壮,一片青绿。沟沟坎坎,远远近近,都是深深浅浅的绿,庄都快被染绿了,连空气里都充斥着万物蓬勃的生命力。

奶奶和八姑挎着篮子去挖荠菜。平时八姑出门只挂上大门的链子,春天一来,她就在门上加了锁。她院子里的花花草草都揭开了蒙在上面的塑料布,拆下了围着的草苫子,像新娘子揭开了红盖头,嫩叶花苞,一片热闹。八姑成天围着它们转,跟它们絮叨个不停,像是一个冬天没见面的老伙计,有说不完的话。奶奶常说八姑种的那些花草不中吃不中穿,她却当成宝,伺候得比人还周到。别说,花草长得就是好,它们跟人一样,你对它好,它就好好长。八姑把院子里的春天都锁起来,她在家的时候也常常从里面把门插上。我经常扒着门缝往里看,八姑坐在花草间,心满意足,神仙一样。

荠菜在李桥集上一斤卖一块钱,奶奶挖了荠菜就去李桥卖。八姑挖荠菜都是自己吃,她喜欢包荠菜馅的大包子、饺子。她还专门磨豆糁,做荠菜粥喝。庄上很多人都喜欢这样吃,春天村里的碾盘一下繁忙起来。

庄上有七八个碾盘,一凡家附近就有一个,碾盘和石磙都磨得光溜溜的,跟冰一样。八姑说她跟我差不多大的时候,天不亮就得起来推磨,困得睁不开眼,闭着眼推。"唉,还是碾的饭香。"八姑叹息。圆滚滚的黄豆粒平摊在磨盘上,石磙碾过去就成了扁扁的片片,扫起来再压一遍,就碎成了小瓣瓣。

奶奶也去凑热闹,端着簸箕去压豆糁。奶奶的身体好多了,虽然仍吃药打针,但不像原来那样动不动就进医院。空闲时,奶奶也拿起针线,跟八姑学绣鞋垫,跟一群做针线的婆婆们拉呱。关于爸爸,我们谁也不愿意提起。我梦见爸爸的事不再对奶奶说了,我们都明白,爸爸回来时肯定是风风光光的,会给我们惊喜,就像春天夜里的雨。

八姑说,春雨贵如油。淅淅沥沥接连下了两场春雨,植物的新叶舒展,阳光清新,深深浅浅的绿色显得更加干净。树上鼓胀的芽苞,一夜春风,变成了鹅黄的新芽,不几天就长成小小的心形嫩叶,一尘不染,阳光下油光光的。

房檐下的燕子衔来了新草,重修了窝,依然一趟一趟飞来飞去,还经常"叽叽喳喳"好像在商量什么,奶奶说它们要抱小燕子了。"播谷播谷",布谷鸟的叫声且近且远。"播谷播谷,你家在哪里住?播谷播谷,家西牛屋!播谷播谷,吃的啥饭?播谷播谷,馍馍夹肉!"我模仿着布谷鸟的声音,跟它一问一答,逗得奶奶和弟弟直乐。

爷爷把土杂肥都运到那块春地里,撒了厚厚一层,一凡爸爸用手扶拖拉机把地犁起来。黄土拍打着犁铧,新翻的泥土湿湿的,散发着潮潮的土腥味,那大概是大地苏醒时残梦的味道吧?我们冬天不也会做长长的梦吗?

春天一来,白天长了,梦变短了。天冷时,我总梦见爸爸浑身湿漉漉的,水滴在地上结成了冰,他抱紧身子,浑身打战。每次做这种梦,我都难受好几天,总得找个没人的地方哭一回,春天不会再做这种梦了吧?

春天的气息越来越浓,修路的日子越来越近,庄上的兴奋和快乐像田里的庄稼一样猛长。

"噼里啪啦,噼里啪啦",鞭炮声响起来,"这是庄上天大的喜事,动工啦!"八姑拍着巴掌,兴奋得像我们小孩过年,没顾上锁门,就跑到工地上去了。

两辆推土机一西一东,轰隆轰隆,同时开工垫路基。南北那条路也有挖土机在平整路面。大大小小深深浅浅的坑,都垫上了石子,又填上沙子。八姑说那是找缝,把石子间的缝隙填上,路会更结实。翠翠的太爷爷拖来凳子,坐在路旁看。"总算等到修路啦!"他念叨着,沾沾眼角,睁大眼睛,像是要看清每块石子似的。秀成八十多岁的老娘踮着小脚，蹒跚着穿过长长的胡同来到工地，一看就是大半天。她拉着常老师的手，盯着她的脸，看了好一会儿，说："这小丫头，可了不得！"

支书三羔带着九斤和其他几个人在东西路上，晚生爷爷带着几个人在南北路上，他们织布梭子一样来回走着，指点着施工的人。常老师跟干活的师傅打着招呼："师傅们辛苦啦，一定得把俺庄上的路往好处修！"

"俺是里边庄上哩，出门就走这路，就跟给自家修路一样！"

包工头是个光头。"常书记，不用天天在工地守着。你派了那么多人监督，少用一个石子俺也得挨揍啊！"他跟常老师开玩笑，"听说其他路也很快要修，小学也要扩建。你给说说，都让我干！我干的活质量都杠杠哩，不信你去打听打听！"

"工程要公开招标，不是谁说了算。"

"八斤说是你说了算。"

"照八斤说的，你包这个工程岂不是我的功劳？"

光头哑口无言，眯起眼笑了。

八姑和一大群人站在街边的胡同口，他们纷纷给常老师打招呼，说着夸奖的话。

"是国家政策好，我来不来都一样修路。"听到有人夸，常

老师总笑眯眯地这样说。

"政策再好也得有人操持啊!"

"这两条修起来,其他路啥时候能修啊?""二能能"奶奶问。

八姑白了她一眼,说:"这两条路还没修好,就问下一条,你不让常书记喘口气啊!"

"说修也快,咱们庄被列入'美丽乡村连片打造'规划啦!"常老师说。

"这么大的庄,这么多条路,都修起来可不易!""二能能"奶奶流露出罕见的理解之情。

"管住那张嘴,少说孬话比啥都强!"八姑狠狠瞪了她一眼。

此时,光头赶过来,气急败坏地说:"常书记,有人不让修路,赶紧去看看吧!"常老师急忙跟着他往庄西头走,八姑他们也跟过来。

刚子三叔锤子家门口围着一群人。看到常老师,锤子拨开人群,走到常老师面前,气哄哄地说:"常书记,你望望,路一加宽,俺家大门口连一点儿空都没了,出门就是大路,家里孩子小,忒危险!"

"本来就是你院墙修得靠外,不加宽,你出门也是大路。"

光头争辩说。

"你咋不朝南边扩，非得朝俺们这边扩，明摆着欺负人！"

"刚大哥，路是按照设计规划修的，要顾全大局。"常老师诚恳地劝解。

"什么顾全大局，净站着说话不腰疼，不是你家大门口！就是不让修，爱咋地咋地！"说完，锤子蹲在推土机前头。

常老师一脸无奈，转身往村委走，正好三羔迎面走过来。

"王书记，赶紧去劝劝吧！"常老师焦急地说。

三羔叹口气，远远站在那里，没吱声。

"王书记，倒是说句话啊！在镇上争取加宽路面，你一句话不说。今天你难道还不说一句话吗？"常老师的火气一下上来了。

"我能说啥？我能说啥？"三羔悻悻地说。

"在这个位置，就得啥事都跑在前头！你倒好，遇事就往后躲！"

"我啥事没管？没有我你能在庄上立住脚？"

"要是你实实在在做事，工作能这么难吗？庄上这么多难题，不都是你不管积下的吗？"常老师越说情绪越激动，声音越来越高。

"啥事都有你！你咋就管这么宽？你还真把扶贫当回事了。

他们那些人都是歪瓜裂枣,能扶起来吗?你以为没有你,庄上就没法过日子啦?"

常老师的脸通红,泪在眼眶里打转,一句话也说不出来。

"少说两句能死你!"晚生爷爷过来,咬着牙对支书说,接着又火急火燎地疾步走到锤子家门口。

"你的屋盖得就是非法哩!今天当着大家伙的面说清楚,你要是不走这条路,就往南扩,你要是走就照常修!"晚生爷爷指着锤子的鼻子一顿数落,唾沫星子都飞到我脸上了。锤子蹲在那里,不言语。

常老师满面泪痕,晚生爷爷劝着她去了村委,我心里像压了块石头。

"大孩,你先别回家,等常老师忙完了,让她到我家吃饭。"八姑忧心忡忡地往村委望了好一会儿,嘱咐完,沉着脸走了。

推土机又开始"轰隆轰隆"地干活,路基垫到庄西头了,光头说明天就能上水泥。我折身跑回广场,找了个健身器,漫不经心地玩着,紧紧盯着村委办公室门口。

新建的四间村委办公室,红砖砌墙,宽大的玻璃窗,屋子前面铺着方砖,门两旁新栽了两棵玉兰树。村委大院跟广场连成一片,很敞亮。一面鲜艳的国旗,高过树梢,在村委大院上空随风招展。

等了好久,一点儿动静没有,我禁不住跑过去,从窗户向里面张望,里面没人。我垂头丧气往回走,常老师能去哪里呢?我想了又想。对,学校!我撒开腿就往学校跑。垫好的路基很平坦,灰沙阵再也没有施展的舞台了。

学校大门中午不上锁,校园里很安静,办公室前的乒乓球台上,几只小麻雀落在上面。几棵垂柳,枝条软得像面条,嫩黄色的新芽已经长成眉毛一样的绿叶。暖风追逐着阳光,满院子乱跑。我们班教室的门敞着,常老师坐在北边靠窗的座位上,一动不动地望着窗外,好像在想什么。泪像断了线的珠子,她也不去管。我扒着门框望着她,眼泪也跟着扑簌扑簌掉下来。

整个下午,常老师都在学校,给我们一口气上了两节课,第三节又去给三年级上,看起来跟往常没什么两样,但她的笑容里分明渗透了气恼。

"老师,老师!到俺家看看吧,俺爸买来小牛啦!"一放学,一凡就兴冲冲地邀请常老师。

"真哩?"她的眼里一下有了光彩,只是嗓子有些沙哑。

一凡家西边是一片空地,一凡爸爸在这块地上搭建起棚子,养起了牛。

"不错,不错,很壮实!"常老师看着小牛开心地说。两头小牛瞪着大眼盯着我们。

"不认识我们吧?"常老师逗它们。

"晚几天再上两头,这里能养六头。"一凡爸爸高兴地说。

"贷款批了多少?"

"贷了四万,差不多能买六头。"

"太好啦!"

"要是没有这么好的政策,我哪能养得起牛啊!又不要利息,想都不敢想!"

"是国家贴息。让你参加合作社你不愿意,合作社养牛更省心,年年分红就行了。不过自己养也不错!"

"天不早啦,让常老师赶紧回吧,还有老远路哩!"一凡奶奶催着常老师走。我们送常老师到村口,看她推着车吃力地爬上村东头那个高坡,我忽然很替她累得慌。

太阳如同一个发光的橘子,慢慢掉进天边的云彩里。黑暗像墨水滴进水里,渐渐散开,向村子的各个角落扩散,静寂也紧随而来。

天慢慢黑下来,炊烟升起,空气里弥漫起烟火的气息。"大嘴"赶着一群羊从那头过来,挤满了胡同。我贴着墙根,给它们让路,"大嘴"甩甩鞭子,羊"咩咩咩"地争先恐后往前跑,黑豆样的羊屎蛋掉了一胡同。

老远就看见我家烟囱里冒出的青烟,漫过门楼旁的榆树,四下飘散。

厨房里,奶奶拉着风箱,锅底下的火映得她的脸红红的,八姑坐在木凳上,她俩正在拉呱。

"常书记说,没有比学校更要紧的事了,想啥法都得拿下那块地。我看难!"八姑摇着头说。

"要是常书记都办不了,那块地撂那里,烂了也没人管了。"

"八斤不知道如何难为丫头呢,三羔又不向着她!"八姑担忧地说,"你没见今天中午他跟丫头吵架时那个样!"

"是嘞是嘞,这个八斤啥心眼都使。上回来俺家,让俺千万别把地让出来,说常书记一走,没人给钱不说,地都要不回来啦!"

"咱们才不听他瞎说呢!丫头建养牛场,那可是为了咱庄上的困难户。再说,你种一年,除了化肥农药,赚四五百就算好的。那块地下面全是石蛋,什么不干一年给八百,不孬!"

"是嘞是嘞!别说给钱,就是不给钱,也得支持常书记建牛场!"

15　养牛场里的童话

路修好了，路面平整得像镜面一般。村里洋溢着新鲜的喜气，犹如春天雨后的田野。

头几天，新路连电瓶车都不让走，只准步行或骑自行车。我骑着爷爷那辆快散架的自行车，从庄东头的坡上往下骑，不用蹬，车就跟飞似的一下冲过大半个庄。

一凡死缠硬磨让他爸给买了一个滑板，他从高坡上滑下来，张开双臂，"噢噢噢"地叫着。晚生、天宝跟一凡学，将滑板滑下坡，惊险和刺激让他们兴奋不已。那条南北路，北高南低，骑车也很顺溜。低年级的小孩模仿我们，骑着车从坡上往下冲，往下滑滑板，吓得大人嗷嗷直叫"停下停下！"笑声、叫声、呼唤声、呵斥声汇成一条奔腾的河，而常老师却安静得像深夜的月亮。她推着自行车，慢慢在新路上走着，从东走到西，从南走到北，她走得很认真。对大家的喜乐，她时不时报以微笑。看见她，人们纷纷打招呼，连没上学的小孩都叫她"常老师"，大人们都叫她"常书记"，声调里洋溢着喜气。

庄上的喜悦像枝头盛放的杏花，藏都藏不住，连房顶上的麻雀、屋檐下的燕子看上去都喜滋滋的，常老师看上去却没被这种喜气感染，像是沉浸在某种情绪里。

"常书记，路修得真好，修得真好！"憨存福站在大门口，笑着跟常老师打招呼。他敞着怀，露着胸口，一笑，脸上的黑灰似乎要掉下来，脚上趿拉着一双旧布鞋。

一凡、晚生他们滑着滑板，不断从我们身边飞过来飞过去。

"常书记到哪里，后面都跟着一群孩子，孩子们可待见你哩。丫头几天不见你，就不自在！"梦丽奶奶正往门口的路上铺麦秸。常老师笑笑，问："梦丽要去城里上学吗？"

"要是咱庄上有五六年级，就不让她去啦。我从小带到大，不舍哩！听说五六年级能留下，还要盖屋？"

"是嘞，大娘。只要有地，很快就能盖，关键是地。"

"那块地弄好了吗？"

"还没有。"常老师叹了口气。

"那是庄上的地，盖上屋谁还能给扒喽？"

"是的，大娘。屋早晚都得盖，谁也别想拦着，孩子们上学要紧。"常老师坚定地说。

"走新路，比住新屋都高兴！"秀成胳肢窝里掖着一个本子，迎面走过来，"常书记，这路的质量可没得说。"

"修路大家都费了不少心。那边工程怎么样了，快完工了吧？"

"这两天收收尾就差不多啦。那边的质量你也放心，虽是八斤包的工程，干活的都是咱自家庄上的人。"

"有你在，我肯定放心！"

"到那边望望去吧，这一整，跟城里的公园一样！"

"正想过去看看呢。"

"路三分修，七分养。自家门口的路，要好好护着！"秀成边走边对邻居们说。

"来了不长时间，硬是在这么大的庄上站住了脚，还做了原先想都不敢想的事，不简单！"支书背着手，在新路上边走边感叹。

各家各户门口都在忙着铺麦秸、泼水，像忙活过年一样。学校门口的路，我们天天抬着水桶泼水。

"路刚修好，不能过车，路两头都堵上了，咱自觉爱护好！"晚生爷爷在大喇叭里喊了一遍又一遍。

我们簇拥着常老师往水塘走。"老师，你不是说给俺们请美术老师和音乐老师吗？啥时候能来给上课啊？"翠翠问。

"太缺老师啦，我省城的朋友给介绍了一个音乐老师，人

家愿意来给上课,但路太远,来去不方便,老师再想想办法。"

我扯扯翠翠的衣角,她甩开我的手,白了我一眼。这些天,常老师看上去跟往常一样笑眯眯的,但愁闷总像流星一样不断在她脸上一闪而过。翠翠问这些,会让老师更愁闷。

"老师,俺去岭上的养牛场啦,真大啊!"翠翠转换了话题。

"嗯,十来亩地呢!"

"俺爸说能入股分红,俺太爷爷也能入股分红吗?"

"能,他是贫困户,要是你爸爸再投钱入股,分红更多。"

我们都似懂非懂,没人再问下去。

几天不见,水塘大变样。除了小树林北面那个大缺口,水塘四面都铺上了石头。大大小小的石头,摆放得错落有致,石头缝用水泥弥得严严实实,像碎布块拼成的大床单。岸上铺了石板路,菜园那边还修了两道台阶,直通到岸上,以后打水就不担心打滑了。之前池塘边上很滑,有的地方泼几遍水,穿着湿裤衩滑几趟,就成滑梯了。坐在上面,胳膊按住地面使劲一推,哧溜就滑到水里。北边的缺口修起来一个小水闸,连着的那条沟加宽了,挖深了。一开闸,水塘里的水就泄到沟里,下大雨时,水就不会到处流,也不会再漫灌到田里,让庄稼绝产了。

岸上的枣树像大将军换了副新盔甲,看起来更威武了,就是枝上还光秃秃的。枣树最耐得住性子,总是等到槐树和楝树只剩下一树绿叶,它才慢腾腾地发出一簇一簇的芽,开出绿豆粒大小的花。

爸爸回来啦!

他一手牵着我,一手牵着弟弟,原来爸爸的大手这么温暖有力。我们在田野里奔跑,脚步轻快,一步能跨出很远,腾云驾雾似的。路两旁开满各种各样的花,比八姑院子里的花还好看。路的尽头是一棵大树,树上开满了大朵大朵淡紫色的花,每朵花都闪闪发光。再往前走是一大片水,中间有一条小路,两旁长满蒲草。爸爸蹲下身子,给我和弟弟抓鱼。水清澈见底,五颜六色的鱼儿自由自在地游弋,一点儿也不怕人……

"喔喔喔喔",我听见大公鸡在叫。睁开眼一看,窗棂上透过来亮光,天快亮了。

一早起来,喜鹊在枝头叽叽喳喳叫个不停。"能有什么喜事呢?"奶奶边和猪食边自言自语。我有说不出来的痛快,伸了个懒腰,朝树上的鸟儿吹了声口哨。我想给奶奶说说做的梦,可奶奶说过,好梦太阳出来之前不能说,一说就变不成真的了。我赶紧把到嘴边的话又给咽了回去。

到了学校,看到常老师正被大家团团围住。常老师也给二

年级上课了,她一到学校,大家都围上去,嚷着先给自己的班上课。有一回,梦丽、翠翠她们和三年级的争,她们把常老师拉进教室,紧紧关上门,大家一拥而上,里三层外三层地使劲抵住门,三年级的同学则在外面喊着"一二三"一起拼命推。这会儿,天宝、翠翠他们又在抢常老师,看情况他们还能把常老师抢过来,我边吹口哨边擦黑板。天宝比以前干净多了,鼻涕虫不见了,衣服干干净净,常老师经常夸奖他,他总把胸脯挺得老高。

办公室前面摆放着两排箱子,上面画着红红的"心"型。一凡说那全是书,我惊得张大嘴巴。

上课前,校长让各班排好队,到操场集合。校长和常老师陪着几个人来到队伍前。

"孩子们,这是从省里来的李经理和她的同事。他们今天带来了很多书,欢迎她给咱们讲几句话!"大家鼓起掌来。一位白白净净、年龄和常老师差不多的阿姨站到我们面前。她说她们单位每年都给贫困地区的学校捐建图书室,现在准备在这里也建一个图书室。我想象着图书室的样子,急不可待地想打开箱子,很想变成一只蚂蚁先爬进去看看里面到底有什么样的书。

箱子终于打开了,里面满满的全是书,看得我眼花缭乱,还是第一次见这么多书呢!老师让各个班根据人数领,一人一本,看完了再去换。我选了本历史故事书,赶紧埋头看起来。原来春秋五霸之一的齐桓公经历了那么多磨难才成为霸主,难怪常老师总说"艰难困苦,玉汝于成"。

有书读的日子更充实,让这个春天也特别温暖,特别美。

麦苗蹿高了,没过了膝盖;岭上的油菜花黄灿灿的,这里一片,那里一片;东湖的梨园一片花海;桃花开了,红艳艳满枝头,嘻嘻哈哈,闹闹嚷嚷,像我们商量春游一样兴奋热闹。常老师要带我们去李桥水库春游,她让我们保密,不要让其他年级的知道了,因为去的小孩多了,她怕照顾不过来,不安全。大家兴奋得差点把屋盖顶破。嘘!常老师让我们低调。

周六,天气晴朗。我们在广场集合,常老师让大家骑自行车,没有自行车的都借到了。田田不知借的谁家的一辆小型自行车,骑上去很好看。梦丽的马尾辫梳得高高的,在脑袋后面快乐地跳动着。常老师让一凡带队,她和晚生押尾,一长溜自行车队伍浩浩荡荡出发了。低年级的看见了,也要跟着去,但没有自行车,干瞪眼去不了。大人们看见这么壮观的队伍,还以为干啥去呢,站在路边看热闹。

暖暖的风带着花香拂面而来。路两旁是大片的麦田,油菜花这里一块,那里一块,散落在墨绿的麦田间。村西头小山包脚

下是几片果园,粉白的花开满枝头。绿色、黄色、粉色,各种颜色铺天盖地。路两旁高大的白杨树,新叶在阳光下泛着光。新修的路,笔直平坦。大家像出笼的小鸟,笑声、歌声一串又一串。

我还是第一次专门来看水库。我们男生先爬上坡,女生推着车还在吃力地往上爬。常老师爬上来,把车停在路边,折回去帮女生推车,我也跟着常老师一起折回去,晚生他们也都过来帮忙。

水库一眼望不到头,远处烟雾茫茫。晚生说开车绕一圈得一个小时,二叔带他绕过。常老师和田田并排坐在大坝的石堰上,望着远处的水面,有说不出的亲昵。大坝尽头是一个村庄,村口有几株桃树,风一吹,落花纷纷。树旁是一家小饭馆,墙上写着大大的"活鱼"。

我们玩得正欢,女生远远地喊:"回来啦,回来啦,老师让回来!"

我们赶到刚才解散的地方,老师提过来两个大塑料袋,让一凡和晚生帮着分给大家,原来是酥油饼。镇上有卖的,有时爷爷会顺便给我和弟弟带两个回来。外面酥脆,里面一层一层的,有的是麻汁,有的是茴香面,很好吃。跑了大半天还真饿了,大家津津有味地吃起来。酥油饼还剩下好几个,常老师让我带回家。

爷爷把铺盖卷放在"小电驴"的车斗里,我爬上去,坐在上面。常老师让爷爷夜里在养牛场照应一下,不耽误白天干活,每月还能多挣几百块,爷爷二话没说就答应了。

养牛场建在山包脚下,离庄很远。这边的田地地势高,浇不上水,全靠天。八姑说地底下全是石蛋一点儿不假,即使下了雨,也很难存住水。大部分地都种地瓜,不少地一年到头荒着,野草倒是长得很旺盛,密密匝匝的,半人多高。冬天一把火点了,第二年更加旺盛。

有一条弯弯曲曲的小道直通到养牛场,路面坑坑洼洼,坐在车斗里都快被颠飞了,我紧紧抓住车帮。

牛场的大门敞着,常老师和九斤正在那儿看小牛。九斤是八斤的弟弟,是村委的人,常帮着庄上的人办事。八姑常感叹九斤实诚,一点儿歪心眼儿都没有,人也不孬,跟八斤一个天上一个地下,不像一个娘养的。

常老师过来帮爷爷把铺盖卷放在大门旁的屋里,这是新建的两间房,一间放着电脑和一个大电视,常老师说那是看监控用的,在屋里就能看见牛的一举一动。墙角摆放着沙发和茶几,墙上挂着"耕读专业养殖合作社"的铜牌子。另一间放着两张新木床,铺着崭新的床垫。"梦丽二爷爷沙瓦来给养牛,夜里你俩做个伴,

听见动静起来望望,没事睡觉就行。"九斤跟爷爷交代着。

常老师带我参观牛场。大门东边修了两个大池子,常老师说那是青储池,把秸秆粉碎,存放在这里,发酵后喂牛。中间是条很宽的水泥路,直通到北面。最北面的一个大棚坐南朝北,跟两边的大棚一样宽大,这是储草间,里面放着一个很大的机器,常老师说那是粉碎机,给牛粉碎草料用的。

"爷爷的手艺不错吧?"常老师拍着牛棚里两道贯穿南北的水泥槽问,"这牛槽还能当牛栏,牛圈在里面出不来。"两道水泥槽中间是长长的过道。牛棚的北头,几头小牛正低头在牛槽里吃草,在这么大的牛棚里,它们显得很不起眼。"买回来好久了,它们都认识我了。"常老师说着把手伸到一头小牛面前,它伸出舌头舔了又舔。这些小牛看起来很壮实,瞪着大眼睛齐刷刷地望着我。

牛棚外面还有空地,常老师说在这里种上花草,让小牛生活在一个干净美丽的环境里,还要让它们听音乐,这样它们长得更壮实。常老师像是在讲童话,说不定这里就是一个童话世界,牛会开口说话,晚上变成人到田里给谁家干活,或是带着谁飞到天上去,就像八姑给我讲的神话故事一样。要是八姑听说了常老师的这些想法,肯定会拍手大笑的。

新修的路通车了,附近村的车都绕道从这里过,车一下多了起来。路边的排水沟修好了,又宽又深,上面盖上了水泥板。八姑说,那条南北路是村里的主道,也是排水道,一下大雨,全庄上的水都从这里流到庄南边的深沟里,再从深沟流到弘村后面的河里。排水沟修小了,大水就会把路冲毁。老天好像要试试新修的排水沟似的,刚修好,就淅淅沥沥下了两天雨,把路冲洗得一点儿土星都没有。

"这排水沟真管用,俺家前面原先一下雨就存水,下大雨都出不了大门,这回门口没存住水。""二能能"奶奶站在胡同口跟一堆人在说话。刚下过雨,田里下不去脚,没法干活,在家憋得慌,大家伙都出来凑堆说话解闷儿。

"亏得排水沟加宽了,听说原本打算只修三十公分宽、三十公分深!"

"那能干啥使啊?还不如不修。"

"得亏常书记坚持加宽,听说钱不够,费了不少劲。"

"十来年啦,谁都没把路修起来,人家常书记一来,两条大马路说修就修起来啦,不服不行!"

"事事国家有政策,国家不扶持,谁也没辙!"

16　一个难忘的生日

榆钱长成了，圆圆的，中间鼓起圆圆的籽，几个一簇，像花瓣一样组成一朵花，挨挨挤挤，细软的枝子上满满都是。

八姑让我上去撸些来，蒸榆钱窝窝吃。榆树的根扎到墙底下，把墙都快挤歪了。我先爬上墙头，从墙上噌噌爬到树杈上，解开拴在腰里的绳子，扔给树下的八姑。八姑把竹篮子系在绳子上，我三两下就把篮子拉起来，挂在树杈上。看着满枝子的榆钱，我忍不住伸手撸一把塞进嘴里，满嘴清香。

从树上往下看，八姑家的院子一览无余，花花绿绿，热闹喧天。远远看见常老师站在胡同口跟一帮人说话，我双手罩在嘴上，大声叫"常老师——常老师——"我看见她在四处寻找，就是没朝树上看，不禁乐了。接着又喊，站在树杈上朝她挥手，她看见我也朝我挥挥手,推着自行车走了过来。

"说曹操,曹操就到啦。中午哪里都不能去,我给你蒸榆钱窝窝吃。"八姑把常老师拉回家。

"不拿群众一针一线,窝窝也是群众财产,不能吃。"常老师说笑着把自行车停到八姑院子里。

我把满满一篮子榆钱慢慢放下来,常老师伸手接住。

"我的东西都是国家给哩,敞开肚皮吃,明年就不一定能吃上庄上的榆钱喽!"

"咋吃不成哩?"弟弟问。弟弟自从上了小学,话渐渐多了起来,只是学习还是跟不上趟。常老师说弟弟还没入门,入了门就好了。

"常老师可不能在庄上待一辈子,她明年这个时候差不多该走啦!"

我总是忘记常老师早晚都是要走的。春天今年走了,明年还会再来,而常老师一旦走了,什么时候来就没准了。想到这里,我忽然什么兴致都没了。

"宋阿姨是不是嫌我烦啦?干不完活不能走啊!"常老师说笑着拿几片榆钱放进嘴里,"好吃,好吃,真是唇齿生香啊!"弟弟也塞了满满一嘴。

"又转起文来啦！你说说你到庄上来受这罪干啥？"

"不来庄上，我能认识你吗？也没法认识天赐和天佑，对不对？"我和弟弟使劲点点头。

奶奶常说本来八竿子打不着的两个人，说不准哪天碰上就是一辈子。常老师来庄上，也是这样的道理。她到乡下来，哪个庄都没去，偏偏到了我们庄，认识了我们大家。她一来，我们家不一样了，整个庄不一样了，庄上的人也不一样了。到底哪里不一样了，我也说不清，反正处处都不一样了，像眼前的春天，蓬蓬勃勃，充满希望。我望着八姑门前的月季，痴痴地想。

"天赐，想啥呢？"听见常老师叫我，我回过神来，咧了咧嘴。

"他啊，就是对月季着迷。"八姑边洗榆钱边说。

"天赐，听见花儿跟你说话了吗？"常老师问，我想起八姑常说的"将来找个花样儿的媳妇"，脸一下红到耳根。

"还不好意思哩！知道'梅妻鹤子'的典故不？宋代有个文人隐居在杭州孤山，他喜欢种梅花、养鹤，把梅花当媳妇，把鹤当孩子，后来慢慢演变成这个成语。还有《聊斋志异》，里面好几篇小说都是写花变成美女帮助好人的故事。宋阿姨，你说实话，有没有花神夜里陪你说话，或者是给你做过饭？"八姑笑得眼镜滑下了鼻梁，我和弟弟也开怀大笑。

我天天围着爷爷问牛场的事，巴望着小牛有什么奇迹。爷爷说又上了好几头小牛，这两天牛场的屋顶上正在装光伏发电板。小牛没变成人，倒是这光伏发电板挺稀罕。啥是光伏发电，爷爷讲不明白，让我去问常老师。

一看见常老师，我就跑过去，想仔细问问啥是光伏发电。

天宝、翠翠他们正围着常老师，这次他们没有争抢着让常老师给上课，都在静静地听她和校长说话。

"常书记，这孩子很差劲，他是人家学校不要哩！"

"孩子挺聪明，不是那种'朽木不可雕'的孩子。我打听了一下，主要是爸爸妈妈常年不在家，缺少管教，不爱学习。"

"咱四年级是优秀班级，学习成绩在全镇都数得着。咱可不能因为一粒老鼠屎坏了一锅粥啊！"

"没那么严重。他爸妈以后都不出去了，在家里好好调教孩子。咱们得给孩子一个机会，总不能把这小的孩子推向社会吧？"常老师有点着急。

"他爸妈肯定管不了才想塞到学校里来哩，学校也管不了啊！"

"要不这样吧，给孩子两个月的时间。如果他好好学习，咱们就留，否则天皇老子来求情也没用！"常老师斩钉截铁地说。

校长张张嘴还想说什么,常老师又说:"这两个月期间,孩子出现任何问题,我负责!"

颜二带着他儿子颜实来到学校。村里的颜姓只有他们几户,颜二常年不在家,大门口长满了荒草。颜实在县城上私立学校,节假日回来跟着八十多岁的奶奶,很少跟我们一块玩。听人说他不好好学习,经常翻墙出学校闲逛。

颜实低着头,眼睛不时偷偷瞟我们,像大白天出来偷油吃的小老鼠。颜二呵斥着:"这回可得好好学习啦!常老师为你操了多少心啊!还不赶紧给老师打个招呼。"颜实小心翼翼地叫了声"老师好"。

"被我打怕啦。不听话就狠打,不信治不了他!"颜二满不在乎地说。

"以后不准打骂孩子,更不能当着大伙的面这样训斥,孩子也有自尊心。"常老师生气地说。

校长的心好像一下软了:"常书记说得对,哪能这样对孩子啊!孩子交给我们,好好引导,慢慢就好啦。"常老师牵起颜实的手走进我们教室。

班主任让颜实坐在最前面靠窗的位置,就在我左边。他双臂放在课桌上,一动不动,眼珠直直的,像个木头人。我忽然同情起他来，虽然爸爸之前成天闹腾，但从没打过我和弟弟一巴掌。

放学的时候，颜实奶奶挂着拐杖颤巍巍地过来，常老师搀住她。"我看看这个小孩啥样啦？你可不知道，二孩打起孩子来下手真狠哟，孩子身上青一块紫一块的。"她撩起蓝布衫擦擦眼，"往后可得听话啊，这回打改了吧？"她看看颜实，颜实还是木木的，一点儿反应没有。

常老师让我推着自行车，她搀着颜实奶奶送她回家，颜实低着头跟在后面。一凡惊诧地上下打量着颜实，好像隔着衣服就能看见他身上的伤一样。

颜实奶奶住在庄北，靠着翠翠家搭起来一间小屋，没有院墙，一条小路通到小屋门口，路两旁都是杂草。屋子外面有一个土灶，上面坐着一口大锅，比我们家的都大。小屋里放着一张床，床前面是一张方桌，上面摆满了碗筷和酱油醋，屋角堆满了杂物，快到屋顶了，就剩下门口一点儿地方，只能站一个人。

"您老怎么做饭啊？"常老师看着大锅大声问。

"用大锅燎点饭吃。"她指指那口盖着木盖的锅说。

"下雨怎么办？"

"儿给送点吃。我想吃挂面，前两天下雨，柴火湿，点不着火，没吃上。"她眼巴巴地望着常老师。

常老师让颜实奶奶歇着,给我和一凡三十块钱,让我们去买挂面、鸡蛋,让颜实去找干柴火,她挽起袖子收拾起锅灶来。

我和一凡提着挂面和鸡蛋回来时,常老师和颜实已经生起火,大锅里的水"咕噜咕噜"地在唱歌。颜实看起来轻松了很多,也多了些灵气。

"颜实饿了吗?"常老师问。他定了定,轻轻点点头。"那就多煮点儿,你们俩吃不吃?"我和一凡摇摇头。我的生日快到了,我爱吃奶奶做的长寿面。

我的生日正好是星期六,一凡、晚生他们比我还期待。奶奶提醒我千万别给常老师说,她成天忙得不行,别麻烦她了。

还没等爷爷敲门,我就起床了。打开大门,鸟儿们在树上叽叽喳喳,看样子已经吃饱喝足了。房檐下的燕子窝里,小燕子伸着头,"叽叽叽"地叫着,燕子爸爸妈妈出去觅食了。四只小燕子长得很快,前些天还只能看见从窝里伸出来的小黄嘴,现在已经从窝里露出了大半个身子,身上长满了绒毛。看到妈妈回来,它们齐刷刷地张开嘴,燕子妈妈把觅来的食塞到它们嘴里,它们的嘴都快把妈妈的头给吞进去了。

村里村外的槐花都开了,清香浸润着村子,浸润着欢乐时光。

奶奶在案板上盘着面，我坐在灶前烧火。

"还真快，乖乖都十二了，晚几年就长成大人啦！"奶奶像是在跟我说话，又像是在自言自语，"出满月就没奶吃，我还怕养不活，天天熬小米粥，撇上面的小米油喂你。谁家添了小孩，要是奶水足，我就抱着你去讨奶。一凡、晚生妈妈的奶你可没少吃。一凡妈妈人好，能写能画，几个一凡爸爸加起来也配不上人家，她是下了狠心才走哩！"

原来一凡妈妈这么厉害！是不是跟常老师一样是研究生？我没有打断奶奶，奶奶沉浸在跟一凡妈妈在一起的日子里。

"临走时，她来跟我和小八见了一面，抱着你亲了又亲，哭得跟泪人儿一样。给一凡奶奶磕了个头，抱着一凡不撒手。"

要是一凡妈妈回来了，我也跟着叫妈妈算啦，光听人家叫，我还没开口叫过呢，不知道能叫出口吧？

那我妈妈呢？她也应该知道庄里的地址，她会来看我吗？奶奶说，孩子是娘的心头肉，妈妈想起我也会心疼吗？她还记得我的生日吗？

奶奶不一会儿就擀了一案板宽宽长长的面条。她用笊篱把锅里煮的鸡蛋捞出来，放在瓦盆里。"长寿面，宽心面，乖乖吃了长长远远，欢欢喜喜，全家都平平安安！"奶奶边念叨着，边

把面条抖落在热气腾腾的锅里。弟弟把立在房檐下的小木桌放在院子里,摆好板凳。

爷爷回来了,拎着一块肉,还提回来半大兜香油果子,老远就闻见香味了,我咽了咽口水。

我们还没吃完饭,一凡、晚生、刚子、颜实、天宝他们就都来了,还提着一箱牛奶和一大兜吃的。

奶奶不去割蒜了,收拾好碗筷,就下手做午饭,她让我放开玩,啥也不用管。

我们先去广场,晚生的遥控小汽车先让我玩,一凡的滑板也先让我玩,天宝的陀螺也让给我。我被他们前呼后拥,感觉自己是位雄赳赳气昂昂的大将军。

我们跑到池塘,爬上那棵大枣树,玩起常玩的游戏。颜实很瘦,在树上跟一凡一样灵巧,像猴子一样从这个树杈跳到那个树杈,玩得很高兴。老师让我帮他学习,他很聪明,数学题一说就会,上课也不捣乱,功课很快就赶上了,跟我们很能玩到一起。

枣树还光秃秃的,似乎还沉浸在冬天的梦里。不远处的槐树开满了花,白花花的,一树一树,几乎看不见叶子,甜丝丝的,香气袭人。菜园里纵横交错,长长短短的菜畦里种着各种蔬菜,茄子、辣椒、西红柿的苗都长高了,勤快的人家给豆角、黄瓜架起了架子。池塘里的水泛着青绿，油光光的水面泛起层层波纹。水塘干净了很多，我们都盼望着夏天赶紧到来，跳到里面痛快地游水。

疯了半天，我们追逐嬉闹着跑回家。一进门，就看见常老师的自行车，我的心忽然怦怦直跳。"哇，常老师！"一凡大叫，我们冲进去。堂屋的八仙桌上放着一个大蛋糕，奶奶在厨房里忙活着切菜，两大盖帘饺子，摆得整整齐齐。

"奶奶，常老师呢？"一凡问。

"没看见，你们看见她了？"奶奶应着，仍忙着手里的活。

我觉得有点儿奇怪，奶奶也没看见常老师，她的车子明明放在院子里，那个大蛋糕是谁买的呀？我正在纳闷。

"你们都没看见我吧？"随着一阵笑声，常老师从堂屋里走出来，"我藏在门后头了！"奶奶也扑哧笑出声来。

"天赐，生日快乐！"我挠挠头，高兴得不知如何是好。弟弟乐得蹦蹦跳跳，黑虎摇着尾巴，在我们中间钻来钻去。

"老远就听见你们笑啦！"八姑走进院子，"大孩过生日，没啥给，给他弟兄俩一人做了身衣裳！"奶奶从厨房迎出来："哪年你都想着，今天别操持着做饭了，常书记在这里，一起吃吧！"

17 爷爷的脚砸伤了

常老师说,"六一"儿童节省城来的老师会给我们上课,还会搞些活动。我们好奇地问个不停,她神秘地说:"保密!到时候你们就知道啦。"

我期待"六一"赶紧到来,比期待过生日还迫切。

放学后,看见一辆小轿车停在胡同口,崭新崭新的,这是谁家的车?我边走边拼命地想,是不是爸爸回来啦?回来陪我们过儿童节?我被这种想法冲昏了头,拔腿就朝家跑,弟弟也跟着疯跑。

家里大门虚掩着,我哐啷一下撞开门。常老师和九斤坐在院子里在跟奶奶说话,奶奶眼睛红红的。我愣在那里,常老师走过来,搂住我的肩膀,我预感到不妙,想放声大哭。

17 爷爷的脚砸伤了

"天赐!"常老师蹲下来,看着我,"你已经是男子汉了,没有什么事能吓住你,对不对?"她看看我,接着说:"爷爷今天在工地上砸伤了脚,送医院了,我怕奶奶和你担心,专门等你回来一起去医院看看。"我的眼前一阵发黑。

上了那辆小轿车,常老师一直搂着我,一路上谁都没说一句话。

我浑身木木的,连脑子都成木头了,机械地跟着常老师走进医院,进入病房。

爷爷半躺在白得刺眼的床上,我哇地哭出来。常老师轻抚着我的背,我意识到这是医院,不能这样放肆地哭,于是赶紧止住,擦干泪。

"天赐,爷爷没事!"爷爷抬抬身子想坐起来。我赶紧过去,不让他动。

爷爷的左脚脚面肿得像发面馍馍,我心疼地问:"爷爷疼吗?"

"医生给打了针,不疼啦。"

其他病床上的人,都好奇地看着我。大概刚才的哭声太大了,我不好意思地低下头。

"刚才那个女的是你家闺女?"其中有个人问。

"要是有这样的闺女就好了！这是俺庄上的书记，省里派来的。"爷爷满脸骄傲。

"书记？可不像，可不像！"病房里的人纷纷纳罕道。

过了一会儿，常老师走进来说："大叔，片子出来了，没大事。"说完长长舒了口气，又安慰我说："天赐，医生说伤得不重，治疗几天就能回家了！"病房里的人都盯着常老师看，像是要找出"书记"的样子似的，常老师有些丈二和尚摸不着头脑。

常老师说得对，没几天，爷爷果然就回来了，脚面肿得轻多了，勉强能在院子里一瘸一拐地走走，这阵子活是干不成了。

八姑提着一箱奶和一兜鸡蛋来了，说："大叔，这回你可好好歇歇啦，谁让你这么勤快哩。老天爷心疼你，让你歇歇，你就安心乐意地好好歇几天！"

奶奶被她逗笑了："小八说话就是喜人！"爷爷也嘿嘿嘿地笑起来。

"一听就知道宋阿姨在这里哩！"常老师推着车进来，车筐里放着一箱牛奶。

"常书记，你可不能再花钱啦！"奶奶迎上去。

"哎呀，能花几个钱？让大爷多吃点儿有营养的东西，好得快！"常老师说话越来越像八姑。

"你望望，庄上谁家有个灾有个难，你又是钱又是东西的，还了得！"八姑接过话茬。

常老师摆摆手，说："快到儿童节了，我校友给咱村里贫困家庭的孩子捐了些钱。"说着从布包里掏出一个牛皮信封，奶奶赶紧过去捂住她的手，想让她把钱收回去。

"不能要你的钱，俺住院让你花了不少钱啦！"爷爷恨不得也站起来拦着。

"大娘，不是我的钱，是校友们的心意，晚几天他们就来庄上，到时谢他们就行啦！"常老师硬是把信封塞给奶奶，"大爷大娘，你们放心，这回的医药费除了新农合能报销一大部分，国家给咱村的贫困户买了保险，还能报销一部分，咱自己花不了多少。"

常老师让爷爷安心养病，不着急干活，牛场那边九斤先照应着。

爷爷一伤，村里很多人都来看望。晚生爷爷提着一箱奶和一箱挂面也来了，还从腰里掏出一叠钱塞给爷爷，爷爷说什么都不要。

门口传来摩托车的轰鸣声，"这是老刚家不？"粗声大气的叫喊声盖过摩托车的喧闹。我跑到门口，一个胡子拉碴的中年人

跨在摩托车上,正往院子里望。黑虎见了龇牙咧嘴吠个不停。

"是老岳吧?"爷爷听见动静,一瘸一拐地过来。

他停下摩托车,跨进院子,拉过来一个板凳,一屁股坐下。

"庄真大,转悠了半天,问了一圈,才摸到家门。"奶奶捧过来茶。"脚咋样啦?也没空去医院看看。"他看看爷爷的脚,"还肿着哩,让你受罪啦!"说着从怀里掏出来一叠钱。"这是三千块钱,你先看病,不够了我再送过来。"他瓮声瓮气地只管说,别人都插不上话。

"是我不注意砸着哩,跟你领工的没啥关系,钱俺一分也不能要!"爷爷摆着手坚决地说。

"一家老小全靠你挣这几个钱,客气啥,还跟我见外。"

他们推来搡去,钱撒了一地。我和弟弟忍不住笑起来。

"你望望,孩子都笑话咱啦!要不这样吧,咱也别争了,你留下一千,就当我给买营养品了。"

爷爷是家里的顶梁柱,他一受伤,我担心奶奶受不了,也会病倒。要是他们俩都倒下了,我们家就乱套了。来探望的人不断,家里比往常热闹了很多,奶奶里外照应着,竟没见她发愁叹气。屋子里堆满了各种吃食,我和弟弟过足了牛奶瘾。八姑天天过来,她嘻嘻哈哈,跟爷爷聊些陈芝麻烂谷子。爷爷不闲着,找来柳条,埋头编起柳篮子来。奶奶把蒜拉到家里来剥,方便照应爷爷。黑虎卧在他们脚边,很安逸的样子。

一开始我的神经像拉开的弹弓,放学回家看到爷爷奶奶各忙各的,一团和乐,我渐渐放松下来,不用老担心家里了,又一心盼望着儿童节赶紧到来。

儿童节终于到了。

上午,有一辆大车开进学校,常老师和校长迎了上去。

"这是齐博士,大学教授。这是刘老师,诺贝尔学校的校长。这是音乐老师马老师。他们是齐博士带来的医疗队,负责给孩子们做口腔检查,给适合做窝沟封闭手术的孩子做手术……"常老师兴奋地一一介绍着。

"大老远赶来,怪累,要不先歇歇,下午再开始吧?"校长建议。

"不用,这就开工吧!"说着,齐博士招呼着大家把仪器从车上卸下来,校长引导着把仪器安放到体育器材室,里面已经提前收拾好了。医疗队的人支好两张床,上面铺上蓝色的布,一间病房很快就布置妥当了。他们又换上白大褂,戴上蓝帽子,戴上

口罩。我看得正入迷,一凡叫我去上课。

刘老师也穿上了白大褂,开始给我们上实验课。"小朋友仔细观察,开动脑筋,一会儿让我们见证神奇的时刻!"他像魔术师一样,把一根长长的、薄薄的木条放在讲桌上,让木条的一端从讲桌的边缘伸出一小段,然后在讲桌上仔细铺上一张报纸,木条没有伸出来的部分被报纸严严实实地盖住。

"大家猜一猜,我用锤子砸露着的这头儿,能砸断吗?"刘老师举起锤子,做着要砸下去的样子。

"不能!"他们异口同声地喊道。

而我却想,老师既然这样问,那肯定能砸断。于是我大声说:"能!"大家都向我看过来,我不好意思地挠挠后脑勺。

"这个小朋友说能,你能告诉大家为什么能吗?"

"猜着能!"我脱口而出。大家都笑了,我的脸有些发烫。

"咱们看看这个小朋友说得对不对,看好喽!"老师说着抡起锤子砸下去,"啪"的一声,露着的木条竟然断了。更神奇的是,剩下的木条和那张报纸几乎纹丝不动,大家都目瞪口呆。

"是不是很不可思议?谁知道这个实验背后的科学道理?"大家你看我,我看你,没人吱声。

"这个实验说明空气是有压力的,我在木条和桌子上铺上报纸，将报纸尽量铺平、压实，是为了让报纸下面没有空气。这样，就使报纸上面有空气压力，而下面没有，这就相当于在木条上压了块大石头，当然就能把木条的头儿轻而易举地砸断啦！"

我似懂非懂，还没来得及思考，就被更有趣的实验"带

走了"。

老师把不起眼的药水混在一起,瞬间就生出一大团泡沫,像一大堆棉花。在另一个实验里,老师能让烧红的铁丝在玻璃瓶里噼里啪啦地燃烧,火星四溅。我们还没从这神奇的世界回过神来,就下课了。

下一节课,齐博士给我们讲世界见闻。教室里已经装上新黑板,把它左右推开就是屏幕,连上电脑,就能放视频了。常老师说齐博士是硕士生导师,让大家好好学习,长大了考他的研究生。齐博士温和地说:"小朋友们加油,我在省城等着你们!"

他真了不起,到过世界上很多地方,每个地方都拍了照片,他边讲边播放PPT:这是巴黎的埃菲尔铁塔,巴黎是艺术之都……这是水城威尼斯……仅仅一节课的时间,我们周游了世界!

放学了,我沉浸在神奇的实验和多彩的世界中,外面的世界很大很精彩,我什么时候也能去看看?

回到家,弟弟张开嘴让我看他的牙,说医生给做了手术。我问他疼不疼,他摇摇头,骄傲地说:"其他小孩都吓哭了,我没哭!"

奶奶过来仔细望了望,问:"好好的,做手术干啥?"

"做了手术,虫子就不吃牙,牙就不疼啦!"奶奶觉得很新鲜。我给爷爷讲今天做的实验:"像魔术,可好玩啦!"

他嘿嘿嘿笑着连连说:"真稀罕!"

"下午我们还上音乐课哩。"我扒拉了几口饭,拿起一盒奶赶紧跑回了学校。

医生也早早来了,正在忙着做手术。几个低年级的小孩惴惴不安地坐在一旁的长凳上,看到躺在床上的小孩咂咂嘴,说着"不疼不疼"地跳下床,好像没那么紧张了。

常老师把翠翠叫过去,让医生检查她的牙,看是否能矫正。翠翠的门牙很大,往外长,嘴都合不上,天宝成天笑话她"兔子牙",翠翠倒是不生气,只是一笑就捂住嘴。翠翠欢天喜地回来,说她的牙齿能矫正,暑假要去省城看牙,那表情好像她的牙已经变得整整齐齐一样。矫正了牙,翠翠也会和田田一样好看吗?

上课前,各个班级都发了学习用品,班主任说这些都是常老师的校友从省城带来的。我们四年级每人一支钢笔和一个笔记本,大家互相比着看谁的漂亮。

第一节课上音乐课,美丽的女老师声音甜美,大家跟着边唱边模仿她做各种动作。随着歌声,我仿佛变成了一只鸟儿,迎着微风流云,和着月季的清香,伴着庄稼拔节的声音,在天空自

由飞翔……

一凡喜欢唱歌，成天趴在电视上看唱歌比赛。他要是能上电视唱歌，那才叫帅呢！自从上了音乐课，一凡动不动就翻音乐课本，哼哼着调子，脚下踩着拍子，走火入魔的样子。

这些课让我们兴奋了很多天，紧接着就是难言的失落。要是小时候，奶奶狠狠心把我送给了城里人，我现在就在城里上学，就能成天上这些课了，我突然有些向往城市。

一凡、翠翠、晚生成天围着常老师问什么时候还能上这种课，常老师说争取暑假组织夏令营，让大家天天上有趣的课，期待在我心底又肆意生长起来。

18 常老师的"生意经"

蒜苗长出了蒜薹，麦子在灌浆，麦芒上小虫虫一样的花，风一吹，都不见了踪影。

铺天盖地的绿色中间有了其他颜色，菜籽熟了，枝枝杈杈上结满了胀鼓鼓的籽荚。奶奶割了菜籽，用三轮车运到打麦场，晒干，用棒槌捶了几遍，用簸箕把壳皮簸干净，收了满满三袋子菜籽。奶奶说这些菜籽榨成油，够吃一年。眼看大半亩蒜薹也该收了，要是跟奶奶我们俩收，得两天。奶奶和我商量，凑着周末赶紧收了，蒜薹一天一个价，趁这几天价格还算高。

星期六，天还没亮，奶奶就叫醒我。简单吃了饭，奶奶往布兜里塞了几张煎饼和几个咸鸡蛋，看样子中午我们不回来吃饭了。我坐到电动车斗里，奶奶骑上朝西湖开去。

整个村庄还在睡梦里,笼罩着黎明前特有的湿润和清净。路灯还很亮,天上的星星眨着眼睛。"喔喔喔——"公鸡报晓的鸣叫,接二连三。

到了蒜地,天已蒙蒙亮,田野里笼罩着淡淡的薄雾,麦田还带着浓浓的睡意。奶奶帮我围起来一块塑料布,清晨露水重,向两边舒展开来的蒜苗叶子上,不断有露珠滚落下来。今年的蒜薹长得很好,粗粗的,长长的,高过蒜苗很多。提蒜薹是个技术活,刚开始老是出来半截就断了,最嫩最好吃的落在了蒜苗里面。蒜薹显得很短,卖不了好价钱。奶奶说即使蒜薹不卖钱,也得提出来,不提,蒜苗就结不了蒜。常老师给我们讲过,世界万物都有它的规律,大自然非常神奇,要遵循它的规律,才能把事做好。连提蒜薹也得摸着门道,懂得它的规律,才能提出长长的蒜薹,才能收获饱满的蒜头。我边埋头提,边天马行空地想。

太阳升高了,晒得人头晕眼花。我坐在树荫下,扯了一个麦穗,拨开麦芒,把麦粒填进嘴里,有股水水的青气。大片的麦田,风一吹沙沙直响,麦浪从地头渐渐波及远处,高大的杨树也哗哗作响。如果像常老师说的那样,大地万物都有生命,都有灵气,那么树、麦田、蒜苗它们这是在说话吗?八姑也常说"鸟有鸟语,兽有兽言",植物也是这样吧!蒜薹从蒜苗里出来,跟孩子离开妈妈一样,它们也会难受吗?蒜薹这么难提,就像小孩舍不得松开妈妈的手,离不开妈妈一样啊!我眼前一下模糊一片,爸爸离开奶奶,丢下我们,难道一点儿都不难受吗?还有妈妈……

"天赐——"我听见一凡在叫我,远远看见常老师、一凡、晚生、颜实他们走过来,我一下来了精神。

"你们都提这么多啦!"常老师看着车斗里的蒜薹惊叹道。奶奶望见了,想从地那头过来,常老师远远朝她喊:"大娘,别过来啦,我们是来帮着提蒜薹哩!"

一凡、晚生和颜实都很会提,常老师学着他们的样子提,前几根都断了。她不好意思地说:"哎呀,都断了,教教我!"一凡边讲要领,边做示范,不一会儿她就能提出长长的蒜薹了,她高兴得像个小孩,提了差不多够一把了,又学着我们用红色塑料绳捆成一捆儿。

天还没黑我们就提完了蒜薹,常老师没让卖,说拉到省城能卖个好价钱。奶奶怕给她添麻烦,但她说:"大娘,咱这是成人之美,他们在城里还买不到这么好的蒜薹。咱们这是从田里直接到餐桌,新鲜又实惠,吃到这种蒜薹是他们的福气。"

"你望望,原本是人家帮咱,从你嘴里一说,咋成了咱帮人家啦。"帮忙卸蒜薹的八姑无可奈何地摇摇头,"你帮着卖个好价

钱,庄上种蒜的都来找你卖,看你咋办?"

"有的是办法,找互联网啊!在互联网上开个农产品店,把庄上产的大蒜、蒜薹都放到上面,设计好包装,创个品牌,能销到世界各地呢!咱们这边的大蒜很有名,就是缺品牌。你绣的鞋垫、做的布鞋都能在上面卖,连外国人都能穿上你做的鞋,我正在找人帮忙弄呢!"

爷爷的脚快好利索了,奶奶不舍得让他干重活,他把房廊下面的蒜薹一捆捆地码好,听到常老师这些想法,嘿嘿直笑。

"你这一说我做的鞋到时候就成香饽饽啦!"八姑大笑着说,"人家外国人能看上咱这东西?"

"老外就稀罕咱们这些原汁原味的手艺。"

"你说说你吧,操这些心累不累啊?"八姑心疼地白了常老师一眼,"村委大院建起来了,路灯安了,路修了,又操持小学盖屋;牛养起来了,又操持建什么韭菜基地,你这又捣鼓啥互联网。你那脑袋瓜子就不兴歇歇呀?"

"自强不息,奋斗不止,脑袋瓜子越用越灵泛。对啦,你不说我还差点忘了,韭菜基地的事还得请你帮个忙。那片地有'二能能'大娘家的三亩、刚子奶奶家二亩,你帮忙做做她们的工作,她俩就服你,你说句话,她们肯定听。"常老师笑着求八姑。

"我给你说过,她这俩人抠门得要命,要她们一根葱,也得掂量半天。让她们把地让出来,我看比登天还难哩!"

"一亩地给她们一千块钱,还让她们到基地择韭菜,一天能挣五六十呢!人家是大品牌,省城大超市都有他们的韭菜,销量很大,机会千载难逢。要是韭菜基地建成了,咱庄上这五十多个残疾人,还有上了岁数的,只要手能动弹,就能择韭菜挣钱,到时都脱贫了,就不用国家兜底了。"常老师越说越兴奋。

"看看你吧,说起这些事兴奋得跟啥似的!我再提醒你几句,那块地可跟建牛场的地不一样,那才十来亩。这块地四十多亩,牵扯到二十多户,里头啥人都有,你别想得太好喽!谁会领你的情?要是他们明白这个理儿,庄上早富得流油啦!"不知道为什么,八姑老是扯常老师的后腿,不顺着她说。

奶奶要给八姑儿捆蒜薹。"我吃多少拿多少,不会客气!"她拣散开的拿了一小绺。奶奶抱着几捆蒜薹放在常老师的车后座上,让她带回家吃。

"大娘,我吃不着。"奶奶拗不过常老师,只能又抱下来。

"丫头年轻气盛,一门心思想给咱庄办事,啥都往好处想,不给她打打预防针,栽了跟头,怕她爬不起来。"八姑望着常老师离去的背影自言自语。

19 八斤这个无赖

我和一凡又最早到学校,他趴在课桌上昏昏欲睡,我看童话书。忽然,听见常老师的声音,我悄悄过去一看,原来她正跟八斤说话。

"常书记,八万真是不够,这块地牵扯到十来户人家,好几年没给租金了,都是我垫哩!"

"地不是村里的吗?怎么又牵扯到十来户人家啦?"

"是我租哩,哪是村里的地?"

常老师盯着八斤的脸,严肃地说:"一天一个版本,变化也太快了!"八斤张张嘴想争辩,常老师摆摆手,心平气和地说,"王大哥,不用再解释啦!这八万还是我和张校长跑了很多趟,磨破了嘴皮,才争取来的。教育部门很支持咱村的教育工作,给咱资金建校舍，村里无偿提供土地，天经地义。"

"当年两层楼眼看起来了，又给拆了，上头不赔谁赔？地是地的钱，楼是楼的钱！"八斤的声音一下高了很多。

一凡猛地抬起头，也支棱起耳朵听。我朝他招招手，他蹑手蹑脚地走过来，我们猫在墙角偷偷地看。

"为什么会拆，你自己不清楚吗？在村里公共土地上盖个人的房子，政府不拆，乡亲们也会给拆了！再说拆的是你的房子吗？你损失了多少？"常老师有些恼怒地说。

"拆的不是我的房子，这地是我卖给老沙家哩，他们成天跟我要钱啊！"八斤急红了眼。

"村里的地允许买卖吗？你看看小学成什么样子啦！"常老师指着围在那里的破墙大声质问道。

"小学跟我啥关系，想动工拿钱来！"八斤一副霸气凌人的样子，我恨不得冲上去揍他。

"明明合同都签了，八万跟你撇清，又来胡搅蛮缠，就是要按原计划动工，我看谁能拦住！"常老师一脸厌恶，语气坚决。

"我看谁敢动一下，看他长了几个脑袋！不给钱，谁都别想动！"八斤怒气冲冲，脖子上绷起青筋，恨不得要打常老师。

我攥紧拳头。

"合同上写得清清楚楚,你收了钱又来赖账。快要放暑假了,趁孩子们放假,咱赶紧把教室盖起来。一开学,五年级就有教室上课了。要不,开学后孩子们去哪里上课?五六年级还能留下吗?你的孩子不是马上也读五年级了吗?"常老师尽力提高嗓门,她的嗓子沙哑,无法表达满腔怒火。

"合同是合同,上面签的不是我身份证上的名,我说没用就没用!再给四万,要不别想开工!我那个老四,立马送县城上学,谁还差那几个钱!"八斤傲慢地吼叫着。

"不管你用的真名还是假名,合同都会有法律效力。难道你就不替村里那么多孩子想想吗?"常老师鄙夷地看着八斤那张因愤怒而扭曲的脸。

"在庄上别跟我讲法律,讲法律你办不成事!我自家的事还管不过来,其他人死活跟我啥关系!"八斤一脸不屑。

常老师的脸煞白煞白,嗓子越来越沙哑,不断咳嗽。

我握紧拳头,指甲把手心都刺痛了。

"你不是带来上百万扶贫款吗?四万算啥!"八斤依然不依不饶。

"国家的扶贫资金,每一分钱都有它的用处,别想打它的主意!"常老师用尽全身的力气一字一句地说。

"说得自己像个清官,你难道一分钱不贪?鬼才信!你成天做这做那,难道不是为了升官发财?"

"升官发财?我要是为了升官发财就不来这里,不跟你这种人打交道啦!"常老师气得浑身发抖。

"我这种人怎么啦?碰上我算你走运!你也不打听打听,我跺跺脚,别说这个庄,其他几个庄都得晃三晃!"八斤傲慢地说。

"你是什么人,我还不知道?别欺人太甚!已经给足你面子了!"常老师边咳嗽边沙哑地说。

八斤冷笑了几声。

"你给我面子?开玩笑!是我给足了你面子吧?别不识好歹,要不早治你了!丑话说在前头,吃了哑巴亏,可别哭啊!"八斤狞笑着。

"治我?好啊,尽管放马过来,奉陪到底!"常老师好像马上就要摔倒,声音沙哑得快说不出话来了。

她怎么不像"二能能"奶奶那样,扑上去乱抓乱挠,抓得八斤满脸是血,然后倒在地上装死呢!我恨得牙根痒痒,恨不得扑上去咬八斤几口。

常老师捂住肚子,慢慢蹲下来,脸像白纸。八斤狠狠瞪了

她一眼，没事似的走了。我和一凡冲过去，扶住她。

"扶我去教室！"她快说不出话了。

常老师坐下，额头上渗出细密的汗珠。她从布包里摸出水杯，喝了口水。双手紧搞着肚子，头放在课桌上，闭上眼睛。"没事啦，没事啦。"像安慰我们，又像是在安慰自己，她的嗓子快发不出声音来了。

我和一凡站在那里，不知所措。我想放声大哭，一凡抹起眼泪。

手机响了，常老师费力地摸出手机。

"喂……正想给你打电话呢……嗓子不行啦……身体不舒服……在小学。"放下电话，她仍趴在那里一动不动。

不一会儿，一辆车开进校门。两个叔叔走进来，是常老师的两个战友，他们在其他村扶贫，我在广场上见过他们。看到常老师的样子，他们很吃惊："这是怎么啦？"常老师扶着桌子站起来，泪哗哗流下来。

下午，天淅淅沥沥下起雨来。我只看见老师的嘴一张一合，却什么也听不进去。窗外，操场后面的那几排杨树，叶子油亮亮的。塑胶铺的操场，雨一淋，红色的跑道，绿色的场地，鲜艳夺目。街上小商小贩的吆喝声消失了,耳边只有哗哗的雨声。常老师现在怎么样了?会不会像奶奶一样住院?她嗓子快说不出话了,以后还能给我们上课吗?

"赵一凡,你又在开小差吗?"老师一喝,我也回过神来。我瞥了一眼过道那边的天宝,他正在认真听课。天宝学习进步很大,从回回倒数第一,慢慢排到了二十多名,比一凡的成绩都好。他养成用纸巾擦鼻涕的习惯,两条虫子样的鼻涕很少见了,穿得也干净了,常老师老是夸他,他骄傲得不行。但我一想起他爸爸八斤,就很生他的气。

好不容易熬到了放学,一凡阴沉着脸冲进雨里,没有嬉皮笑脸和沙梦丽撑一把伞回家。梦丽看着他冲出校门,又看看我,满脸疑惑。我的脸肯定比天还阴沉,她一定以为我和一凡打仗了。我们俩从小一块玩,还真没有打过仗,连脸都没有红过。

我接了弟弟,急急切切地赶到家,一见奶奶就放声大哭。

"这是咋啦,乖乖?"奶奶心疼地撩起围裙给我擦泪。

"八斤跟常老师吵架了……常老师被气病了……"我抽抽搭搭,始终没有给奶奶说出个里表来。他们吵架的样子在我脑袋里翻滚,就是不能让奶奶明白常老师到底被气成了啥样。

奶奶叹口气,担忧地说:"八斤这个人可得罪不起啊!"

有人推大门进来，没听见黑虎叫，以为是爷爷。爷爷的脚一好就闲不住，转眼就不见人影。原来是八姑，她端着一瓷碗饺子走进院子，看我眼睛红红的，半责怪半心疼地说："成天咧咧着哭，哭啥啊？又不缺你吃，不缺你喝！"

"小八，大孩看见八斤跟常书记吵架啦，八斤说要狠狠治常书记哩！"

八姑的脸一沉，忙问："八斤还说啥啦？"

"还要四万块钱！"

"我早劝她不要操持学校的事，那块地多少年都没人敢问，她非得去管，戳弄这个龟孙还会有好果子吃吗？八斤，瞎了一张人皮！"八姑一时乱了方寸，话也乱了套，还没见她这样慌乱过。

"丫头说给了他八万，啥都妥当了，马上要动工了。我就觉得不对劲，那个东西得寸进尺，还不往死里要！你望望，果真是这样！"八姑拍着手说。

我和奶奶都眼巴巴地看着八姑，指望着她拿主意。

"得罪这个龟孙还了得，他啥事干不出来！"八姑又担心又懊恼，仿佛常老师得罪八斤是她的错似的。

"常书记可是省里来的干部，他敢咋样？"奶奶很有底气地说。

"敢咋样?丫头骑着车到处跑,他让人开车碰她一下,撞她一下,你知道是谁啊?"说着八姑腾地站起来,"丫头还在庄上不?我得提醒她两句!"

奶奶拉她坐下,说:"你气糊涂了,啥时候啦,常书记早回去了。"八姑还是不放心,起身就走,碗都忘拿了。

天慢慢暗下来,八姑送来的饺子我只吃了两个,也没吃出什么味来就躺下了。雨越下越大了,铺天盖地全是哗哗的雨声,夹杂着呼呼的风声。常老师现在怎么样了?在医院,还是在宿舍?……

20 常老师回来啦

常老师回来啦,她兴高采烈地给我们上课,大家争先恐后地回答问题。一凡的回答很有趣,她笑弯了腰,我笑得眼泪都出来了。忽然,八斤带着一帮人闯进教室,捂住她的嘴,把她拖走了。我焦急地大声叫着"常老师——常老师——"

我睁开眼,眼窝里是热乎乎的泪。啪嗒啪嗒,那是树上滴下来的雨,滴在院子里塑料布上的声音。雨停了,风也听不见了,夜还在往深处走。

一开春我就搬到爸爸住的这间小屋里,躺在爸爸睡过的床上,我仿佛能感受到爸爸就在我身边。我不敢动弹,连大气都不敢喘,怕一动弹就会惊跑这种感觉,爸爸在身边的感觉真美妙啊!

时钟嘀嗒嘀嗒,不会为谁停下脚步。

两天,三天,四天,五天,六天……谁都没看见过常老师。

"常老师给你们上课去了不?"

"看见常老师了不?"

"常书记这是去哪里了?"

……

大人们见面就问,我们也天天互相问。我和一凡成天在庄上转悠,总想象着在胡同的拐角看见常老师推着车过来,或者在谁家门口碰见她,或者在池塘边上、麦田里……在常老师经常出现的任何地方碰见她。

每天我都要去八姑家看看。看见我,八姑总是停下手中的活计,问常老师去学校了吗。我摇摇头,问她常老师来这里了吗。八姑说:"要是来我这里了,我还问你干啥!"她的脾气变得很大。

上次村支书跟常老师吵架时说得对,没有常老师,庄里的人一样过日子,麦子照常灌浆,黄瓜秧上不少结黄瓜,我们照常上学,"大嘴"照常天天放羊,路灯照常天天亮……只是很多人的心里空了一大块,像爷爷、奶奶和我,还有八姑,我们心里都空落落的。有时,我心里又满满的,很想找谁狠狠吵一架,或者

是大叫几声。

天一热,路灯下闲玩的人多起来,还喊喊喳喳地说东道西。

"真稀罕,有些日子没见常书记啦。"

"听说被八斤告跑啦!"颜实爸爸颜二神秘兮兮地说。

"告常书记啥?"

"还能有啥,贪污受贿呗!"

"看着不是那种人啊?别说不要谁家的东西,还贴钱给小孩办户口看病啥哩!"

"那都是表面!"

"我说,咱大老爷们说话可得摸摸良心。你说说常书记贪谁家的污,受谁家的贿啦?"秀成不知道什么候站在了人堆里。

"我也是听说。"颜二顿时没了底气。

"咱老百姓的大事小情,常书记都放在心上,跑前跑后,出钱出力,你给她一捧花生她都掂量着还回来!"秀成越说越激动。

"嘿嘿嘿,我也是听说哩,我刚回到庄上没几天,不了解情况。"颜二笑着给自己打圆场。

"不了解情况才不能瞎说哩!颜二,不是说你,你家二孩上学常书记操了多少心!三番五次找学校做工作,孩子人家收了,她又这样那样帮着孩子学习。你老娘那边,你去得多,还是人家常书记去得多?说话可得讲良心呀!"

大家伙都看着颜二。他没再言语,低着头悻悻地走了。

常老师的自行车停在车棚里,蒙上了一层灰,无精打采的样子。我拍拍它,问:"你也想常老师了吧?"我和一凡端来一盆水,拿来抹布,仔仔细细地擦,连前后轮子里塞的硬泥,都用树枝一点儿一点儿挖干净。

常老师终于回来啦!

上午刚下第二节课,她一进学校大门,不知谁眼尖,一看见就喊起来:"常老师!常老师回来啦!"大家呼啦一下都往学校门口跑去,把她团团围住。

她挎着蓝色的布包,笑眯眯地摸摸这个的头,拍拍那个的肩,问:"想老师了吧?"她说着,眼圈红了,脸上一点儿血色都没有。

校长过来,关心地问:"常书记,好些天没见你了,怪不习惯哩。孩子们都想得不行啦!怪好吧?"

"病了,嗓子出了些问题,好几天说不出话,已经好了。"常老师软绵绵地说。

常老师走上讲台,脚下轻飘飘的,就像爷爷春天刚栽下的

树苗，土没有踩瓷实，随时有倒下的危险，声音也不像以前那样热情洋溢，充满活力。

"老师，坐下讲吧！"一凡提议。"是嘞是嘞，老师坐下讲，坐下讲！"大家都附和着。天宝跑到教室后面搬来那个一直空着的木凳，在肚子上使劲蹭了几下。

放学时，一凡给常老师推来自行车。"哇，跟新的一样，都差点认不出来啦！"常老师眼睛一亮，露出往日的神采。我和一凡喜滋滋地互相看了看。"老师跟俺回家吧，给你留着杏呢！"

小蓝屋前的那棵杏树，春天开了一树杏花，结了满枝头的果子，不过杏子熟一个鸟吃一个。奶奶在树上绑上了个草人，鸟还是把杏子吃得一个不留。

一凡家的杏树，从一挂果，树下就没断过杏子。杏子一泛黄，一凡就摘着吃，酸得龇牙咧嘴。杏子黄透了，朝阳的杏子都红红的，像庄上的秧歌队擦在脸上的胭脂。一凡挑了一个杏子结得稠的枝子，专门给常老师留着。

"不知道常老师啥时候回来，杏子一熟透就落了，留得越多，到时能吃的就越多！"一凡相信在杏子没落完之前，常老师一定能回来。

看见常老师，村里人都纷纷过来打招呼："这是上哪里去了啊？总算回来啦！""有人说你不回来啦,我寻思咋不打个招呼就走了呢！"颜实奶奶拉着常老师的手不放,唯恐一放开她就会跑没影似的。

好不容易到了一凡家。一凡噌噌爬到树上,从树上又爬到屋顶,站在屋顶摘那一枝子杏,其他枝子都空了。

"都熟透啦,可甜了！"一凡边摘边说。

"小心点啊！"常老师站在树下嘱咐着。

一凡摘了大半篮子杏,田田放在一个竹筐里,一遍一遍冲洗。"已经很干净了,不用洗啦！"常老师叫住田田。她拿起一个咬了一口,高兴地说:"真好吃,头一回吃这么好吃的杏子！来,一起吃！"我们谁也没动。"哎呀,这么多老师吃不了,一起吃！"我们一人拿了一个,我看他俩都不肯吃,我也没吃。

这是麦黄杏,麦子泛黄时,它就熟了,跟我家的那棵一样。熟好的杏子很好吃,糯糯的,甜甜的。

"赶紧吃啊,我看看这个杏核苦不苦！"一凡拿来锤子,常老师把杏核放在门廊的水泥地上砸开,尝了尝,开心地说,"核不苦,能吃！"看到常老师这样高兴,我们也欢喜起来。

常老师要去八姑那里看看,我和一凡一前一后跟着她出了门,田田在家生火做饭。

八姑和秀成正站在家门口。

"那不是常书记吗?"

"可算见着人影喽!"八姑拍着巴掌迎上来。

"这一阵儿可把俺们闪了一下子。怪好吧?"秀成看着常老师的脸,关心地问。

"没事,挺好的。"

"赶紧回去歇着吧,天也不早啦!"八姑打量着常老师,刚见面就撵她走。

"这不是常书记吗?有一阵子没看见你啦。怪好吧?""大嘴"扛着锄头过来,"听说东湖那块地公家要征用,要盖楼?""大嘴"放下锄头问。

"那是基本农田,不能盖楼,是建韭菜基地,到时候会建一个简易厂房,在里面加工包装韭菜。"常老师解释道。

"哦,还是要建房子啊!建了房子可就没法种地啦,你要是一走,那地就要不回来啦!""大嘴"担忧地说。

"咱们跟厂家签合同,租多少年,租金多少,租金什么时候给,都会写清楚,我在不在都一样。"常老师声音不大,说话也挺慢,不像以前那样,八姑老笑话她说话像开机关枪。

八姑不断瞪"大嘴",他像没看见一样。

"常书记引进来的是正儿八经的厂家,哪会不讲信用。人家发展好的地方,都建这样那样的种植基地,你就擎好吧!"秀成说。

早茬麦子已泛黄,晚茬麦子还青青的。长满了仁的麦子很好吃,拽几个麦穗,在手里搓搓,吹干净麦壳,撂进嘴里,青青的麦香,嚼起来很筋道。

常老师慢慢恢复了原来的样子。爸爸刚离开的那段日子,我也曾跟常老师一样,总是打不起精神。八姑、常老师她们这样那样劝解,我才慢慢想明白,但心里想起来还是挺难受。爸爸不能像写在纸上的字,用橡皮擦干净,重新再写,就记不得原来写的什么了。常老师遇到的事跟我的还不一样。我们家就这几口人,还不是这事就是那事,烦心事不断。庄那么大,更是啥事都有。遇到事都找常老师,她脾气再好,总有心烦的时候。就像八姑,奶奶常说别看八姑成天嘻嘻哈哈,她也有烦心事,只是没让咱看见。

没过几天,田野里一片金黄。麦子熟了,风一吹,沙沙直响。奶奶说,麦子熟的时候就怕风,风一吹,麦穗来回摩擦,把麦粒都磨掉了,就收不回家了。趁着天好,麦子要抢收。

看着熟得差不多了,爷爷叫来收割机,不一会儿,几亩麦就变成麦粒装进了袋子里。八姑背着手站在地头,感叹道:"这三亩麦,原先四五个人怎么也得割两三天,还是机器厉害,一眨眼,麦子就装进袋子啦!不用捆麦,不用打场,要不亲眼见还真不相信哩!"

麦秸打成了捆,像卷起的棉被,一行一行排在田里,映衬着蓝天,很好看。麦秸秆没人要,憨存福开着"小电驴",在田里到处装秸秆。"常书记让我拉到牛场里,论斤称,一斤给俺五分钱!"

东湖那块地,爷爷套种了花生,不能用收割机,而且奶奶还要留些长麦秸秆打草苫子。于是,我们用镰刀把麦子割完、捆好,运到打麦场。

打麦场用得少了,变得越来越小,就剩下巴掌点大。爷爷把成捆的麦子竖在打麦场,要是天好,一两天就干透了。奶奶用棒槌一下一下捶干净麦粒,捶下来的麦子和麦皮混在一起像小山一样。趁有风,爷爷用木锨扬起来,天空中划出一道弧线,麦皮飞扬出去,麦粒像雨一样,唰唰落下来。不一会儿工夫,一长溜干干净净的麦子跟麦皮分离出来,麦皮被吹得远远近近都是,越远越薄,路边上白乎乎的一片。

"大爷爷还是扬场的好把式,年轻人都干不了这活喽!"从场边经过的秀成站在那儿看爷爷一锨一锨地扬麦子。

"你家的麦收完啦?"爷爷停住手问。

"我就种了不到三亩,收割机一会儿就给收完啦。"

"听说你家大孩快回来啦?"

"是嘞,明年差不多就能回来,在国外待够啦。"

"赶明儿你们跟着大孩到城里享享福去。"奶奶接过话茬。

"去城里干啥,在庄上多自在,空气又好。听常书记说,'美丽乡村建设'马上要动工,将来咱庄比城里还好哩!"

"啥是'美丽乡村建设'?前一阵就听见大家伙在嚷嚷。"奶奶问。

"出门是大马路,到处是绿树,黑天灯就亮。我也说不清,反正到处都漂漂亮亮哩!常书记说了,关键是咱要有精气神!"

"你说的这些,咱庄上不都有了吗?"奶奶疑惑地问。

"还得栽树种花,还有一摊子事哩!"秀成说。

……

收完麦子,下了一场透雨,庄里人又紧接着种下玉米、大豆,耩上芝麻,栽上地瓜……不久,又是满地绿色。

21 粪坑的新生

"六月六,吃羊肉。"一进农历六月,庄上的人都准备割羊肉吃。爷爷有一阵子没去干活了,家里虽不缺钱花,但奶奶比原来更节省,能不买的就不买。羊肉很贵,我们几乎没怎么吃过。"六月六"这种节,我们家从来不当回事,奶奶说成天吃白馍馍就已经很好了。

节衣缩食的日子并没耽误我和弟弟长个。我们又长高了,去年的衣服短了一大截,弟弟能穿我穿小的,我的衣服和鞋都得买,奶奶说趁着我不上学的时候,带我去李桥集上买。看天宝晚生他们穿新衣服,我很羡慕,但见奶奶一件衣服穿好几年,想想家里化肥该买,猪饲料也该买,奶奶的药也快吃完了,就不忍心让奶奶花钱了。

21　粪坑的新生

天气越来越热,我还没有短袖,就把长袖子挽起来。放学时,索性解开扣子,敞开怀。看见常老师站在柳树下,正朝我招手,我赶紧转过身,扣上扣子。

常老师从办公室提出来一个大袋子,让我先带回家,她忙完再去。回到家,打开一看,里面全是衣服,短袖长袖,短裤长裤,叠得板板正正,还有装在塑料袋里的两双凉鞋。"这下齐备啦,啥也不用操持了!"奶奶看了以后高兴坏了。

换上短袖、短裤,我霎时浑身凉爽,写起作业来也觉得神思飞扬。

听到大门口有动静,黑虎嗖地冲过去。"黑虎!"一看是常老师,黑虎便摇着尾巴跑进来。常老师走过来,掏出两百块钱,放在桌上,说:"明天'六月六',让奶奶买点羊肉吃,我也来吃!"奶奶从厨房里出来,在围裙上擦擦手,抓起钱就往常老师布袋里塞。她攥紧布袋藏到身后。"大娘,你这样我就逃跑啦!"常老师笑嘻嘻地对奶奶说,"'六月六,吃羊肉',正好把冬天的寒气驱出来。买来羊肉,你用大锅使劲炖炖,炖上一锅汤,我来喝!"听她这样一说,我直咽口水。

爷爷一回来,奶奶就让他去"大嘴"家买羊肉。爷爷的腿好利索了,又有人请他干活。"大嘴"家逢年过节杀羊卖,庄上

的人都去他家买羊肉。爷爷买回来一只羊腿,还有一块羊血,是"大嘴"送的,他说卖了这么多年羊肉,还头回见俺家买,像是太阳打西边出来了。

第二天,奶奶一早就炖上了羊肉,还专门烙了葱油饼,等常老师来吃。中午,常老师打电话过来说在县里开会,回不来了。虽然心里很失落,但我还是喝了满满一大碗羊肉汤,吃了几大块羊肉。羊肉细嫩爽滑,吃得我满头大汗,果然很痛快。要是常老师在,我们这个"六月六"会过得更有滋味。

天还没黑,奶奶就被八姑拉着去广场看扭秧歌了。自从庄上有了秧歌队,八姑夜里出门多了起来,她出去时总会拉上奶奶,她们说说笑笑一起去,一起回,奶奶开心多了。

刚子奶奶是秧歌队队长,她不去就扭不成,天一黑,她就火急火燎地去广场,不再成天埋怨儿子不争气、刚子不听话,跟换了个人似的。

"你望望这老嬷嬷,跟原先在生产队一样积极!"八姑笑话她,"那些年轻小媳妇跳得更欢,可热闹啦!今天她们穿表演服扭,咱赶紧去看看!"奶奶被八姑一说,放下手中的活计,跟着去广场看热闹。

我坐在灯下写日记,这个日记本快写完了,等我写完就送

21 粪坑的新生

给常老师。墙角的虫鸣断断续续,隐隐约约传来鼓点声。不知道为什么,我忽然非常想爸爸妈妈,想哭。我闭上眼,催着自己赶紧睡着,睡着了就是另一个世界,在那里能看见爸爸妈妈,他们牵着我的手,把我高高举起来……

辗转反侧,怎么都睡不着,我回味起常老师搂着我时的温暖,顿时浑身舒坦。我忽然很想常老师,腾地从床上坐起来,我想去看看常老师。于是,我叫起黑虎悄悄出了门。

一弯新月,像梦丽妈妈的弯眉毛。满天星辰,调皮地眨着眼睛,看着我和黑虎在路上撒欢奔跑。

麦子收割完,夏庄稼还不是很高,夜空下的原野有些空旷。远处连绵的小山黑黢黢的,偶尔传来一两声狗吠。

我和黑虎走一阵,跑一阵,也不知过了多久,终于到了月庄。往日拥挤的街道显得非常宽阔,街灯睡意沉沉,有些昏暗。街上的店面都关门闭户,黑灯瞎火。

走到常老师宿舍院子门口,看到她的窗子还亮着灯,我悄悄对黑虎说:"别出声!"黑虎好像听明白了我的意思,跟着我蹑手蹑脚地朝窗口走去。

窗帘没有拉严,我大气不敢出,趴在窗台往里看,常老师伏在桌前在写着什么。台灯发出橘黄色的光,显得她尤其柔美。

我真想敲开门,扑进她的怀里。

奶奶要去镇上的医院检查眼。村委的人通知,凡是眼睛不好的人都能去检查,要是白内障,就给免费做手术。奶奶老是嫌眼睛看不清,想跟着一起去看看,八姑也去。爷爷在弘村干活,中午不回来吃饭,于是奶奶给了我五块钱,让我带弟弟买大包子吃。

下午放学回到家,家里大门锁着,奶奶还没回来。八姑倒是在家,她说奶奶留在镇上做手术,她的眼没什么事就先回来了。

"你们常老师今天可累得不轻快,咱庄大,去了一大堆人,还有外庄上的人,她跑前跑后,满身是汗。"八姑心疼地说。

傍晚奶奶才回来,一只眼蒙着纱布,我上去搀住她,心里一阵难受。"没事,乖乖!一点儿也不疼,医生说晚几天去复查就没事啦!"

八姑过来帮着做饭:"大婶子,临来的时候丫头嘱咐我,你的眼不能流泪,也不能把汗流进去了,让我帮着照应一下。"

第二天常老师来我家,问奶奶的眼睛疼不疼,有没有不舒服。奶奶说啥感觉都没有。"那很好,咱庄上十来个人做了手术,都没什么异常反应。"常老师高兴地说。

弘村的活干完了，爷爷正好在家。常老师对爷爷说："大爷，抽空在厕所那边盖上个小屋，咱村正在统计改厕的户数，到时千万记着报上。把厕所改成冲水式的，下雨时污水就不到处流了。化粪池、坐便器和材料一律免费，不过得有间两三平方米的小屋才行。"

"你望望，国家的政策好不？啥都不用自己花钱！"八姑啧啧称赞。

"怪好，怪好！"爷爷嘿嘿笑着说。

八姑接着说："前两天还听晚生爷爷叨叨，说他那小孙子在庄上没住几天就哭闹着要回城，儿媳妇也恨不得立马就走，他们都用不惯家里的茅房，两天不洗澡就不舒服，天天开车去县城宾馆里上厕所、洗澡。"

没几天，消息传开了，庄上的人都在议论改厕。有人担心化粪桶很快就会满，请人抽得花钱。常老师说她到其他村参观过，两个化粪桶容量很大，一年最多抽两三回，要是家里人少，抽的次数更少。这是国家在全省推开的一项工程，很成熟，请大家放心。

常老师说在修路之前要把路两边人家的厕所改造完，让这

些人家尽快准备改厕，路修好了再埋化粪桶，说不准还得把路挖开，那样太浪费。大家伙频频点头，摩拳擦掌，都想尽快施工，不拖后腿。

现在跟原先不同了，刚开始常老师说什么事，都得反复解释，大家伙还是将信将疑。现在只要常老师一说，大家伙就认定没错。

"丫头从到庄上那天起，就没放过空话。大事小事，只要找她，她都有回音。要是再有疑心，那才叫丧良心哩！"八姑说，"庄上那些大老爷们谁能像丫头这样？八斤那是大家伙怕他，表面上敬着他，背地里骂他。丫头那是大家伙从心里佩服！"八姑一脸自豪。

八姑家的厕所先动工了，她忙前忙后。"你不是九斤他大舅吗？"八姑问来给她装马桶的人。

"是嘞，是嘞！"

"你这是给谁干活啊？"八姑很好奇。

"给大外甥！"

"哦，是八斤包的工程啊！"八姑又问。

"是嘞，是嘞！"那个胡子拉碴的人忙着手里的活，没抬头。

八姑撇撇嘴说："一分一毫都得落到他的腰包！"

21 粪坑的新生

那人没言语，还是埋头干活。八姑一下事多起来，不是这里不周正，就是那里不合适，折腾得他们几个团团转。

夜里下了一场大雨，八姑家埋化粪池的坑存满了水，两个白色的大桶漂在上面。施工的人说排排水，用土埋上就算完工。八姑脸一沉，说："人家电视上是用砖砌好池子，再把化粪桶放进去，板板正正哩！你们这叫干活吗？"说话间，常老师骑着自行车过来，车上沾满了黏泥，骑起来很费劲。她鞋上也满是泥，裤腿上全是泥点子。她看了看池子里的水，听八姑吧啦吧啦说了一通，掏出手机拨通电话："王书记，来宋阿姨这边望望吧！"

不一会儿，村支书就骑着"小电驴"过来了。

"咋啦，咋啦？"他边停车边问。

"这是怎么搞的，全村都这样埋化粪桶吗？不少人给我反映这种情况。"

支书靠近水坑看了看，嗫嚅着说："让八斤领着干哩！我忙，没空管。"

"叫他过来！"常老师生气地说。

支书拨通电话，放在耳朵上听了好一会儿，说："没接，可能还没起床。"

"你说说怎么解决？"常老师质问他，八姑瞪着他。

"还能咋办?给八斤说让施工的人好好干呗!"

"国家花这么多钱给咱们改厕,咱不追求十全十美,起码得让乡亲们满意吧?"常老师的火气眼看要上来了,她深深吸了口气,气愤地问,"你不是拍着胸脯保证干好吗?"

常老师的头发有些乱,脸晒得红得发黑,脸颊上就剩下一层皮了,阳光照得她眯起眼,眼角的皱纹密密层层。我想起去年第一次见她时的样子,清清爽爽,像春天早晨里的柳树。眼前的常老师成了另外一个人,成了经过风吹雨打后的杨树,傲然挺立,不忧不惧,但我还是一阵心疼。

我总觉得我们的庄就是一个大房子,常老师用双手擎起了大梁,我总担心哪天她会累倒。八姑成天嘟囔她,让她不要逞强,能不管的就别管,庄上的事越管越多,累死了人家还不知道你咋死哩。现在庄上的人遇到事,动不动就说"找常书记"。奶奶不让我给常老师说家里的困难,让我只说喜人的事。奶奶不说,我也知道。

八姑又买来砖、沙子和水泥,总算把厕所改好了。临走时,施工队跟八姑要二百块钱工钱,八姑更生气了,说:"不是说不收钱吗?改来改去,我自己买砖、买水泥,还要工钱?要不你们拆了吧!"施工的人拿她没办法,啥也没说,走了。

21 粪坑的新生

化粪桶埋在院子外面的路边,化粪桶的抽粪口用砖头砌成四方形。八姑用石板盖起来,上面放了一盆花,周围一下子亮了起来。第二天厕所就能用了,我和弟弟跑去看新鲜,白瓷坐便器旁有个踏板,用脚一踩,哗一下就冲水。我们盼望着家里的厕所也赶紧改造。

爷爷和奶奶商量,索性临着厨房,盖个大点的简易小屋,装上太阳能,既当厕所,也当洗澡间。反正最近几天也没啥活,买点砖瓦,自个儿就能盖起来,算算就是太阳能花钱多些,不过太阳能很耐用,很值,多干些活就能挣回来。

爷爷说干就干,买来红砖,垒起房子来。我和弟弟正好放暑假,帮着爷爷搬砖、和泥。

没几天小屋就盖起来了。爷爷决定自己改造厕所,他一看八姑家的厕所就知道怎么改了。八斤给送来水泥、沙子,堆在家门口,他说自家改厕就这么多料。"你望望,跟个大馍馍样,够啥使!"八姑打抱不平。

爷爷用建房子剩下的砖、水泥和沙子把放化粪桶的池子砌得很周正,两个化粪桶放进去刚刚好,抽粪口砌成了圆形,盖上石板,干净利索。抽水马桶装好,水泥地面平平整整,墙也刷得雪白。常老师里里外外看了一遍,夸爷爷手艺好,说我们家的厕

所能当庄上的样板了。邻居都来找爷爷帮忙,爷爷去了这家跑那家,忙得脚不沾地。

太阳能装上,第二天水就很热了,我和弟弟边冲着淋浴,边闹腾着玩,痛痛快快洗了一次澡。洗完了还不过瘾,也给黑虎好好洗了一次,它甩着身上的水,在院子里蹦蹦跳跳。要是爸爸回来,看到家里的变化,一定很吃惊。爸爸快点回来吧,要不就认不出庄来了。庄上就像八姑说的那样,一天一个样。

庄上的其他主路都开始修了,三四个施工队同时开工,轰轰隆隆的机器声飘荡在村子上空。

22　疤瘌脸找碴儿

收完麦子不久,田里又一片翠绿。庄稼跟提溜着长似的,玉米长得跟筷子一样高了,花生秧子盖过了麦茬,大豆长出了好几层叶子。

放暑假时,玉米已经快跟人一样高了,花生秧子盖满了大半个田垄。这个时节,田里有干不完的活。爷爷给人家盖屋,起早贪黑,没工夫干庄稼活,奶奶和我成了主力。

我和弟弟边干活边玩,奶奶说反正不急,慢慢干,紧着我们玩。弟弟看到蚂蚱就去扑,看到蝴蝶就去撵。天一热,黑虎没了精神,趴在地头的树荫下,舌头伸老长,"哈哧哈哧"直喘气。

"天赐!"一凡在地那头叫。

我远远朝他喊:"你去玩吧,我干活呢!"他还是一蹦一跳

地朝我们跑过来。

"我帮着干活吧?"

"你家的牛养得咋样了?"奶奶问。

"养得可好了,俺爸又买了头小牛犊。"

"一共养了几头?"

"四头,我都给它们起了名字。"一凡笑着说。

"啥名,啥名?"我急不可待地想知道他给牛起了啥名。

"白白、灰灰、花花、黑黑,白了白,灰了灰,花了花,黑了黑,黑黑黑,花花花,灰灰灰……"一凡模仿着一首歌的调子和歌手的表情,反反复复唱着牛的名字。顿时,我们笑成一团。

"这名怪顺嘴!"奶奶笑出了眼泪。

"俺爸说要是俺家的玉米不够吃了,就先用你家哩,等卖了牛再给钱,中不?"

"中,咋不中哩!今年的玉米不卖了,都给白白花花黑黑留着!"说着,奶奶又忍不住笑起来。

"奶奶,常老师组织夏令营,让天赐也参加吧?"一凡趁奶奶高兴赶紧问。

"啥是夏令营啊?"

"就是我们在一起玩各种游戏。"

"不对，常老师说请大学生给我们讲课，啥样的课都有，平时俺们都没上过！"一凡话音没落，我赶紧抢着说。要是光提玩，奶奶才不让去呢！

"要是能学点啥就去吧，活我慢慢干。"

"就上十来天，上完了还能干活。"

耩完化肥，我和一凡抬着耧往他家走，经过学校大门口，看见常老师和校长站在校园里。

"正好去问问夏令营的事。"我们放下耧跑过去。

"你们来得正好，叫上几个同学明天来打扫卫生。"校长说。

"夏令营要开始了吗？"我和一凡异口同声地问。

"老师这两天就陆续到了，咱们提前准备。"常老师说。

我和一凡乐得跳起来。

"常书记，中标的建筑公司又来找了，问我学校啥时候能动工，按照签的合同，一个月前就该动工了！"校长着急地说。

"不是让他们动工了吗？我正纳闷怎么还没动静呢。"

"不敢啊，八斤死活不让动工！"

"等他同意了，花都谢了！跟他们说明天动工，其余的事不用管！"

"这……"

"不能再犹豫了,再拖就开学了!"常老师坚定地说。

"那好,那好!"校长答应着拨通电话,"兄弟,明天动工吧,咱不能再等了,常书记说你们只管动工,其他事有她呢!"

"民心所向,众望所归,谁都别想拦着!"常老师望着那面把学校分割成两块的墙,不推倒誓不罢休的样子。

第二天,我跟着八姑来到学校。墙已被推倒,推土机开到里面的杂草里,那片废墟里也长满了杂草,草比我还高。原来里面荒废成这样,跟乱坟地一样。

几个警察站在推倒的砖头瓦块上,常老师和校长也站在那里,还有其他几个人,听人说那是镇上的人。八斤带着庄上的几个媳妇,在跟镇上的人说着什么。老沙家媳妇一把鼻涕一把泪地哭诉道:"俺花了二十万买的地,屋没盖好就给扒啦,十来万又瞎了!你们一盖屋,俺啥也没有啦!"在众人的劝说下,她才回了家。八斤上了路旁的警车,被带走了,那几个媳妇也一哄而散。

常老师站在那儿,整个人都紧绷绷的。

镇上的人临走时,她礼貌地说:"添麻烦了,辛苦啦!"

"事都妥啦,你也回去歇歇吧!"说着他们陆续上车走了。

推土机轰鸣着,不一会儿就把墙推得一点儿不剩,眼前一下子亮堂起来。

22 疤瘌脸找碴儿

夏令营需要两个教室，扫完地，擦好桌凳，翠翠她们先回家了。我和一凡擦干净黑板，摆好桌凳，锁好门也准备回家。

工地上，挖掘机停在那里，一个人也没有，大概都去吃午饭了。校园里安静下来，烈日当头，晒得人睁不开眼。柳树叶子一动不动，仿佛一动就能跟空气擦出火花来。知了躲在树枝上拼命地叫着"热热热"，让人更觉得燥热。办公室的门还开着，常老师伏在桌子上正写着什么。我和一凡过去，看到我们她笑笑。我饶有兴趣地翻看桌上的一摞教案本，一凡摆弄办公桌上的小摆件。

"你是常书记吧？"我们一惊，都朝门口看过去。门口忽然冒出一个人来，他脸上有一道长长的疤。

我打了个激灵，是四元！我小时候见过他，他脸上的刀疤我一眼就能认出来。疤痕从左腮一直到脖子下面，像一条长蜈蚣。看的时间长了，觉得它仿佛扭动着身子，要从脸上爬下来咬人。八姑说小孩看见他就哭，我没哭过，但见他一回就做一回噩梦。

常老师一愣，点点头说："是啊，我是。"

我的心咚咚咚像敲鼓，仿佛要从胸腔跳出来。我很想冲到常老师前面，挡住随时可能落下来的拳头。一凡愣在那儿，像是被吓蒙了。

八斤跟进来。"你俩龟孙羔子在那儿愣着干啥？给我滚！"

他恶狠狠地朝我们吼。

我拉拉一凡的衣角,他看了我一眼,明白了我的意思,我们站在那儿,谁也没有动。老师正是需要人的时候,我们不能走。想起上次老师和八斤吵架的情景,我握紧拳头,准备随时跟他们拼命。

"我是王四元,村支书的小弟。"

"哦,王大哥,听说过。"常老师一下站起来,慌乱和惊恐像一阵风吹过她的脸后很快就消失了。

四元把背上的黑色背包往桌上狠狠一摔,拉开拉链,掏出一沓一沓的钞票,啪啪啪,砸在桌子上。

我的头发蒙,快喘不过气来了。

"有话好好说,两位大哥先坐。"常老师的脸发白,还是镇静地招呼着他们,边说边走到门外,她在给谁打电话。

一凡想跟出去,我拉住他。不一会儿,常老师就回来了。

"不是赔我们八万嘛,我今天分文不少给你带来啦!这地是我的,谁敢动,我看他长了几个脑袋!"四元拍着桌子叫嚷着。

八斤死死盯着常老师的脸,像要想方设法找出恐惧的迹象似的。他一定很失望,常老师比刚才还要镇静,一点儿畏惧的神色都没了。她坐在那里,双手放在桌子上,审视着四元的一举一动。

22 疤瘌脸找碴儿

"这块地又成你的了,说是你的,拿出凭证来!"

"说是我的就是我的,要哪门子凭证!你这是强行征用老百姓的地,别欺负我不懂法律!"

"哪条法律规定大家伙的地可以私自买卖了?"

"我自家的地愿意卖就卖,你管得着吗?从省里来的就了不起啦?我在中央有人,说把谁拿下,还不是一句话的事!"四元一脸傲慢。

"哪里有人,也得讲理!"常老师义正词严地说。

"我曝光你,一个电话过去新华社的记者就来,我在那里可有熟人!"四元还在拍桌子,但声音明显小了。

"好哇,正好把庄上的事都曝光曝光,新账旧账一起算算!"常老师轻笑了一下说。

跟我们打乒乓球一样,四元的每次发球总被常老师毫不费力地挡回去,他不得不一次一次找能吓住老师的话。大概发现常老师越说越得理,他的气焰没那么盛了。

"谁说我是村霸啦?我是村霸,我欺负谁了?我偷谁家,抢谁家了?"话说到半截,他声音一下低了下去,像是没有收住,说出不该说的话来。

"说你是村霸,你就是村霸啦?在我眼里那些横行霸道、

无理取闹的人才是村霸。王大哥你是吗？"常老师理直气壮地反问。

四元一时找不到话，焦躁地走来走去。

"常书记啥事都管，明面上不行，背地里准行！"八斤像在提醒四元什么，又像在火上浇油。

"村霸也比贪官强，请客送礼，都送到省城去了。我非得告你不可！"

"如果属实，尽管去告！话又说回来，如果你信口胡说，就是诽谤！"常老师的声音一下高了很多。

四元不拍桌子了，一时找不到攻击常老师的话，只能抓耳挠腮地来回走动。

支书忽然冲进来，满脸通红，浑身汗津津的。

"你作死啊！常书记不是跟八斤说好了嘛！有你什么事，你来干啥？"一进门他就冲着四元吼。

"看你那熊样，还来管我！"四元厌恶地看了支书一眼。八斤坐在那儿，看看这个，瞧瞧那个，不吱声。

"还不赶紧滚，等着公安局的人来抓你啊！"这句话提醒了四元，他抓起背包就往外走。八斤紧跟着也往外走，他们上了停在学校门口的车，一溜烟跑了。

22 疤瘌脸找碴儿

"你给我打电话的时候,我在岭上干着活哩!"支书擦着脸上的汗说。

"他们这是威胁我来了!"常老师愤愤地说。支书紧绷着脸,撩起褂子抹了一下脖子上的汗,没言语,走了。

常老师搂着我和一凡的肩膀,连连说:"谢谢你们,谢谢你们!"两行泪从她脸上滑下来。

"妹妹,四元是不是来了?"沙家媳妇冲进来问。

常老师擦擦泪,说:"他们刚走。"

"听说他们带来钱啦,那是他们带来的钱不?"还没等我们回过神来,她冲过去,拿起桌子上的一沓钱,抽出来一张仔细翻看了一会儿,说:"哎哟,这不是给死人烧的钱吗?"

常老师过去看了看,说:"原来是冥币!"

"他们这是又想骗你,当年他俩就演了一出戏,骗俺上当呢!"沙家媳妇懊恼地说。常老师让她坐下慢慢说。

她把来龙去脉讲了一通,接着叹了口气,说:"妹妹,自从你到俺庄上,光办好事,俺可不能糊弄你!今天俺本来不想来工地,丢不起那人啊!八斤非得让俺来哭闹,俺不敢得罪他。他说不给钱,就不让动工,要的钱都归俺!"

常老师说:"我知道八斤不会善罢甘休,没想到他会来这一

手！"停了停,她接着说,"之前我了解的情况不是很全面,不知道你们家也牵扯到里面。早知道把八万直接给你了,你家的损失还小些！"

"八斤说钱影都没见着！"

"明明把钱给他了啊？"

"妹妹,你心眼太实,以后可得小心点。八斤说非得把你告倒不可。"

"不怕,嫂子！身正不怕影子斜,我倒想看看他们能嚣张到哪里去！"

常老师让我们回家吃饭。我不放心,回家吃了几口饭,又跑回学校,看见她一个人坐着,望着推倒的墙,一动不动,石头人一般。

自从被四元威胁之后,常老师整个人看上去都沉甸甸的,疲惫、失望、愤怒……各种说不出的情绪,无论她怎么掩饰,都还是流露了出来,像从水里捞出来的粗布床单,不管怎么拧,水还是不断渗出来,但她依然忙着夏令营和其他事情。

23 你是人间的四月天

夏令营老师都来了,他们都是大学生,四个女老师,四个男老师。我们一共来了六十多个人,被分成两个班,我和田田分在了一个班,一凡在隔壁班。梦丽和晚生去城里找爸爸妈妈了,没法参加。我们的心情没受影响,夏令营让每个人都兴奋不已。田田晒黑了,看起来更结实,翠翠也变了样,她的嘴里多了两道牙箍。她说跟着常老师去了省城,那里的医生给治的牙,还讲了很多省城的见闻。

大学生老师为我们开设了美术、音乐、科学等课程,还准备了各种活动。他们个个都有一手,男老师一个擅长踢足球,一个擅长跆拳道,一个擅长画画,一个擅长弹吉他。会弹吉他的老师还说,明天上课的时候就把吉他带过来。一凡一直想学吉他,

就是买不起,也没有人教,这回不知道他会乐成什么样呢!

脸上挂着笑的女老师一一介绍着自己,她们有的擅长诗歌朗诵,有的擅长手工,有的擅长跳舞,个子最高的那个老师擅长打篮球。

眼前的老师真让人羡慕!在庄上,要是谁家的孩子考上大学,尤其是男孩,家里人的腰板就挺得直,说话的底气也足。我长大了也能考上大学,也能跟他们一样吗?各种课程、各种活动、各种想法在我脑子里闹闹嚷嚷。

夏令营期间,中午我们在学校吃饭,常老师定了盒饭,还给每人发了件T恤。校长让我和一凡负责给教室锁门,我们锁好门,正想回家,看到校长和常老师正站在院子里说话,八斤气鼓鼓地过来,劈头就问:"这是来的哪一套?知道我开辅导班,你们偏偏搞啥夏令营,不收钱,还管饭、发衣服,这不是跟我对着干吗?"

"大兄弟,夏令营一个多月前就定了,孩子们都是自愿报名哩。"校长笑着解释道。常老师在一旁盯着他,没吱声。八斤看了常老师一眼,还想说什么,张张嘴,"唉"了一声,扭头走了。

"教育局明文规定不让开辅导班,他偏开!还要借学校的桌凳,我说上头不让借。今天早晨一看,他把一二年级的桌凳都搬走了!"校长气得跺脚,又担忧地说,"咱这夏令营还不知道要出啥乱子哩！"

常老师咬咬嘴唇，没说话。

常老师最近话很少，我跟着她默默走到八姑家门口。今天这里没旁人，八姑正在院子里拾掇花草，都快走到她身边了，她还没发现我们。"有人从屋里偷东西，你都不知道咋回事呢！"常老师开玩笑说。

"今天怎么这么有兴致啊！"八姑回屋拿出来蒲扇，递给我一把。

常老师说笑着，也没有掩饰住烦闷。"阿姨，这几天我一直在想，是不是自己错了？"一坐下，常老师就自我检讨，"我是不是哪里出了问题？"

八姑用蒲扇给常老师赶着蚊子，看着她，没说话。

"来庄上一年多了，也做了些事情，有些人的话实在让我难受，我觉得特别委屈！"常老师双手抱住头，低声抽泣起来。

八姑撕了一截卫生纸递过去，说："要是想哭，就痛痛快快哩！"

我跑过去，关上大门，插上门插。看常老师这样难过，我的泪止不住流下来。

　　像往常一样,放学后我背上书包就往外跑,想早点回家,写完作业跟一凡去踢足球。刚出学校大门,"小朋友,你等等!"有个很像常老师的人叫住我,长得像,说话也很像。

　　我站在那儿,愣愣地看着她。"你是天赐吧?"她知道我的名字,我点点头。她一下把我拉进怀里,紧紧搂住,激动地说:"宝贝,快想死妈妈啦!"我感觉到常老师搂着我时的温暖。

　　"妈妈,妈妈!妈妈回来了!"我大声叫喊着……

　　声音太大,把梦给惊醒了,我睁开眼。妈妈,我反复咀嚼着这两个字,就像默读课文。我攒足劲想叫一声,但听到的还是墙角小虫的叫声、风吹过树梢的沙沙声以及远处隐隐约约的狗吠声。

　　窗户上透过来白色的月光,洒在那张木桌上。一只蚊子在我周围哼哼着,找准时机就落到我脸上,我狠狠拍下去,它哼哼着飞走了,一会儿又落下来。我把蚊帐关好,重新掖到凉席底下。蚊帐是常老师给的,她说家里用不着,支到这个小床上正合适。

　　明天是夏令营的第六天了。刚开始的几天,总是停电,没法播放PPT,也没法开电风扇,热得喘不过气来。一停电,老师们就给常老师打电话,过一会儿就来电了,第二天还是这样。第三天,常老师一早就来到学校,跟我们一起叠玫瑰花,忽然又停电了。常老师打了个电话，不一会儿庄上的电工王三骑着"小电驴"赶来了。王三是八斤的三叔。

八姑说庄上的电工是个肥差，养鸭、养猪、种蔬菜大棚的用电大户都得敬着他。

"王叔，这几天怎么老停电啊？"常老师看着他礼貌地问。

"前两天你一给我打电话我就去看线路了，短路了！"王三不敢看常老师，又不知道往哪儿看，低头不是，抬头也不是。瞟瞟我们，看我们都看着他，恨不得找个地缝钻进去。

"是全村都停，还是就小学停？"

王三抓耳挠腮："这……哦，就学校这样，学校的线路不一样。"

常老师审视着他，问："不是刚改造过线路吗？还增加了变压器，不应该有问题呀？要不我给供电所打个电话，让他们来看看。天这么热，天天停电，要是有孩子中暑就不好了！"说着常老师拿起电话。

"不用，不用！我今天彻底修好！"王三的脸上冒出一层细密的汗来，说完夺门而出，不一会儿教室里的风扇又转起来。从此，学校再也没有停过电。

时间过得从来没有这么快过,像黑虎在田野里奔跑。夏令营只有两周,掰着手指头算算,剩下没几天了。

夏令营的老师带我们做各种游戏,搞各种活动,都很有意思,显得日子过得更快了。

今天是配乐诗朗诵的课,老师教给我们如何声情并茂地朗诵诗歌。我们每人选了一首诗,我选的《面朝大海,春暖花开》,很快就记得滚瓜烂熟。我还没见过大海,长大了一定去看看。田田选了《你是人间的四月天》。

帮我们选好背景音乐后,老师介绍说:"这是小提琴的声音。"

悠扬舒缓的曲子,让我想起月光下的田野,梦里那棵开满淡紫色花的树,梦醒之后耳边的虫鸣声……

老师还帮我们做了PPT,配上了美丽的图片,伴着音乐,田田很有感情地朗诵起来:"……你是一树一树的花开,是燕在梁间呢喃,你是爱,是暖,是希望,你是人间的四月天。"不知道为啥,忽然想起常老师,我的鼻子一酸,眼前一片模糊。

眼前的田田完全沉浸在朗诵的美妙里,辩论赛她被评为最佳辩手,演讲比赛她夺得冠军……另一个田田似乎觉醒了,我看见她在一条开满鲜花的路上奔跑。

每天都有跆拳道课,给我们上课的老师穿着跆拳道服,很帅气。他教给我们如何防御，如何出招。我一招一式学得非常投入，下次再看到八斤欺负常老师，我就这样揍他。回到家，我在院子里边练边教给弟弟。奶奶在房廊下打草苫子，看我们出拳踢腿，就问："夏令营就学这个？"

"还有很多课呢！有辩论比赛，有诗歌朗诵会，有大合唱，还学做手工。"我边一招一式练着，边跟奶奶说话。

"你这是啥？"

"跆拳道，强身健体，把坏人打趴下！"说着我扳着弟弟的脖子，一下把他摞倒在地。

"哎呀，趴到鸡屎上了！"弟弟爬起来，T恤上粘了一块鸡屎。弟弟虽然没有参加夏令营，但常老师专门给弟弟定做了件小号的T恤，弟弟别提有多高兴了！

每天中午有辆车按时送盒饭来，一荤一素，另加个煎鸡蛋或者烤肠；还有汤，有时是紫菜蛋花汤，有时是西红柿鸡蛋汤，盛在一个大桶里，喝多少盛多少；米饭和馒头随便选。我每天都吃得滴水不剩。常老师怕不够，每天都多订几份，谁不够可以再去拿，我不好意思去，其实肚子已经饱了，就是眼馋。

学校那块被墙隔开的地，像是失散多年的孩子，终于回到了妈妈的怀抱。那里正在建两排房子，房子建得很快，打好地

基，没几天墙就垒到一人高了。

爷爷在工地上干活，他戴着一顶草帽，脖子上搭着一条毛巾，一天到晚湿淋淋的。原先天一热，爷爷身上老远就能闻见一股酸臭味。自从装上了太阳能，干完活回到家，爷爷先冲澡，他还隔三岔五到街上的理发铺刮脸、刮胡子。

"大叔，年轻的时候也没见你这样讲究过，精神焕发啊！"八姑跟爷爷开玩笑，"这么多年，咱们庄就缺这精气神，现在连三羔都精神抖擞，像一只斗鸡，咱们庄可有奔头了！"

"那时候哪有条件啊！"爷爷不好意思地嘿嘿笑着说。

"说的就是这个理，庄上越来越干净，咱人也得干干净净哩。要不往街上一站，那不是给庄上抹黑吗？"

常老师只要来学校，总会到工地上看看，跟爷爷他们聊聊天，让他们歇着干，多喝水，注意安全。有时包工程的人也会在工地上。

"常书记真是不赖，俺庄上的人都夸你哩！"包工头笑着跟常老师打招呼。

"你是哪个庄上哩？"常老师说起庄上的话跟我们一样了。

"东庄上哩！你们这么大的庄，原先跟猪圈一样，治理成这样，真是不简单！"

"主要是国家政策好,各方面都有资金支持,庄上的老少爷们也很支持!"

"哎哟,可别说这庄上的老少爷们啦!"包工头一脸不满,"早知道我就不投这个标啦!"

常老师一脸疑惑。

"动工当天,八斤就来找我,说要是想让房子顺顺当当盖起来,就给三万。"

常老师有些惊愕,说:"又增加了一块费用,你们千万不能偷工减料啊!"

"哎呀,不用你说,盖学校可不是一般的活,赔钱也得把屋盖好!"

常老师还没搭话,他又说:"唉,在农村干点事难着呢!你是个白面书生,又是个花木兰,更不容易!"包工头连连摇头说,"还是在城里舒坦。"

常老师被他逗笑了。

"现在农村也很好,国家重视乡村振兴,专门制定精准扶贫政策,力度很大。农村天地广阔,大有希望!"常老师满怀信心地说。

"你们文化人,说话就是不一样!听干活的人说你要建韭菜

基地?"

"是啊,流转土地太难了!都好几个月了,地的事还没弄好。开'两委'会,找小队长,我也上门做工作,到现在还有好几户不同意,有几户变来变去,越拖越麻烦!"

"听他们说你引进的韭菜基地是现成的品牌,有现成的销路,光管种就行了,在俺庄上我自己就能干成!"

"好啊,下一批我申请去你庄上!"常老师笑起来。

"中,中,这一届干几年?"

"两年。"

常老师到庄上一年多了,明年她就该走了,要是常老师不走就好了。晚生爷爷总是跟她开玩笑:"脱不了贫,不让走!"我不知道怎样才算脱贫,但希望常老师不要走。

奶奶说常老师一来,日子就有奔头了。家里出了那么多事,有常老师在,感觉有了主心骨,不会慌乱,连奶奶的病都轻快了。只要奶奶身体好,不进医院,家里的日子就没那么紧巴。爷爷奶奶心里就痛快,日子就不一样了。

24　不玩水的夏天

天一热,夜里八姑家门口的人场散得更晚了,大伙都拿着蒲扇,拎着板凳,等凉快透了再回家。

我家和八姑邻墙,我家门朝着小巷,八姑家门朝着那条南北主道。像这种南北主道,庄上还有八九条,只是这一条最长,最先修起来。现在一遇到阴雨天,大家伙都绕道从这里走。自从安上路灯之后,天一黑,灯就亮了,整条路从南望到北。

"要是装满了,会更亮!"晚生爷爷说,"等修完了主路,下一批路灯就开始安装。要是全庄没有死角,得安一百五十多盏,还了得!"

傍晚,周围的邻居端着饭碗到八姑家门口,八姑搬来板凳,拿来席子,没板凳的都坐在席上,边说话边吃饭。手里的煎饼变

短,话变长了。

"小学的房子建得还挺快!"

"是嘞是嘞!常书记说除了建这十二间教室,还得盖厕所、门卫室,还有院墙,这一拾掇,小学才像样。"

"孩子上五六年级就不愁了,前些年可把家长愁坏了,来回接送,冬天冷,夏天热,遭罪着呢!"

"庄上一二百个学生呢,咱庄上人烟旺着哩!"

一时间,没人说话了,只听见风吹树梢的沙沙声,晚归鸟儿的鸣叫声。大人们就是这样,有时争着说,话落不到地上,有时又都没话说。

"回家洗澡去喽!"翠翠爸爸说着端起地上的碗,走了。

"一改厕,庄干净了,人也讲究了。"

……

风吹过来,裹挟着白天的热气,但明显没那么热了。树梢晃动起来,地上筛下细碎的月影,偶尔传来鸟叫,大概是迷路的小鸟停在树梢,被风惊醒了。

八姑院子里传来虫子的叫声,高高低低,长长短短,粗粗细细,此起彼伏,很热闹。它们也在花叶底下乘凉聊天吧。

今天是满月,到处明晃晃的,路灯显得没那么亮了。

我躺在席子上,望着天上的月亮,小白兔在树下用药杵一下一下捣着药,越仔细看越像。常老师讲过嫦娥奔月的故事,讲"嫦娥应悔偷灵药,碧海青天夜夜心",嫦娥怎么会后悔飞到天上去呢?奶奶不是常说天上好吗?常老师还讲"寂寞嫦娥舒广袖,万里长空且为忠魂舞",我到现在还不是很明白。常老师说,有些诗词的意境等我们经历了一些事情之后才能真正理解。也不知道嫦娥能不能听到大家伙聊天。

常老师说月亮上没有广寒宫,也没有嫦娥,人类早就飞上太空,登上月球了。她给我们看月球上的照片,跟我想象的一点儿都不一样,上面没有庄稼地,没有花,没有小猫小狗,还没有秋后的庄稼地好看呢。不过,常老师说我们仍要相信神话故事的美好,相信一切皆有可能,说不定未来的月亮能种庄稼、种花,变成开满鲜花的月亮呢!也说不定哪天,爸爸带着妈妈一起回来呢……

爸爸回来了,他一手牵着我,一手牵着弟弟,说带我们去见妈妈。他的手冰凉,脸像黄纸,我有些害怕。爸爸拉着我和弟弟疯跑,耳边的风呼呼作响,我们仿佛飞起来,飞过庄稼地,飞过池塘,飞过梨行……我和弟弟都不敢说话,也不知道爸爸要带

我们去哪里。

在那口井边,我们停下来,爸爸让我们在井边等着,他下去叫妈妈上来,说完就跳了下去,竟然一点儿声音都没有。我拉着弟弟在那里等啊等。四周的黑暗越来越浓,浓得要沁出墨汁来,里面仿佛藏着各种妖魔鬼怪,它们张牙舞爪,随时都可能冲出来把我和弟弟吞掉。

我害怕极了,搂紧弟弟,想让爸爸赶紧出来,好一起回家,于是就对着井口大声喊:"爸爸——爸爸——"井里蹿上来凉飕飕的水气,我不禁打了个冷战。

"大孩,刚睡着这一会儿就做梦了?"八姑用蒲扇拍拍我。

我睁眼一看,天上还是圆圆的月亮,乘凉的人都稀稀拉拉回家睡觉去了。从胡同里吹来的风更凉了,小虫的鸣叫声依旧热闹。

我揉揉眼,坐起来,心还咚咚跳个不停。

"梦见爸爸啦?"八姑问。

想起刚才梦里爸爸的样子,我一阵难过。爸爸真的像八姑和常老师说的那样吗?他去城里挣钱,等挣到大钱就回来?我没吱声,站起来,趿拉上拖鞋往家走。我听见八姑"吱呀"的关门声和"哐啷"上门插的声音。我也关上大门,上好门插。趴在门楼底下的黑虎，抬头看我一眼，趴下去接着睡了。

院子里一点儿动静都没有，风来了，地上碎银子一样的月光跳动着。我推开爸爸那间小屋的门，月光泻进屋里。我躺在床上，蚊帐都没放，看着明晃晃的月光，眼里滑下泪来。

一转眼，夏令营就要结束了。我们举行了告别会，常老师带来相机，给我们拍照留影。老师们送我们每人一包种子，让我们明年春天种上，等到开花的时候，大家就又见面了。

我把种子压在床席下面，期待春天快点到来，快点种上。但一想花开的时候，常老师就要走了，又希望日子慢点，再慢点。

夏令营一结束，我心里一下空落落的，坐在院子里烦躁不安。树上的知了拼命地叫着"热热热"，猪圈里的老母猪趴在水窝里喘着粗气，睡醒的小羊羔卧在树荫下，一脸茫然的样子。

一凡抱着足球跑进来，叫我一起去玩。他看奶奶不在家，小声说："去游水玩吧！"

水塘让我想起做的梦，想起爸爸的样子，心里有说不出的难受。一凡看我不去，也没有了兴致，坐在凳子上，跟我一起发呆。教室快盖好了，五六年级的孩子都能在村里上学，但梦丽不

一定回来,她非常想去城里上学。能上有趣的课,又能跟爸妈在一起,谁不想去呢!

晚生也愿意去。春节妈妈回来,看他只有语文勉强及格,其他科都一塌糊涂,着急上火,怪爷爷平时太惯着他,想让晚生到城里上学。晚生爷爷也不生气,笑着说:"孩子不跟着你们就怪可怜了,我再成天又吵又打,你说说还有孩子的活路不?"

"人家天赐不也是一样,爸爸妈妈一年到头不见人影,吃喝拉撒跟晚生比差远了,人家不一样回回考第一?""晚生开窍晚,还不到时候哩!"不管晚生爷爷如何解释,晚生妈妈还是决定让他去城市上学。在城里,她能天天辅导晚生,即使辅导不了,报辅导班也容易,想学啥有啥。

一开始晚生说啥都不愿意去,他说在家能跟我和一凡玩多好啊,到了城里一个人不认识,也没有庄稼地,出门就是高楼,太闷得慌!但自从"六一"儿童节听了省城老师讲的课,他就动摇了,妈妈让爷爷准备的转学材料他也不偷藏起来了。幸好一凡不会到城里去上学,要是他们都走了,就没有人跟我玩了。

我不愿意自己的情绪一直往下滑,提议到广场玩,一凡一下来了精神,我们撒腿往广场跑去。

夏天是晾晒粮食的好时节,打麦场几乎就剩下巴掌点大了,晒不了多少粮食。家家户户的粮食都要晾晒，广场和新修的路边就成了临时打麦场。麦子、玉米摊晒得到处都是，尤其是广场上，水泥地平坦干净，场地又大，一下就能把囤的粮食晒完，家家都想在这里晒。今天这家晒，明天那家晒。天晴的日子，这里总是晒满粮食。今天广场上晒的粮食刚收起来，周围还飘散着小麦的气息。一凡把足球扔到广场上，我们玩起足球。不一会儿，天宝、颜实、刚子他们也过来一块踢，广场顿时一片沸腾。

"踢得不错，加油！"常老师不知道什么时候站在那里，还有晚生爷爷。我气喘吁吁地跑过去，问晚生啥时候回来，晚生爷爷说正在办转学手续，办好了晚生就不回来了，我一阵失望。

"晚生真要去城里上学吗？"常老师问。

"他爸妈坚持让他去，一开始他不愿意，现在愿意了。我舍不得也没法子，由他们去吧。"晚生爷爷一副无奈的样子。

"怎么说呢，城市当然有城市的好处。在乡村读书也挺好，熟悉大自然，认识各种庄稼和植物，这也是一种学习。春夏秋冬，四季轮换，都一清二楚，在城里就感受不到这些。"常老师若有所思地说。

"可不是嘛，说起来就让人家笑话，晚生二婶子头回来庄上，带她去田里望望，看见麦地，你猜她说啥？她说咋种这么多

韭菜！"说着，晚生爷爷笑起来。

常老师大笑，说："看来她还不如我。"

"镇上说马上要修主路了，让咱们做好准备。"晚生爷爷说。

"是得好好准备准备，这是'美丽乡村建设'的头炮，一定得打响！有些户门口垫得太高，像小山坡一样，咱们提前做工作，把地面找平。有些地方路基得好好垫垫，咱提前垫好，要修就往好处修。"常老师充满期待地说，"再修上这十来条主路，咱们庄就更漂亮了！"

25 宋车爷爷要点煤气罐

开工了,庄上又像过节一样,大家伙见面说得最多的就是修路,庄上十八条主路一下都修起来,出门就是大马路,想想就让人兴奋。

三个施工队同时开工,平整路基,取直弯路。不少人家趁着这个机会,把低洼的门口垫平,门口垫得跟山一样高的人家,也一块儿让推土机推平。

"大嘴"家门口垫得非常高,走过去就像爬山坡。一下雨,他家门口成了一个堤坝,水淌不过来,也流不出去,都淌到前后的小巷里。院子地势低,水又从小巷淌到院子里,又从院子里灌进屋里。每回下大雨,邻居都骂骂咧咧。骂轻了"大嘴"就当没听见,骂重了,他就回骂。赶巧邻居家的男人在,还有

可能打仗。

"大嘴"看着推土机把那小山一样的硬土堆铲开,填到低洼处,自豪地问:"咋样?常书记,俺够场面不?"

常老师笑着说:"你带了个好头,这样一来,路修起来平整又好走。"

"这不是盖屋时整个院子都垫高了嘛,也凑着把门口垫得高高哩,也不是就俺家这样。""大嘴"叹口气,接着又说,"你望望,四邻八舍都得罪了,跟仇人似的!要是村委出面,让大家伙盖屋时都别垫,哪还有这门子事!你望望,谁爱咋垫咋垫,垫到天上去也没人管,能不乱套吗?这下可把我心上的石头搬走啦!"

常老师笑笑说:"以后就好了,远亲不如近邻,都是邻居,没啥大不了的事,话说开就好啦。"

"是嘞是嘞,等路修起来,我在路边栽上月季花、柿子树。"

"那太好了,这里的绿化带你自己打理,还替村里节约绿化资金呢。咱庄上很多人家院子里都种着月季,宋阿姨家的最好。"说着,常老师看看我,"天赐也很喜欢月季花。"我不好意思地笑笑。

"天赐那可是未来的大学生,聪明着哩!比他爸强——""大嘴"猛地收住话,担心地看着我。

"他爸爸挺能干,下次回来肯定会让大家伙刮目相看!"常老师说完一手搂着我的肩,一手推车往前走。

我想起过年时"大嘴"他们在灯下说的话,想起前不久做过的梦,很想问问常老师,爸爸真的还会回来吗?

爸爸离开家之后,除了他刚走的那阵子,现在家里比原来好多了,至少我们的心不用老悬着,不用老是被夜里的一点儿响动吓得心惊肉跳了。奶奶睡得安稳,生病少了,笑容多了。爷爷看牛场,每月多挣点钱,家里宽裕了很多。常老师说等卖了牛,我们家还能分红呢!

常老师好像一下有了什么心事,看看我,想说什么又不好开口的样子。现在常老师很少问我家里的事,她经常去我家和八姑那边,家里的大事小事没有她不知道的。爸爸的事,常老师再也没有提起过。我不敢给老师说那些关于爸爸的梦、关于妈妈的梦,怕她担心。我相信她说的话:美好会如期而至。爸爸妈妈该来的时候就会回来,说不定哪一天会忽然出现在我们眼前呢!奶奶常说"金窝银窝不如自己的狗窝",外面再好终归不是自己的家。

晚生爷爷匆匆忙忙赶过来。"常书记，赶紧去前面望望吧！"他擦着脸上的汗，急切地说，"五保户宋车死活不让动他的地方。你没少照顾他，你去说句话，说不准他能听。"

我们急忙往前走，晚生爷爷边走边说是怎么回事。

这回修路都修四米宽，宋车家门口那段路还不到三米，得加宽。加宽路面就得拆三户人家的院墙和宋车临路的那间屋。宋车家在最前面，他不拆，其他两户拆了也没用。他不同意拆屋，说到底是在跟村支书怄气。

"全是积下的旧账！"常老师叹了口气说，"要是王书记原来踏踏实实做事，村里哪会有这么多难题。"

晚生爷爷说："你来之后，三羔积极多了。宋车这个人不赖，说起来怪可怜。弟兄俩，他是老二，他哥哥让鬼子砍了头。"

我和常老师都吃了一惊。

"日本鬼子打这里的时候，他哥哥给八路军送信。当时才十二三岁，跟天赐差不多，很聪明。他把高粱秆掏空，把信藏在里面，拿在手里，看上去像是随手拿过来玩哩。时间一长，鬼子注意上了他。有一天，他从鬼子的岗哨经过时被抓住了，鬼子发现了藏在高粱秆里的信，就把他的头砍了。宋车一辈子没娶媳妇，他们这一门人算是绝户了！"晚生爷爷摇头叹息。

25 宋车爷爷要点煤气罐

"原来庄上还有这样的烈士,像刘胡兰一样壮烈!"常老师惊讶地说着加快了脚步,我都快跟不上了。

宋车靠着煤气罐站着,围观的人都远远地看着他,推土机停在路旁。

"谁敢动我的屋,我就点着!"看那架势他随时都有可能点燃煤气罐。

"别瞎能,有话好好说!"九斤站在远处劝他。

常老师丢下车赶紧走上去,说:"宋大爷,有话好好说!"

"常书记,望见这屋我就憋屈得慌,他们就是欺负俺老宋家没人!"看见常老师,宋车好像找到了靠山,底气更足,声音更大。

"大爷,我理解你,先消消气!"常老师劝说着。

"常书记,你天冷给我送被,过节送油送面,还治好我的眼病,我领你的情。不是不给你面子,俺哥把命都给国家啦,还差这个屋、这片地吗?我就是要争个理!"宋车铆足力气叫嚷着,脸和脖子通红,脖子上的青筋都绷起来了,样子有点儿吓人。

常老师劝解着,说着好话,宋车的气很快消了,就像在冬天旷野点起的一堆麦秸,趁着风势熊熊燃起,燃尽后连黑灰里的

那点儿火星都没了。常老师趁机试探着问:"大爷,要不咱把煤气罐先抬回家吧?"宋车想自己拎,九斤赶紧过去,拎起煤气罐进了宋车的院子。

我为常老师捏了一把汗,要是宋车点燃了煤气罐,那岂不是很危险?我在电视上见过煤气罐爆炸,跟炸弹一样厉害,跑都跑不了。

我把自己的惊恐跟八姑一说,八姑瞪着常老师,数落道:"丫头,以后遇到这种事往后靠,那可不是闹着玩哩,兔子急了还咬人呢,人在气头上啥傻事都能干出来。宋车一个人吃饱了全家不饿,你可是拖家带口的人!"

常老师笑起来,说:"阿姨,我了解宋大爷,他心眼不坏,才不会伤害我呢!他也是被逼急了,又没有亲人帮他说话,我顺着他说,他心里会好过些。"

"这个宋车一般人入不了他的眼,年轻时当过兵,又在外面闯荡了好几年,见过世面,庄上很多事他都看不惯,你能跟他说上话就不赖啦!"

"是嘞,他关心国内外大事,聊起来头头是道。"

"就是太死心眼,要是听他娘的话娶个媳妇,肯定日子过得冒尖!"

"那是,他很有见识,他说农民不能盲目盖楼,乡村要美,还得五谷丰登、六畜兴旺,要是建得跟城市一个样,就没啥意思了。"

"说的就是这个理,俺到俺哥家去过一回,成天在楼上待着,跟关在笼子里差不离,满眼都是高楼,满大街都是车,都是人,乱得慌!哪像在咱庄上,走不了几步就是庄稼地,满眼绿莹莹哩,看着都喜人!现在出门就是大马路,天一黑灯就亮,天热还能冲凉,比城里还好呢!"

"是嘞,农村会越来越好,咱庄将来就是一个旅游景点。以后,城里的人都争着往乡下跑!"常老师她们说笑着。

我相信常老师说的话,城里人会喜欢上我们庄的。

26 "二能能"奶奶又出难题

清早起来,我跟着爷爷去菜园,菜园里的瓜架该绑了。爷爷扛着粪箕子,里面放着一截一截剪好的麻绳。

太阳还没出来,整个村子还笼罩着淡淡的雾气。鸟儿在树梢上叽叽喳喳,树上的露水时不时滴下来,砸在头上,凉凉的。房檐下的燕子已经出去觅食了。夜晚的清凉浸润着清晨,很爽快。

庄稼地里时不时传来蛐蛐的叫声,停下来听时,它又不叫了。小小的蚂蚱一会儿飞起来,一会儿落下,在露水很重的庄稼叶子上奋力爬着。路边的小草身上挂满露珠,两旁笔直的白杨树英姿飒爽。眼前的村庄也变得快认不出来了。

池塘也大变样,一池子碧绿的荷叶,荷花开得正艳,粉的、白的散落在荷叶间,非常美。雪白的大鹅在翠叶间自由自在地游

26 "二能能"奶奶又出难题

着,时不时昂起头"鹅鹅鹅"地叫着,一会儿又把头扎进水里。

池塘被颜实爸爸承包了,种的藕是常老师从省城引进的新品种,收了藕,人家直接拉走,不用自己操心卖。他又养起鹅,奶奶说一个鹅蛋能卖三四块钱。大家伙都说,眼看着颜实家就发了。

刚下过雨,菜园里的空气格外清新,各种蔬菜高高低低、争先恐后地开花结果。笋瓜架上吊着黄黄的笋瓜,盛开的大黄花上滚动着露珠,有的花刚结了大拇指一样的笋瓜,嫩得一吹皮就要破似的;豆角架上垂下长长的绿豆角;黄瓜架上垂吊着墨绿的黄瓜,摘下来,撸去上面的毛刺,一口下去就是一大截,脆脆的,带着淡淡的甜味,新鲜得像眼前的早晨;紫色的茄子,挂在茄子秧上,像大大小小塞满棉花的布袋;朝天椒一簇一簇朝着天,红得像一团火。

奶奶把从菜园摘来的黄瓜泡在凉水里,嘱咐我看到常老师一定让她来家里歇歇。我答应着出了家门,顶着毒辣辣的日头往一凡家跑。

我跟一凡商量好了,没事就跟着常老师。上次在学校陪着常老师打败四元,我和一凡狠狠骄傲了一把。一凡说当时他一点儿都不害怕,要是四元敢动常老师一根手指头,他就会用头顶

他,还会用拳打,用脚踢,用牙咬。当时我没想这么细,反正要是四元敢动手,我就会跟他拼命。有我们在,常老师才没那么害怕,才能跟四元针尖对麦芒,让他们灰溜溜地逃走。

谁知道八斤还会生什么歪点子和常老师作对呢?我和一凡决定跟着老师,暗地里保护她。天宝和颜实找我们玩,我们都不去,还拉着他们一块保护常老师。要是真跟八斤打起来,天宝肯定跟我们一伙。走在常老师身边,我恍若自己就是电视剧里的保镖,出手非凡,一拳就能把八斤和四元打个狗啃屎。

秀成正在街边倒腾沙子,望见常老师,停下手招呼说:"常书记来家里喝口水凉快凉快吧,天怪热!"他用搭在脖子上的毛巾擦着汗。他老伴跑回家,抱出来几罐饮料,给我们一人一罐。

常老师摘下草帽扇着,坐在秀成家门楼底下聊起天来。

正说着话,"二能能"奶奶走过来,脖子里搭着一条毛巾。"一听就知道常书记在这里哩!庄上的路都在垫地基,俺家门口那条路咋没动静呢?"还没坐下,她就火急火燎地问常老师。

"有人反映过这事,王书记说主路都修,那条路也修。"

"净睁着眼说瞎话,俺们问他那条路到底修不修,他说不修,量路的时候没量。"

"为啥没量?"

26 "二能能"奶奶又出难题

"路中间那片地是老邱家哩,他家没盖屋,垒成了猪圈,占了大半条路,修路得先拆他家的猪圈,明摆着嫌麻烦,压根就没给量,你说说气人不!全庄就剩下那条主路不修,你们当官的还有脸往街上站吗?"

"二能能"奶奶说话就像在铁锅里炒黄豆,到了火候,噼里啪啦,谁都挡不住。她的话越说越难听,我听着都觉得刺耳。

"大婶子,这回修不成,下回再修,咱庄上的小巷不是也得修嘛,急啥?"秀成在一旁打圆场。

"婶子,先别着急,我问问到底啥情况。"常老师拨通电话。

"王书记,最西头那条南北路咋还没动静啊?镇上不给修,为啥?'美丽乡村连片打造'不可能单单不给修那条路……有老上访户?有上访户就不给修,哪个部门出的这个规定?……没被列入这次修路计划?那你说什么时候修?"眼看常老师的火就要起来了,"你说说将来这条路怎么修,资金从哪里出?你又不是不知道,咱庄赶人家三四个庄大,用钱的地方多,恨不得一分钱掰开花,明明可以一起修起来,偏偏剩下这条路,这不是自找麻烦吗?"常老师的声音越来越大,火气越烧越旺。

常老师挂断电话,一时没有人言语,树上的知了"热啊热啊"的叫声让人烦躁不安。

庄南边有一条东西路，东头被一个院子堵住，要是通开的话，得先把这个院子拆了。这本来是一处宅基地，没有盖屋，里面种满了豆角、南瓜和大葱，外面围砌着水泥砖墙。往里，晚生爷爷家屋后头几棵杨树要砍掉；再往里，四户人家的院墙和门楼要拆，他们要让出两米来，有一户不同意，这路就打不通，修不成。看出来常老师最担心的是这里。

常老师推着车，沿着一条整好的路基往南走，经过曹贵家门口，曹贵家媳妇正抱着小孙子坐在门楼底下乘凉。"常书记又来望望啦！"说着她站起来。她儿媳把几个月的小娃娃丢给她，去城里打工了。

"他妈前天回来了，住了一晚就赶回去上班了，走的时候哭得不行。"说到这里她沉下脸说，"你把孩子扔在家，也怪不容易！"

"早就习惯了，刚开始不行。我在家的时候，天天晚上陪着孩子写作业、看书。我一走，他还挺不适应，天天打电话问我什么时候回家。现在我十来天不回家，他也不会给我打电话了，都是我打给他，说不了两句就挂啦。"常老师逗着怀里的娃娃，若无其事地说着，眼圈一红。

晚生爷爷扛着镢头从门前经过，他笑着走过来，边擦汗边对常老师说，他家附近这几户，他和支书挨家挨户做了工作，大

26 "二能能"奶奶又出难题

家都很痛快,今天一早就动手拆墙和门楼了,常老师高兴地把怀里的小娃娃举过头顶,逗得他咯咯笑起来。

顶着火辣辣的太阳回到家,我热得眼冒金星,趴在水龙头上猛喝水。常老师洗了把脸,坐在院子里吃八姑端来的蒸老豆角。"你真憨,还没人家存福精哩。存福还知道吃饱不饿,躲到阴凉地里凉快!"八姑心疼地数落着。常老师笑嘻嘻地听着。

"修路的事进展非常顺利。天赐他们马上开学了,我今天早回去备备课。"难得见常老师这样轻松。话音刚落,"大嘴"急急慌慌过来,说:"听说你在这里,赶紧去看看吧,俺门口的路修得不行,那样修,还不如不修!"常老师撂下饭碗就跟"大嘴"往外走,我和一凡也抹抹嘴跟了出去。

太阳像个大火球,炙烤着大地。鸡和狗都躲在阴凉地里,母鸡把墙根下的浮土挠开,扒拉出潮湿的土坑,卧在里面,时不时再挠几下;狗伸长舌头趴在门楼底下的水泥地上,不断换着地方。大部分人家都很安静,大概都在屋里吹风扇纳凉。

"大嘴"家门口这条路,施工队正在往上面铺石子,厚厚的石子远远望去像一条灰色的大蛇,被太阳晒晕倒在那里。路的一头,车上的大圆桶正在往路上倾倒水泥浆。

"常书记你望望,这石子铺哩!"说着,"大嘴"扒拉着地上

的石子。

常老师蹲下,扒了个坑,用手抈了抈,说:"至少十厘米厚。"

"两边倒是很薄,你望望这里刚盖上地皮,越往中间越厚!"

常老师站起来,深一脚浅一脚往正在倾倒水泥浆的车走去。石子实在太厚,走在上面很费劲。离得越近,车的轰鸣声越大,慢慢听不见脚下沙沙沙的声音了。

常老师走到车的跟前:"停下,停下!"她大声喊着。司机看了她两眼,没理会,照常"哗哗哗"朝路面上倾倒灰色的水泥浆。常老师走到车前面,站到那条水泥瀑布跟前,泥浆飞溅,溅了她一身一脸。她擦着脸,依然大声喊着"停下,停下"。工地上的人纷纷停下手里的活,怔怔地看着常老师。

司机从车上跳下来,气急败坏地朝常老师吼:"你是谁啊?活腻歪了,还是吃饱了撑的?水泥浆一会儿就凝固,损失了你赔吗?"

常老师平静地对他说:"让负责人过来!"

"我是干活哩,不知道谁是负责人,赶紧让开!"这人依然说话很冲。

这时从胡同里走出来两个人,其中一个很年轻,他说他是监理,问常老师是谁、在干什么。

26 "二能能"奶奶又出难题

常老师说:"你是监理,难道没看出问题吗?石子铺了十来厘米,上面就铺薄薄一层混凝土,一压就坏!"

他看着常老师,不知道说什么好,另外一个人没说话,显然他看得出常老师不是轻易能打发的人。

"让负责人过来!"常老师不依不饶。他拨通了电话。

不一会儿,一个人从路那头过来,后面跟着一辆推土机。他还没走过来,推土机已经开始将路上的石子推成堆,运到别处。他走到常老师面前,擦着汗,气喘吁吁地说:"赶紧让倒水泥吧,凝住就倒不出来啦!"

"修路可是良心活,你们这样偷工减料,夜里能睡着觉吗?"常老师质问道。

他用手不断甩着脸上的汗,焦急得不知如何是好。

这时一个穿着很体面的人急急忙忙走过来,说:"常书记,大热天别在那儿晒着了,赶紧回去洗洗,我看着他们把石子清理走。放心吧!"

常老师浑身全是水泥点子,头发上也是,脸上有几道灰印子。她推着车,一句话不说,仿佛连我和一凡跟在后面都忘了。

"常书记,这是咋啦?"秀成扇着大蒲扇站在门楼底下跟常老师打招呼,"过来歇歇吧。"

"哦,不用啦。"说着,常老师还是停下来,"李老师,这次修的路多,你跟大家伙都说说,家门口的路发现什么问题及时说。"

"放心吧,常书记,修自家门口的路,自个儿不操心谁操心啊!"

"本来,这次修路还是由村委和党员在现场监督,今天施工现场竟然一个人都没有,还得靠大家伙上心才行啊!"失望、担心写满常老师汗津津的脸。

27　学校大变样

一个暑假，学校大变样。旧房子里面重新粉刷了，外墙下面都刷成了淡黄色，像是给它们穿上了裙子。新建的两排屋也粉刷了同样的颜色，只是暗红色的砖墙沁出淡淡的湿气，显得更加鲜艳。雪白的墙，宽大的玻璃窗，风吹过来，很爽快。

大门口到操场的那条路铺上了沥青，一头连着街上的马路，另一头连着操场，从头到尾，严丝合缝。教室前面铺上了方砖，这样就不怕起风了。原来风经常打着旋儿，裹挟着灰沙在校园里跑，碰巧到了教室门口，就会旋进来，弄得一屋子全是灰尘，大家用本子噼里啪啦地拍打老半天，呛得人不住地咳嗽。

新盖的屋子前面垒了两个椭圆形的花坛，到了春天可以把老师给的花种子种在里面。大门西侧也建了一排房子、一个门卫

室和两个厕所。厕所能冲水,不像操场东边的旱厕,一到夏天,粪坑的臭味在教室都能闻见。苍蝇乱飞不说,蹲一会儿就浑身一股臭味,它们仿佛钻进了衣服的布缝里,久久不肯出来。

学校大门换上了电动门,老远就能遥控。那两扇风一吹就哐当哐当直响的大铁门,终于解甲归田,我们再也不会因为锁锈住进不了校门了。临街的墙全都重新砌起来,墙头用砖砌成了梅花状,墙也都刷成了淡黄色。大门两边装了圆形的灯,校长说那是太阳能灯,天一黑就亮了,每排教室外也都安了灯,天黑了校园里再也不会黑灯瞎火了。

眼前的校园像从城里归来的梦丽,一身时新衣裳,眼里闪烁着喜悦的光。周围的房子、院落一下都黯然失色了。从庄东头那个高坡往庄里看,第一眼看见的就是焕然一新的学校。

学校的新鲜感带来的喜悦像闷热天气里的凉风,让人畅快。大家喜气洋洋,在校园里追逐嬉戏,打扫起卫生劲头更足,笑声更响亮,连那几行垂柳也欢快地舞动着。

新来了三个女老师,她们都是大学生,教我们五年级,大家乐得直拍手,互相传递着这个让人兴奋的消息。

宋老师背着手,这里瞧瞧,那里看看,赞叹道:"做梦也没想到学校能建成这样!"暑假他到在城市工作的儿子家去了,昨天才回来，大概他也以为自己在做梦吧！他若有所思地说："这事能办成，真不容易！"

一个假期，大家也都有新变化。

田田依然抿着嘴笑，但开朗多了，正在和女生聊夏令营。翠翠带着牙箍，比原来好看很多。天宝衣着干净，左顾右盼，嘟囔着"常老师咋还不来"。一凡老是往校门口张望，他大半是盼着梦丽赶紧来。今年梦丽会有啥变化呢？还有晚生，感觉好长时间不见了，他俩咋还不见人影呢？

我们打扫完卫生，还是不见晚生和梦丽的人影。坏了，他俩到城里去上学了！我想到这儿，学校新鲜感带来的兴奋，很快被汹涌澎湃的失望冲刷得一干二净。兴致勃勃的一凡，像被针扎了的气球，慢慢低沉下去，趴在桌子上玩弄起一块橡皮，谁也不搭理。

放学后，我和一凡一起跑到村外废弃的场院里，把书包扔在杂草丛里，踢起足球来。你一脚，我一脚，拼命把球往墙上踢。墙被震得一颤一颤，墙顶上的泥块滚落下来。仿佛那堵墙就是城市，我们要硬生生踢出一个洞，让晚生和梦丽从里面出来，重新跟我们在一起。

我想不明白，为什么大家都喜欢城市，都要到城市里去。

我们庄到底哪里不好?大人这样,小伙伴们也这样!我的眼眶一下湿漉漉的,身上像冒火,浑身冒汗,脸上水淋淋的。

第二天,梦丽竟然奇迹般坐在教室里!我揉了揉眼睛,果然是她!我们高兴地围着她,喊喊喳喳,像清晨的喜鹊。

"夏令营可好玩了!"一凡讲述着夏令营,眉飞色舞。翠翠在一旁添枝加叶,其他参加夏令营的同学,也你一言我一语。梦丽悔得肠子都青了。

梦丽说,今年爸爸妈妈的生意好,一个暑假光帮着妈妈看店、卖菜、卖雪糕了。她爸爸妈妈在杭州开了家蔬菜店,今年又上了两个大冰柜批发雪糕,一天忙到晚,她都没工夫写作业,回来的火车上还在写。她发誓:"谁再去,谁就是小狗!"

"你要是变成小狗正好,我们就用绳子牵着你,让你哪里都别想跑喽!"天宝咧着嘴大笑道,大家叽叽嘎嘎笑成一团。

如果晚生也能回来就好了,他爷爷说他转到城里上学了,不知道他开不开心。

新来的三个女老师都教我们,牛老师是语文老师兼班主任,刘老师教数学,孟老师教英语。刘老师和孟老师家都在县城,中午在学校吃饭,下午放学后一起开车回家。牛老师离家远,就住在学校。校长把放体育器材的屋子腾出来给她当宿舍,她买了电锅和简单家什,在宿舍里做饭吃。怕她一个人在学校害怕,常老师推荐秀成住在门卫室,一边照应学校,一边给牛老师做伴。

"乡亲们都很和善,你们愿意来庄上教孩子们,他们都很欢迎。周围都是住户,有什么事招呼一声就行。"常老师对新老师处处照顾,无微不至,唯恐她们不适应。

"常姐,不用担心,我从小就很皮实!"牛老师笑嘻嘻地说。

"有什么不好意思跟校长说的,跟我说就行,刚来总要适应一段时间。"

"来之前,我以为学校很破旧,到了一看,竟然这么漂亮!而且学校的老师都很随和,孩子们也很乖,我一点儿都没觉得哪里不适应。"

要是牛老师去年来,肯定不会这样说,说不定没几天就要走。前两年好不容易来个大学生,一个学期没到就走了。校长失望地说:"没有梧桐树,引不来金凤凰。"

常老师经常在学校跟牛老师她们一起吃饭,奶奶常让我把从菜园里摘的菜带过去。

牛老师很爱笑,一笑眼睛眯成一条缝,露出洁白的牙齿。她上课很风趣,跟常老师很像,只不过她没有常老师讲得知识面

广。常老师的课就像一棵大树,她从根和树干讲起,树干上分出很多枝权,枝权上又长满枝叶,生发得很自然,让人着迷。大家都喜欢她的课。

牛老师的课也很有趣,她讲到有趣的地方,我们还没有笑,她自己就笑得直不起腰来。有谁调皮捣蛋,她会拉下脸说:"再闹,我可恼了!"话音还没落,她就用书遮挡住嘴,先哧哧地笑起来。她常对常老师说:"这个班的孩子真懂事!"

"五年级的孩子非常棒,成绩很优秀,去年三门功课都是镇上的前三名!"提起我们,常老师总是称赞不已。上午第四节课,牛老师看我们没了兴致,就跟校长申请买了画画材料,教我们画画。有时,她还教给我们唱歌。

孟老师和刘老师除了教我们,还教四年级。校长说她们年轻,又是大学生,让她们多带几个班。学校其他几个老师是代课老师,都快退休了。

孟老师带我们读英语课文,发音跟放的录音差不离。原先的英语老师不会说普通话,朗读英语听起来总不是那回事儿。孟老师叫一凡和梦丽起来,让他们扮演不同角色读对话。他俩一站起来,大家就咯咯地笑起来。一凡不好意思地挠挠头,梦丽笑笑,倒是很自然。孟老师问我们笑什么,天宝笑着说:"他们是绝配！"大家又是一阵大笑。

孟老师练过体育，除了带领我们做课间操，还负责给各个班上体育课。我们的体育课丰富起来，跳高、跳远、百米跑、铅球……

刘老师第一次上课点名的时候，她看看田田，又看看一凡，好奇地问："你们俩是亲戚吗？"我们都笑了。

"他们是姐弟俩！"

"我说咋长得这么像，是龙凤胎吗？"一凡笑得趴在桌子上。

"不是，不是！"大家抢着说。

"这么漂亮的孩子！"刘老师一下喜欢上了一凡和田田，平时上课动不动就"一凡回答这个问题""一凡上黑板来做这道题"……她眼里好像只有一凡，真让人羡慕。

刚开始，一凡对数学还是不上心，对英语倒是有了兴趣，发音不准的单词，下课后还在那里叽里咕噜地念，梦丽在一旁帮他纠正。课堂上没有念熟的对话，课下跟梦丽一起反复练。他开始主动举手朗诵课文、念英语单词，原来一听见老师要提问，要让谁领着念，他就赶忙缩紧身子，趴在课桌上，生怕老师叫他。现在他坐得笔直，唯恐老师看不见。

现在数学老师提问他多了，老是脸红脖子粗地站在那里说

不会，他觉得没面子，尤其是当着梦丽的面。于是他开始认真听课，不会的就来问我。渐渐地，他从能回答老师的一两个问题，到能回答每个问题，再到主动举手回答问题。

从小学习就不上心的一凡慢慢开窍了，我稍一松懈，他就能超过我。颜实、天宝、刚子他们几个也在快速进步。我有一种从未有过的压力，唯恐他们把我远远甩在后面。

我们就像没有长好的树苗，经过扶正修剪，都比着往高处蹿。

28 抓阄分羊

主路都修好了,跟上次一样,家家户户都在门口的路上铺上麦秸,天天洒水。秀成做事仔细,他家附近那段路,他铺上了草苫子,一天往上面泼好几次水。新修的路口都堆着土,不让过车。大大小小的车辆都绕到我家附近这条路上来。这里一时热闹起来,人来车往,尤其是放学的时候,骑着"小电驴"带着小孩回家的人不断。

外庄上的人也都从这里绕道,走街串巷的小商贩也沿着这条路吆喝,累了,随便蹲在谁家门楼底下歇歇脚,凉快凉快,一边吃随身带的煎饼,一边跟大家聊天。

"你们庄这下发达了,你望望这条条大马路修的,啧啧啧!"

"亏得国家政策好,常书记肯干!"

"城里来的女书记这样能干,眼不见还不相信哩!"

"常书记头回来庄上,大家伙一看是个女哩,心凉了大半截,没想到说修路都修起来了!"

"谁都会这样想,城里来的女书记,看着风一吹就能倒,能干啥?再说乡里条件孬,事又难办!"

"可不呗,这么大的庄,啥人都有,啥事都有,别说女的,男的也怪难干!"

"听说上头要重点扶持你们庄,真好!"

"听说啦,给了好些扶持资金说要发展扶贫项目。用哪里,用了多少,村里公示栏上都写得一清二楚。常书记啥也不掖着藏着,花钱的事叫大家伙开会一起商量,俺也参政议政了呢!要不上头愿意把钱给俺庄哩,花得都是地方!"

"说的就是这个理,有人领路,就是不一样!你望望,这庄一天一个样!"

爷爷赶集回来了,带回来几个肉盒子,老远就闻见香味了。弟弟顾不上洗手,抓起一个就吃。

爷爷奶奶一人一个,就着煎饼吃,我和弟弟一人两个,吃得饱饱的。黑虎眼巴巴地看着我们吃,不断哼哼着,急了还会

"汪汪汪"叫几声。我很想分给它一点儿,怕奶奶看见,说我败坏东西。黑虎见我们都不理它的茬,垂头丧气地卧到一边。我留下一小块,用草纸包住,扔给它,它一口吞下去,把那块油乎乎的草纸舔了又舔。

吃完饭,我抹抹嘴,顶着火辣辣的太阳,沿着新修的路,慢悠悠地往庄北走。每天吃完午饭,我总是绕道去找一凡一起上学。弟弟不再跟着我,天天跟着他的小伙伴去学校。大中午,庄上很少遇见大人,大部分都是两个一伙、三个一群去上学的小孩。

到了颜实奶奶家门口,颜实在抹眼泪,常老师正劝慰着他。看到我,颜实擦干泪。常老师掏出十块钱,说:"天赐,你带颜实去买点儿吃的吧!"我拉起颜实,往主街走。原来颜实又被爸爸训了,他一恼,跑来找奶奶,奶奶不知道晃悠到哪里去了,他饿得腰都直不起来了。我陪他到超市买了干脆面,边吃边往学校走,又碰上了常老师,她和支书站在街边商量着什么。

"常书记,庄上的大事都能办好,这点事办不成吗?"一旁的"二能能"奶奶质问道,常老师笑笑。宋车爷爷的房子还没拆,那一截路没有修,只铺垫了路基。丁字形的路,单单衔接的地方敞着,站在主街上一看,就像长得非常好看的人脸上有个大疤。

"俺家门口那条路啥时候能修?其他路都修起来了,总不能

就剩下那条路不管了吧！""二能能"奶奶的话像刺猬一样，落在心里扎得慌，落在地上看着瘆得慌。

"尽快修，放心吧，大娘！"常老师笑着说。

"心急吃不了热豆腐，你急啥？为这事，常书记腿都快跑断了！"支书咬着牙数落她。

养牛场隔一阵就上几头牛，爷爷说这样很好，一批稳定了，再上一批，牛就不会有啥大毛病。栏里有百十头牛了，长得都不赖，沙瓦很上心，哪头小牛看起来不好了，赶紧给兽医站打电话。有些小毛病他自己就能治好，常老师夸他比兽医还厉害。

有一阵没去牛场了，哪天去看看，不知道那只小黄牛还认识我吗？一凡家的牛天天见，长得不错。他爸爸一早喂好牛才去砖厂干活，傍晚回来再喂一遍，抽空除除牛粪，运到田里当肥料。他还让爷爷拉过几回，爷爷说牛粪上地壮着呢。

一凡爸爸说等这一茬牛赚了钱，就买一台粉碎机，不大工夫就能粉碎一大堆秸秆。八姑经常从池塘那里溜达着去养牛场，回来说大半天，一副很为常老师骄傲的样子："两大棚子，全是牛，怪喜人！"

但是，八姑听见常老师说建韭菜基地就直摇头，虽嘴上不赞成常老师流转土地建韭菜基地，她背地里还是悄悄劝刚子奶奶和"二能能"奶奶，让她们收完庄稼就把地让出来。一开始，刚子奶奶死活不松口，再多钱也不行，再好的条件也不愿意。八姑好说歹说，她才勉强同意。

常老师知道刚子奶奶同意了，很高兴。可是"二能能"奶奶的工作更难做，她扬言要是常老师不把那条路修起来，就别想动她的地。

"估算了一下，这条路修起来得十二三万，适合用国家帮扶的'一事一议'资金，但其他事就办不成了。'户户通'需要钱，绿化需要钱，装路灯需要钱，用钱的地方很多！"常老师叹口气，"唉，'二能能'大娘见了就问修路的事，在她看来，修路就像去菜地砍棵大白菜一样容易，也不问修路资金从哪里来。咱庄上光修路就花了四百多万，一分一毫都是国家给的。国家这么大，比咱们穷的地方多得是，都伸着手给国家要，那得多少钱啊！"

"说的就是这个理，现在国家政策多好啊！啥都不用自己掏钱，看病给报销，老年人还月月给钱。有些人就是不知足，吃肉还嫌塞牙！把肉塞进他嘴里，都懒得嚼！"八姑愤愤地说。

"扶贫从根本上还得扶志，思想上懒惰，什么时候都脱不了

贫！筹建这个韭菜基地就是这个目的，让贫困户学习种植技术，有一技之长。不能助长一些人等、靠、要的惰性。"

"是嘞。对了，听说你要给庄上的人发羊？"

"是省残联帮扶残疾人的致富项目，咱庄上有五十五户残疾户，每户两头羊，一百一十头羊，资金已经到位，羊也定下了。"

"发给他们，你放心？"

"开会商量了，跟各家各户签合同，让他们写保证书，谁要是吃了卖了，就让谁加倍赔。"

"这倒是个好方法，从哪里买的羊？"

"本来商量着从外地买，担心外地的羊不适应咱这儿的气候。岭上老沙家的羊不错，正好百十头母羊要出圈，价格也合理。有什么问题的话，找他也方便。这两天就让刚老师操持这事，尽早办了！"

正说着话，晚生爷爷嘿嘿嘿笑着过来，说："亏了没说我坏话，我都听见啦！"

"你这个老好人，有啥坏话可说！"八姑说笑着给他拉过来一个小板凳。

"看你说的吧，庄上的人还没让我得罪完啊？"

"庄大人多，孙悟空也没法让人人满意！"常老师打趣道。

看见我，晚生爷爷说："晚生打电话来了，放学就去上辅导班，天天写作业写到大半夜，心疼得我不行！在庄上上学哪里不好啊？"有机会我一定告诉晚生，学校建起了新教室，来了新老师，她们都是大学生，教得可好了，我们都很想他回来。

"前几天跟晚生妈妈通了个电话，她挺着急，老想着让晚生赶紧赶上，哪有这么快！才两个多月，孩子适应也得一段时间。你真会来，正好商量商量分羊的事。"常老师说。

"我到岭上看了看羊，确实不孬。再好的羊，也有大小肥瘦。看咋分，才能让大家伙都满意。"

"那还不容易，抓阄！自己抓的阄，怨不着谁！"八姑说。

"好主意！"

"给老沙说好了，羊大点小点不要紧，只要没病没残就中。"

"老沙人实诚，又是一个庄上哩，放心好了。"

"那我现在就去通知残疾户，明天上午九点到村委开会、抓阄，让他们早点把羊领回家。"

第二天正好是星期六，我和一凡在广场上玩滑板，看着有人陆陆续续往村委走。憨存福浑身脏乎乎的，敞着怀，趔趄着来了，沙财也来了。

大家都站在院子里，常老师和晚生爷爷在屋里忙着，晚生

爷爷叫到谁的名字,谁就进去抓阄。有几个人恐怕抓不到好阄,挤在村委办公室门口,恨不得上去抢,憨存福也使劲往里挤。

"喊到谁谁进来,急啥!"晚生爷爷吆喝着,可他们还是挤得欢。抓到阄的人纷纷骑上电动车去岭上领羊。

"羊身上都喷着号,抓几号,领几号羊!"晚生爷爷一遍一遍嘱咐着。

抓完了阄,人都陆续走了。

看常老师忙完了,我和一凡凑上去。

村委办公室明窗净几,到处清清爽爽。想想原来一口气就能吹倒的昏暗老屋,再看看眼前整洁的办公室和干净利落的院子,就跟做梦一样。

一凡摆弄着电脑,我边听常老师和晚生爷爷说话,边看一旁的橱柜。里面摆放着一长溜蓝色文件夹,侧面贴着字条,写着"党课课件""致富项目""基础建设"……

"哎,对啦,你们俩去隔壁看书吧,农家书屋收拾利索了。"晚生爷爷边说边摸口袋,"哟,我没带钥匙,在三羔那里。"

"不看,书就成摆设了。敞开门,随时让大家看就行。"常老师说。

傍晚,我和弟弟到一凡二婶家看领回来的羊。

两只青山羊拴在院子里，咩咩咩叫个不停，看到我们直往后躲。两只羊大小差不多，跟我们家的母羊一样大。

"它们还认生，熟了就好了！"一凡婶子喜滋滋地说，"我手气好，抓的这两只羊都怪好，憨存福奶奶那两只也怪好。没有孬羊，一只羊值千把块哩！"说着她踮着脚给羊端过来半瓷盆水。

"老沙说这只羊还怀着小羊羔哩，要是养好了，一年能生两窝，光卖小羊羔都不少钱呢！"一凡婶子又是给羊搭棚子，又是割草，身上的喜气直往外冒。

常老师只要从这里经过，就去看她家的羊，问这问那，比我们的兴致还浓。

29　梨行前面那口井

奶奶种的谷子熟了,沉甸甸的谷穗弯腰低头,谷地周围的玉米、大豆、花生的叶子开始泛黄。庄稼长得很壮实:玉米棒子像棒槌,有的棒子龇牙咧嘴露出大门牙一样的粒子;大豆秆子上挂满了毛豆,胀鼓鼓的;高粱粗粗壮壮,穗子已经红了,籽粒饱满。

奶奶说,庄稼跟人一样,没病没灾,日子过得顺溜,整个人看上去就滋润。奶奶虽然还不断药,但比原来好多了,笑容也多了。晚上,她常跟着八姑去看广场舞、扭秧歌。里里外外,吃喝拉撒,同样一天忙到晚,但奶奶明显比过去有精神。奶奶没有提起过爸爸,她一定也盼着爸爸早点回来,奶奶再也没有说过弟弟憨,弟弟虽然学习还是跟不上趟,对一些事木木的,不过比原来好了很多,他永远不会长成憨存福那样。

挑一个晴朗的上午,奶奶带我们收谷子。她把宽大的粗布床单铺在地头,弟弟立马在上面打起滚来。我把剪下的谷穗倒在床单上,弟弟趴在谷穗上,玩抓到的蚂蚱。田里的蚂蚱飞得到处都是,大的小的,绿的黄的,很好逮。

豆地里传来蛐蛐的叫声,我循着声音蹑手蹑脚地过去,还没到,声音就消失了。我定在那儿,等着蛐蛐再叫起来。好一会儿才又听见,只是离我越来越远了。去年在这里逮了一只蛐蛐,爷爷用高粱篾子给我编了个小笼子,挂在蚊帐里,我天天摘豆叶喂它。夜里它叫个不停,多了个伴,梦都不一样了,今年要是再抓一只就好了。

立秋之后,风里热乎乎的气息消失了,稍一动弹,身上就黏糊糊的感觉也没了。天越来越明净,显得很高远。

秋风一阵紧过一阵。

太阳下,校园里的柳树叶子黄灿灿的。风起时,落叶纷纷,几阵风过后,只剩下丝线一样的柳枝在风里摇啊摇,像是跟树叶挥手告别。它们长在一起这么久,也是有感情的吧。

村后那条我们常霸占着玩的路也修好了,平坦的水泥路落

了厚厚一层黄叶,白杨树显得更加挺拔俊朗。

这条路还是我们的天下,玩滑板,骑自行车,爬树,乐翻了天。

奶奶让我给羊扫些叶子。我到这条路上,不大工夫就扫了一大堆,运回家晾晒在院子里,晒干存起来给羊当冬天的干粮。

我挑拣了长得齐整、黄透的叶子,夹在书里。我想给晚生写信,顺便把这几片叶子寄给他,看到叶子他就会想起庄上的各种趣事,想起我们。写完作业,我拿出信纸,只写了"晚生你好",就不知道说什么了,我握着笔苦苦想。外面一轮满月,院子里那棵歪脖子枣树的影子清晰地映在地上,虬枝刺向深邃的夜空。

庄稼的绿衣裳慢慢变成了深深浅浅的黄色。淅淅沥沥的雨让秋天跌入静寂,就连鸡和狗都躲在门楼底下或者房廊下,蜷缩着身子,眯起眼,半睡半醒的样子。秋色渗透了水,沉甸甸的,像憨存福喝醉了,跌落进池塘刚从里面爬出来,湿淋淋的衣服束手束脚,想跑都跑不快。连绵的阴雨让秋天停在一个地方打转转,往前迈不动腿。

我又想起梦里爸爸的样子来,看着房檐上断了线的雨珠,难受又风起云涌起来。我抓起门口的化肥袋子扣在头上，冲进雨里。袋子是奶奶雨天喂猪喂羊时顶在头上用的，把底上的一个角凹进另一个角，就成了一顶尖尖的帽子，扣在头上，就像穿了件半大雨衣，就是得紧紧拽住下面的两个角，否则风一吹就掉了。

我不知道应该去哪儿，又不愿意去找一凡，埋着头漫无目的地走。

到处湿漉漉的，出门都是平整的水泥路，不用担心黏泥把鞋粘掉。不知不觉来到村后面那条路上，两旁的杨树落光了叶子，枝杈齐刷刷地朝向天空，落叶紧紧贴在地上，这里几片，那里几片，像是谁专门画上去的。树叶给晚生寄走了，不知道他收到了没有，会不会回信。

沿着这条路走了一趟，还是觉得闷得慌，我就往田里走。

高高矮矮的庄稼，黄色有深有浅，除了沙沙的雨声，什么都听不见。蛐蛐不知道藏哪里去了，偶尔有鸟飞过，也是惊慌失措的样子，似乎找不到回家的方向。

不知不觉到了庄头，这里有条小路往东一直绵延到那片梨行。曾经做过的梦再次浮现在脑海里，我拐进这条路，加快脚步往前走。我忽然很想看看那口机井，他们说就在梨行南边，紧挨着那条去县城的大马路。

路很窄，两边的玉米地像两道屏障把它围挡得密不透风，沙沙的雨声让它显得更神秘，密密匝匝的玉米地里仿佛藏着妖魔鬼怪，它们随时都有可能跳出来，一口把我吞下。我心里阵阵发紧，不过赶紧找到机井的想法使我顾不上这些了。

离梨行越来越近，我的心跳越来越快，怦怦怦的心跳声比沙沙沙的雨声都大。雨一直淅淅沥沥下着，我不断抹着脸上的雨水。身上的衣服早已湿透，鞋里面进了水，黏糊糊的，裤子紧紧裹在腿上。

穿过梨行，往前不远就是大路。我走上大路，使劲跺跺脚上的泥，沿着路边继续往前走。偶尔经过的大车从身边飞驰而过，泥水飞溅。这里虽然离庄不是很远，但我几乎没来过，凭着梦里的印象，我绕过梨行，拐进另一条田间小路。既然是井，那肯定有通到那里的路，我四处搜寻着。

这是一片很大的花生地，没有什么遮挡，要是那口井在这里的话，应该不难找。花生秧子都变黄了，有的落光了叶子，只剩下光秃秃的秆子，湿漉漉的。

远远看见有一片空地，往前没走多远，就看见有一条小路正好通往那里，我拐进去，不顾脚下的泥水，深一脚浅一脚地走过去。

29　梨行前面那口井

果然是一口机井。四周没啥庄稼，井口附近有几簇枯黄的茅草，在雨里闷声不响。

我喘着粗气，远远停下，心脏快要跳出来了。我抹了一把脸上的雨水，慢慢挨过去，远远朝里看，靠近些，再靠近些，最后到了井边。

我趴在井口往里看，一股寒气扑上来，我打了个寒战。里面黑乎乎的，看不见底，我使劲挤挤眼，睁大眼睛，想看清楚里面有多深，里面到底有什么。

爸爸真的会跳进去吗？我一阵难过，禁不住大哭起来。

我跌落进井里，水好凉啊，我边往下沉，边大叫着："爸爸——爸爸——"我听到爸爸在下面叫我："下来，下来——来看看我，来看看我——"越往下沉，我越觉得冷，浑身发木……

"大孩，大孩……醒了，醒了……"听见奶奶在叫我，我想睁开眼，但眼皮很沉，怎么也睁不开。

"奶奶，我渴得慌！"我攒足力气说。

"乖乖，乖乖，奶奶给你端水喝！"奶奶带着哭腔说。

"总算醒了，都两天两夜了，谢天谢地！"是八姑。

奶奶一勺一勺喂我水。

"天赐醒了吗?"是一凡,"俺常老师也来啦!"院子里传来啪嗒啪嗒的脚步声。

"怎么样,醒了吗?"常老师轻声问。

"要水喝呢,还没睁开眼。"

"总算醒过来了!要不带他去医院好好检查检查?"常老师舒了口气说。

"小孩能有啥病?就是雨淋哩,受凉了。回家来时嘴唇都紫了,浑身冰凉!"

我慢慢下床,挪到屋外,坐在太阳底下。天不知什么时候已经放晴,蓝莹莹的,干净透亮。房檐上还泛着湿气,青瓦红砖越发抢眼。树枝上的麻雀叽叽喳喳,声音清亮。眼前的一切有种熟悉又陌生的新鲜感,像做了场梦。机井好像是很久以前的事了,只记得冷,直到现在还是觉得浑身冷。

黑虎过来,用鼻子嗅嗅我,用舌头舔我的手和脸,一副好久不见的亲热。这两天它总是卧在床边,时不时过来嗅嗅我的脸,奶奶说它这两天都没吃东西。我摸着它的头,原来它也知道心疼人。

我打吊针的时候,弟弟趴在床边,看看扎进手腕上的针头,再看看我。

"不疼,一点儿都不疼,就跟蚂蚁咬的一样。"我笑着对弟弟说,他这才眯起眼笑了。长这么大第一回打吊针,原先看见谁打吊针就觉得是生了大病,自己竟然也生起了大病。翠翠妈妈说得连着打几天。烧退了,还打吊瓶干什么?明天我就得去上学,不能再耽误功课,都耽误三四天了。

虚掩的大门吱呀一声开了,露出了车轱辘,我心头一喜,是常老师!我攒足劲想从凳子上站起来,但两条腿还是不听使唤。黑虎摇着尾巴迎上去。

"坐那儿别动!"常老师放下自行车,从车筐里提下一箱牛奶,从车把上拎下一兜东西。她拉了板凳坐在我身边,把手放在我额头上,说:"不烫了。"

"早上量了,不烧啦。"

"感觉好点了吧?"常老师看着我的脸问。

"好多了,明天我想上学去。"

"能行吗?要不再休息两天,到时候让老师给你补课就行。"常老师从塑料袋里拿出一瓶酸奶递给我,"早上吃饭了吗?要不先喝这个开开胃?"

这几天不想吃东西,总觉得肚子里满满的。我接过酸奶,

慢慢啜着。暖洋洋的太阳晒着很舒服。

沉默了好一会儿,常老师才说:"天赐,你有什么事可以跟老师说,不要老憋在心里。"她担心地看着我,"你是个懂事的孩子,很多事情并不像你想的那样糟糕,凡事多往好处想。"

我使劲点点头,她拍拍我的肩,说:"加油,宝贝儿,一切都会好起来的!"

奶奶挎着一篮子青菜回来了,看到牛奶和满满当当的塑料袋,说:"你又花钱,总这样可不行!"

"没事,大娘,花不了几个钱。"常老师笑着说。

奶奶给常老师洗了两根嫩黄瓜,是奶奶种的秋黄瓜,常老师一咬,老远就闻见黄瓜的清香。

"你不来,我正想找你哩!"奶奶拉过来一个小板凳坐过来。

"有事,大娘?"常老师看奶奶一本正经的样子,有些吃惊地问。

奶奶还没来得及说话,八姑笑嘻嘻地走进来,手里端着一个花瓷盆。"我也来凑凑热闹,大孩就是好吃我包的素馅饺子。看见你来了,我紧着煮,刚出锅,你俩赶紧一起吃。"

奶奶搬来一个高点儿的凳子放在我们中间,八姑把花瓷盆放在上面。奶奶拿来筷子和碗,塞给常老师。常老师没有动筷子，说："大娘，你先说啥事儿。"

奶奶欲言又止，说："先吃，吃完再说。"

"你不说，我吃起来也不香。"常老师半开玩笑说。

奶奶叹了口气，说："说出来你也别生气。要是不说，你光吃亏！"

"赶紧说，别卖关子啦！"八姑也催奶奶。

"我劝你，种韭菜的事别整啦，还不够那一帮没良心的在后面瞎嚷嚷哩。"

"瞎嚷嚷啥啦？"常老师停住咬黄瓜，等奶奶说下文。

"我在田里干活，正好听见他们说种韭菜要地的事，'二能能'说常书记收了人家韭菜老板的礼，才一门心思往上面使劲。我一听就气不顺，替你说了几句话，还有二牛家媳妇，说你一门心思就是为了升官，光弄这些形象工程，建到路边上就是为了上头参观方便！里面有她家二亩蒜地，她舍不得，背后光说坏话。"

"大娘，他们说什么咱不管。要是谁说啥咱都在乎，那就什么也干不成了。"常老师没当回事。

"丫头，话说到这里了，我也得提醒你几句，庄上那伙人成心拆你的台！你挨家挨户做工作，你前脚走，人家后脚来，糊弄

他们千万别把地让出来,一让出来就'肉包子打狗',啥也捞不着了。你可别操这心了!"

常老师没吱声,八姑接着说:"丫头,你又是建养牛场,又是建什么发电,你一走,还不知道落谁手里呢!"

"这个你放心,全国上下,有成千上万名'第一书记',建了成千上万个'致富项目'。要是我们一走,都被个别人私吞了,那国家岂不损失大了。再说,也没有真正让贫困户脱贫致富啊!上这些致富项目是为了增加贫困户和村集体收入。咱们庄上贫困户多,各家情况也不一样,我把他们分了几类。比如说年纪大、生重病、没有劳动能力的,适合合作社分红;有劳动能力的,适合在韭菜基地干活;水塘和土地的租金,归村集体。村里有了钱,以后修路、换路灯,谁家有灾有难,都能应应急。不再像以前,村里一分钱没有,啥事都干不成,留下很多难题。"

"你想得确实怪好。你在这里还好,你要是一走,准乱套!"

"哪会啊!这些致富项目都建了档案,是大家伙的财产,镇上经管站代管。每年收入多少,该分给谁,分多少,经管站直接打到贫困户的账户里。最让我发愁的是村委班子,让年轻有闯劲的人带领大家伙往前奔,咱庄才能早日实现小康。"

"庄上能撑起门面的人不多。"八姑仍对庄上的人没有信心。

"翠翠爸爸是党员，威信高，大家推荐他进村委。梦丽妈妈入了党，他们两口子想尽快回村，带领大家致富奔小康。有他们这种能人，咱们庄就不愁发展。"常老师信心满满地说。

下午，一凡、刚子、天宝、颜实来了，后面还跟着梦丽、田田和翠翠，一院子的人。刚子提着一箱奶，"是俺们凑钱买哩！"一凡话音未落，天宝就抢过来说："在俺家超市买哩，钱不够，还让了五块钱呢！"

"期中考试啦，梦丽考了第一。你要是参加，她才当不了第一哩！"

"田田考了第四。"

"一凡这回考得可好了，数学和英语都考了九十多，他进步最快。"

他们你一言我一语地抢着说，我都不知道听谁说好了，田田站在一旁抿着嘴直笑。

30 有个女人跟踪我

秋收说来就来,庄稼地里一片繁忙,刨花生的、掰棒子的、割豆子的、砍高粱的……

计划建韭菜基地的那片地,庄稼收拾干净,露出等待耕耘的黄土地。它紧靠着大路,离庄不是很远。八姑说这片地打的井水质好,很适合种韭菜。

收谷子那天,我看见常老师和晚生爷爷站在地头,常老师满面愁云。"常书记,要不咱们换其他地吧,找我们村委这几户集中的地,那样好办。"晚生爷爷劝常老师。

"商家已经把取走的土样化验好了,人家看重这块地的土质、水质,还有交通方便。他们是种有机韭菜,周围十米之内不许打农药。庄上哪儿还有这样的地。"常老师望着眼前的地,愁眉不展。晚生爷爷脸上也升起愁云。

大人们也是，把地让出来不就完了，人家又不亏待你们。看常老师愁成这样，真想叫上一凡去找"二能能"奶奶讲理。

常老师打算种韭菜的这块地有二牛家两亩，二牛媳妇唯恐把她家的地征走，早早把地翻好，修好畦埂，准备种大蒜。晚生爷爷让她先等等，说常老师去县上开会了，等她回来再种。二牛媳妇跟没听见一样，照常往地里埋蒜种。正在那里拾掇庄稼的"二能能"奶奶煽风点火，说："赶紧种，管他干啥！不让往自家地里种庄稼，还有王法吗？"

闻讯赶来的二牛呵斥媳妇先别种，并笑着给晚生爷爷打招呼。

远远地，常老师骑着自行车回来了。她把自行车停在地头，慢慢走过来，神色沮丧地说："你们该怎么种怎么种吧！"晚生爷爷疑惑地望着她。"镇上有个村听说了这个项目，主动找韭菜公司，给流转了六十亩地，还免收三年地租，人家已经在那边动工了！"泪在她的眼里打转。

"二能能"奶奶和二牛媳妇停下手里的活，看着常老师，脸上露出复杂的表情。

晚生爷爷看着常老师，想安慰她："常书记——"才说了半

截,就被常老师打断了:"你们满意了吧?只顾眼前芝麻点大的利益,难道就不为庄上的发展考虑考虑?我图啥,不就是想引进好的致富项目,让大家伙在家门口就能挣到钱吗?你们没看见村里这么多留守儿童、留守老人吗?要是能在家门口挣钱,就能照顾家、照顾孩子,还能避免很多问题。你们也想走不动了,身边一个亲人没有吗?"

停了停,常老师又说:"成立种植、养殖合作社的目的,就是想集中精力发展种植业和养殖业。咱庄土质好、水好,有养牛传统,秸秆丰富,很适合发展种植、养殖,牛粪又是种韭菜的好肥料,韭菜公司就是看上了咱村的这些优势。韭菜基地建起来,把咱们的种植业发展起来,韭菜种好了,咱以后还可以发展韭菜花,还可以建工厂、加工韭菜花酱。建养牛场也是这样,如果效益好了,明年扩建养牛场,再建屠宰场、肉联厂,把两条生产链慢慢都建起来。谁知道,你们竟然——"常老师擦擦泪。

我担心常老师恼怒之下走了,再也不回来,很想过去劝劝她。

"常书记,咱们再找其他致富项目……"晚生爷爷哭丧着脸,安慰常老师。

"哪有这么容易!到哪里再去找这么成熟的致富项目去?四十亩地咱半年多都没流转成,人家前后还不到一个月,六十亩地就流转好了！"常老师叹了口气，失望地走了。

晚生爷爷惭愧地别过脸去，望着远处。二牛蹲在那里，耷拉着脑袋，拿着一根木棍在地上瞎画。

常老师他们刚走，二牛就恶狠狠对媳妇发火："常书记给的化肥我都拉回家了，你闹着非得让我送回去！你望望，耽误大事了不！"

"人家都不愿意，又不是咱一家，能怨咱吗？"

"你还嘴硬！"二牛说完又扭头朝"二能能"奶奶狠狠吐了口吐沫。

"你管不住自家媳妇，朝我耍啥疯！""二能能"奶奶掐着腰，摆好了吵架的架势。

"让人家当枪使还蒙在鼓里！这下好了，不要你家的地，韭菜不种了，赶紧报信领赏去吧！"二牛怒气冲冲地说。

"我给谁通风报信啊？俺就是不愿意让地，招谁惹谁啦！"

"煮熟的鸭子就剩嘴硬了，没有不透风的墙，你那些事谁不知道？人家给个好脸色，就屁颠屁颠从这家跑到那家，坏庄上的大事！"

"二牛！韭菜种不成那不是因为你家不愿意让出来地吗？俺家就这巴掌点地，家里的瘫子干不了活，我正不愿意种了呢！"

"啊呸!把这事都栽到俺们头上啦!谁到处说人家常书记收了礼,谁挨家挨户让人家不要让出地来了?"

……

"成天瞎搅和,耽误大事!"

"唉,还不是八斤在后面瞎捣鼓!"

……

围观的人议论纷纷,没有谁去劝,都各忙各的去了。

接连好几天,常老师都在学校给我们上课,这学期她开始给二年级上课,四个年级轮着上。她很偏向我们五年级,能给我们多上一节就多上一节,这几天我们尤其过瘾。

下课后,常老师跟我们一起玩丢手绢、投沙包、跳大绳……跟我们笑成一团。她来庄上以来,第一次这样集中给我们上课,和我们在一起。

放学后,常老师改道回镇,不再从东湖那边走了。

我知道常老师心里还很难受,很失望。她不愿意经过那片地,也许是怕碰见谁,说起种韭菜的事。就像碰破了皮,血还没止住,怎么经得起再碰。等止住血,结了痂,才能好利索。可是,很多事又跟这个不一样。比如,过了那么久,想起爸爸我还是很难受，种韭菜的事对常老师来说应该也是如此吧？

和常老师一样，我心里总有说不出的烦闷。一个陌生女人，又带给我满肚子的困惑。

最近放学时，我总看到一个女人，站在学校门口，像是在等人，盯着我们一个一个仔仔细细上下打量。这两天专盯着我，看得我心里发毛。我偷瞟了她几眼，看着面熟，好像在哪里见过，就是想不起来。

过了几天，我发现这个女人老是远远地跟着我。吓得我一路飞奔，左拐右拐，一会儿就把她甩掉了，冲进家，紧紧关上大门。

奶奶奇怪地问："咋啦？尾巴着火啦，还是狼撵来啦？"奶奶身体得劲，说话也喜人。

我气喘吁吁地说："一凡他们在撵我玩哩！"我怕奶奶担惊受怕再犯病，没敢说实话。

她是谁？为什么老跟着我？我在哪儿见过她？怎么这么面熟呢？

第二天放学后，大家三三两两各自回家。我搂着一凡的肩膀，偷偷往后面瞟了一眼，看那个女人还在不在。看她这几天站的地方没人，我心里一喜，顿时放松下来，踢着石子，吹起口哨，慢慢回家，好多天没这样轻松了。

刚拐进小巷，就看见那女人坐在墙根下，看见我她站起来，

拍拍身上的土,马上要冲上来的样子,我转身就跑。

"天赐,你等等!"我一愣,她竟然知道我的名字。但我还是不管三七二十一,撒腿就跑,一口气跑到家。

看见我慌里慌张跑进来,奶奶放下簸箕,往大门外面望了望,奇怪地问:"这几天是咋啦,没跟谁闹仗吧?"我摇摇头,奶奶把手放在我的脑门上,"不烧啊!"

"没事,我们几个闹着玩呢!"我还是没给奶奶说真话,奶奶端起簸箕继续干活,仍不断拿眼角瞟我。

她到底是谁?找我干啥?她怎么知道我的名字?……身上仿佛有座大山,压得我喘不过气来。我需要大人帮忙,想去找八姑,但是八姑肯定会跟奶奶说,奶奶还是会担心害怕。那就找常老师,没有她办不了的事,她肯定能把这个女人赶跑,让她永远不敢再露面。想到这里,我心里一下轻松了很多,晚上睡得也踏实了。

第二天,一看见常老师我就赶紧过去,一五一十地跟她说起那个甩不掉的女人。

"她知道我的名字!"我越说越害怕,仿佛那个女人马上就要把我抓走。

"不怕,天赐!"常老师把我搂在怀里,"不会有事的,有老师在呢!"这几天的恐惧伴随着眼泪哗哗地流出来。

放学后，常老师推着车陪我一起回家。跟我想象的一样，那女人还是蹲在墙角，看见我们，她站起来，我拉住常老师的衣角。常老师继续往前走，我也跟着往前挪。

走到她跟前，常老师停下来，跟她打招呼："你好！"

我从老师身后偷偷看她，还是觉得面熟。

"哦，你好！"她嗫嚅着。

"听孩子说，你都跟他好几天了，请问你有什么事吗？"常老师边礼貌地问，边仔细打量她，又看看身边的我，脸上露出惊诧的表情。

"我想看看孩子……"说着，女人落下泪来。

常老师眼睛一亮，转过头对我说："天赐，你先回家。"我很纳闷，一步三回头地离开了。

这个女人怎么哭了呢？她到底是谁？到底在哪里见过她？我拼命想啊，想啊……

大概是在梦里吧！梦里见过谁呢？田田、晚生、常老师、爸爸，还有妈妈，难道是……我被这个想法吓了一大跳，怎么会呢？梦里从来没看清过妈妈长什么样啊！

回到家，奶奶看我不声不响，一块石头终于落地的样子。我坐在桌子前，拿出抽屉里那面小镜子，审视着里面的自己，黑

豆眼,尖下颌……老天爷,我看到了那个女人的眉眼!

这天,一进大门就看见爷爷、奶奶、八姑和常老师围坐在院子里,神色凝重,不像原来那样有说有笑。看见我,常老师拍拍她坐的长凳,让我坐过去。他们好像有什么重要的事情要跟我商量。

弟弟一到家就抱着煎饼啃,黑虎跟着他吃掉下来的渣子。

天越来越凉了,今天天气很好,满院子的阳光,暖洋洋的。

他们都不说话,搞得我很不自在。常老师看了看八姑,八姑看看我,又看看常老师。奶奶满脸愁容,爷爷黑着脸。

"大孩,我们商量过来商量过去,觉得还是得跟你说。"八姑先开了口。

"天赐,还记得前段时间总跟着你的那个女的吗?"常老师犹豫着,像是在寻找最合适的字眼。我点点头。

"你不是连做梦都盼着妈妈回来吗?"果然跟我预料的一样,我禁不住流下泪来,奶奶也开始抹泪,常老师搂住我。弟弟愣愣地看着我和奶奶,撇撇嘴也想哭,八姑把他拉进怀里。

我带着黑虎,在田里乱跑了一阵,最后爬上那座小山包。

我坐在山顶,黑虎自个儿撒欢去了。周围纵横的麦田尽收眼底，远处是馒头一样的山包和散落在山包间的村庄，村里隐约传来鸡鸣狗叫。

总觉得需要好好想想，但静下来一想，又觉得没什么事可想，不就是有个叫"妈妈"的人找上门来了吗？自己不是做梦都盼着她回来吗？她来了，我怎么这样难受呢？

我使劲咬咬手指头，很疼，的确不是在做梦。

我都快十三了，她才来！前几年为什么不来？要是早来几年，也许爸爸能好好的！如果她不走，爸爸不会变成那样，奶奶也不会生病，更不会有让奶奶忧心的弟弟……

当年她为什么丢下我不管？奶奶求她，她都不回来！没有她我不是一样长大了！她来了会怎样？她会不会把我带走？坚决不走……

心里翻江倒海，越想脑子里越是一团乱麻。

不管我如何矛盾，该来的还是要来！

为了接待她，奶奶前一天就开始准备饭菜，八姑过来帮忙，她们半天说不了两句话，不像原来，活干完了，话还没说完。奶奶让我换新衣服，我拗着不换。

常老师陪着她进了院子。"来啦，进屋吧！"奶奶招呼着她。她尴尬地笑笑，提着大包小包东西，跟着奶奶往正屋走。爷爷黑

着脸站在厨房门口。弟弟以为家里来了客人,在大人间钻来钻去,很兴奋。黑虎摇着尾巴,一会儿去找常老师,一会儿去找八姑,也很兴奋。一群媳妇在大门口不断探头。

家里跟过节一样,屋里屋外打扫得干干净净,桌子擦得铮亮,上面摆着一盘花生、一盘瓜子、一盘麻糖和一盘苹果。

天像往常一样蓝,阳光灿烂。羊卧在树下懒洋洋地晒太阳,鸡咯咯地到处找食吃,树枝上、房檐上落着成群的麻雀……都跟过去没什么两样,但我分明觉得很异样,就连坐在那儿的常老师都显得很别扭。

八姑来了,她站起来。"这是八姐。"奶奶给她介绍。

"哦,记得。"

"十来年了,都快认不出来啦!"八姑打量着她,她不好意思地低下头。

她拘谨地坐在那儿不知所措,常老师递过去一杯水。她接过杯子,啜着水,眼角在屋里扫视着。奶奶说,当年她带着我在这屋住过一个月,大概还记得。

屋里压抑得很,我坐到院子里,周围安静得连针掉在地上都听得见。这时,一阵啪嗒啪嗒的脚步声由远及近,大门"哐当"一下被撞开了。

"妈妈回来了吗？妈妈回来了吗？"一凡气喘吁吁地闯进来，看我没吱声，他朝屋里望了望，蹲在我身旁，看着我的脸，刚进门时的兴奋一扫而光。

成天盼着自己妈妈回来的一凡，一定会以为妈妈回来是天大的喜事。他也许不会明白我为什么哭丧着脸，我自己也不知道这是为什么，反正就是高兴不起来。

接下来的日子，家里依然还是老样子，但是奶奶的话少了，我也是，总觉得心里怪怪的，又说不出所以然来。常老师见到我，总是搂搂我或者摸摸我的头。她常给我们讲，有很多事必须自己去面对，外人爱莫能助，天助自助之人。

奶奶蒸馒头，我帮着烧火。我拉着风箱，看着劈柴燃起的火舌舔着锅底，眼前跳动着她的脸。自从那天走了，她再也没有来过，一转眼个把月了。希望她不要再来了，她一来，仿佛把家里的喜乐都带走了，留下了没完没了的沉默，增加了奶奶的心事和烦恼，我心里也老是沉甸甸的。

"大孩！"正在揉面的奶奶忽然开口跟我说话，我一惊，赶紧回过神来。

"哎！"我应着。

"你要是想跟她走，奶奶不拦你！"奶奶背对着我说，继续

揉着面。

我鼻子一酸,说:"我哪里都不去!"

"她在城市,条件比咱家好。家里没儿,光有个闺女。我跟爷爷岁数大了,养不了你们俩啦!"

"我长大了,能干活,能养活你跟爷爷和弟弟!"我的泪哗哗流下来,锅底下的火模糊成一片红。

奶奶撩起围裙也在擦眼泪。

"往后不准她来咱家!"

"你也不用怨恨她,她是你亲娘,也怪可怜!这么些年她一直想来看你,你那不争气的爹不让人家来,还吓唬人家。听说你爹不见了人影,才敢来咱家。"

"她不是不要我吗?我现在长大了,她又找来,我才不稀罕呢!"我气愤地说。

"她说得在理,生你的时候她还不到二十岁,不懂事。家里一说,就扔下你走了。年纪一大,就回过味来了。谁没有犯糊涂的时候呢?你是她身上掉下来的肉,能不挂心吗?"

接下来的日子,我们谁也没有再提起过她。

一天,我正在写作业,听见奶奶在跟谁打招呼:"来啦!"

"哎,这一阵怪好不?"

"怪好,怪好!天赐在写作业,天赐——"奶奶叫我。

我一听就知道是她来了,没应声,埋头接着写作业,但支棱起耳朵听外面的动静。

过了一会儿,她进来了,站在我身边。我心跳加快,还是装作一心写作业。我真想给她说这是爸爸住过的屋子,她能感觉到爸爸吗?直到她离开,我都没吱声,也没出过屋门。

"路上慢点啊!"

"哎!"

"回到家得天黑了吧!"

"开车两个小时就到了,不是很晚。"

她给弟弟和我买了棉帽和手套,弟弟戴上美滋滋的。我戴上手套,写作业手就没那么冷了。

吃晚饭的时候,奶奶看着我,问:"她非得留下两千块钱,大孩,你说这钱咱能要不?"

"要啊,干吗不要?"我脱口而出,奶奶有些吃惊地望着我。

"算是借她的好了,以后再还给她。咱家用钱的地方多,爷爷身体不得劲的时候也能在家歇歇了。"我赶紧解释,奶奶点点头。

31　冬天来了,春天还会远吗?

连着几个阴天,天上灰色的云彩越积越多,天空显得越来越低矮。

奶奶望望天,说:"看样子要下一场大雪。"

傍晚,天空飘起雪花,刚开始是细沙一样的雪粒,慢慢变成碎纸屑一样的雪片。不到半天工夫,地上白了,房上白了。一个粉装玉砌的世界!

雪让村庄提前沉浸在寂静里,大家早早关门闭户,钻进被窝,把外面的世界都留给铺天盖地的雪。屋里被雪映得亮亮的,像满月的夜晚。我支棱起耳朵听,万籁俱寂,村庄被声音遗忘了,我也被梦遗忘了。

一睁眼,屋里屋外一片雪亮。我一骨碌爬起来,雪还在纷纷扬扬地下。雪片比昨天还大,有的像鹅毛一样,在空中飞舞。

院子里、房顶上、树上,白茫茫一片。

爷爷挥着大扫帚把雪扫成堆,然后用铁锹铲到墙根的排水口。烟囱里冒着青烟,风箱"呱嗒呱嗒"一声接着一声,奶奶在做早饭。树上的积雪不断簌簌掉下来。

我心里一下比雪还亮堂,抓起一把雪搓搓手,再搓搓脸,弟弟也跟我学。我把冰凉的手放进他脖子里,他耸起肩,咯咯地笑起来。

我们一人拿着一把扫帚把家门前的小巷扫出一条道来,一直扫到那条南北大路。八姑正在扫大门口的雪,我让她歇着,带着弟弟扫起来。一口气又扫到北面那条东西街。

刚扫过的路面,又一层白。我和弟弟身上落了不少雪,我仰起脸,伸出舌头,接住飘落下来的雪花,大片大片的雪花落在嘴里,凉凉的。

一下雪,爷爷就不用出工,能好好歇几天了。

奶奶说趁大家都在家,改善改善生活,问我们想吃啥。弟弟想吃糖糕,于是吃完早饭,奶奶就烫面,准备炸糖糕。

我帮奶奶刷好锅,把油倒进去。爷爷和弟弟在堂屋里看电视,家里买了台新电视,爷爷难得有空看。

院子里弥漫着香味和喜气,连遮天盖地的大雪都盖不住。

傍晚,雪才慢慢变小。这么大的雪很少见,早上堆起来的雪堆又高了一截,很多树枝都被压断了。爷爷在家待不住,冒雪在庄上转了一大圈,带回来不少新闻。

第二天雪停了,阳光一出来,到处白得刺眼。房檐上开始往下滴水,树枝上的雪时不时一团一团落下来。麻雀在树枝上叽叽喳喳叫着,随时准备冲下来偷吃挂在房檐下的玉米棒子和谷穗子。

上学路上,大家边打雪仗边往学校走。主街上的雪已经被来往的车辆碾出车辙来。庄上的卫生队在分头打扫街道上的积雪。

"路一修好,你们的活也好干了,把雪往路边一堆就完事,雪水自己就流到排水沟里去了。"秀成边打扫门前的雪,边跟卫生队的人说话。

学校的雪都堆到花坛里和整饬好的荒地上。打扫完雪,大家追逐嬉闹着打雪仗。一凡拿了个雪球,藏在背后,趁天宝不注意,一下塞到他脖子里,天宝拼命耸着棉袄,凉得嗷嗷直叫。

第三节常老师来上课,她穿着一双大头皮鞋,走起路来不像以前那样轻快了。进门前,她在门外的雪里蹭了又蹭,鞋上还是粘着不少黏泥,裤脚上溅的全是泥点子。

"看老师像不像打鱼哩!"一上讲台,她就笑着问。大家都笑嘻嘻地看着她。

一凡问:"老师去田里玩了吗?"

"转了一大圈。"她问有没有谁家的房子压坏、大棚压塌。

一凡说他家的牛棚压塌了,常老师说她看过了,没压着牛,不碍事,修一下就好了。刚子说他叔家的大棚压塌了,菜都冻死了。"我也看过了,他家最严重,几乎全塌了,绝产了。"

看没有人再吱声,常老师对颜实说:"回家跟妈妈说一声,去给奶奶送些热汤热饭,奶奶没柴烧,做不了饭。"

"我给奶奶送去饭啦,奶奶说你给的棉被很暖和。"

日子像河水一样,哗啦哗啦奔流不息。有些事沉下去,有些事则跟着日子一直往前奔。

又放寒假了,我和一凡掰着手指头算晚生什么时候回来,一天往他爷爷家跑好几回,晚生爷爷说他早放假了,在上补习班,上完才能回来。

我和一凡、天宝、颜实、刚子带着球大街小巷疯跑,后面跟着低年级的小孩,高高矮矮一大群。黑虎也跟着跑,它的死对头望见它就狂吠着跟着咬。我们的队伍到哪里都一阵鸡飞狗跳,让春节前的村庄喧闹一片。

广场没白没黑地热闹起来。

白天,广场是我们的天下,踢足球,玩篮球,滑滑板。一凡练起了轮滑,轮滑是他二叔从城里带回来的,大家觉得很新鲜,都围着看。他一趔趄一趔趄地挪动着,随时都可能摔倒。

天一擦黑,广场就成了秧歌队、广场舞队的天下。我们则在人群里钻来钻去找乐子。正玩得开心,一凡婶子问我奶奶在哪儿,她家的羊有一只老叫唤,想让奶奶去看看。我飞奔找来奶奶,当我们赶过去时,有两只小羊已经出生了。

奶奶挽起袖子,照顾羊生产,八姑也过来帮忙。一凡婶子煮了大半盆白面汤让羊喝。我们围着浑身湿乎乎的小羊羔看了半天。常老师听说了,也赶过来看。

"你心真软!'二能能'坏了你的大事,你还张罗着给她修路!路修好了,她领你的情了吗?这又催着让安路灯!"八姑好几天捞不着数落常老师,今天好不容易逮着了机会。

"那条路又不是只牵扯她一家,再说了,哪能跟她一般见识。本来计划年前把村里路灯都安上,但一修那条路,资金不够了,只能先安五十盏。"常老师叹气说。

"早回家好好过年。安不上,大家伙也不怪你。"

"说什么年前也得安上。路灯定好了,这两天就到,就是得找人安。年底了难找人，都忙着过年呢。"

"挖坑埋杆子，是劳力就能干。这不庄上的男劳力都回来了，看谁有空，叫上一起干！"

"好主意，让刚老师多找几个人，尽快把路灯安起来！"

第二天，爷爷就扛着铁锨去埋路灯杆子，秀成叫着能干活的街坊邻居："老少爷们都搭把手，赶紧把路灯安上，让常书记早点回家过年，咱们也早亮堂！"

憨存福也来了，他敞着怀，露着胸口，干得很起劲。

"存福，一年不见，找着媳妇了吗？"大家逗他。

"等把屋盖起来再找。"

"那啥时候才能盖上啊？"

"常书记让我好好干活，等攒够了三万块钱再盖。"

在外头打工的人陆续回来了，村里又到了一年中最热闹的时候。快过年了！

梦丽妈妈回来了，嘴唇涂得鲜红，染着黄头发，穿着红大衣，老远就能认出她。她还是穿着高跟鞋，"嘚嘚嘚"到这里，"嘚嘚嘚"到那里。庄上的路平坦笔直，不用再担心她那手指头粗的鞋跟崴断了。天一黑，她换上红色的紧身衣，教年轻媳妇们跳舞，还喊喊喳喳说城市的见闻，大家说得最多的还是庄上的变化。

"咱庄今年变化真大啊!"

"是嘞是嘞,都不敢认了!"

"我都跑到西边庄上去了,哪想到咱庄建这么好啊!"

"连家门都摸错了!"

"听说你入党了,常书记还说推荐你当妇女主任呢!"

"赶紧回来吧,带着俺们跳跳舞,致致富,把咱村的半边天撑起来!"

"咱庄变化这么大,我也想快点回来!"

……

一听说晚生回来了,我们都往他家跑,远远地就喊"晚生,晚生",他听到叫声从院子里跑了出来。

他长高了,白了,也瘦了。我们围住他问东问西,他不知道先回答谁好。

我们每个人都有很多新鲜事给晚生说,他听得入神。让他讲讲城里的事,他脸一沉,说:"没啥好说哩!放学就去上辅导班,回家就写作业,我还是撑不上!"

"那你过了年还去城里不?"晚生听了挠挠头,很发愁的样子。

"别去了,新老师可好了,学校变化可大了!"

"天赐想想办法,让妈妈答应我在家上学,我想跟你们在一起！"晚生很快就动摇了，央求我说。

"咱们一起想想办法！"

我希望晚生留下，庄上才是他的天下。他本来是生活在水塘里的鱼，把他扔进大江大河肯定不行。

大家正聊得开心，刚子跑过来，上下簇新，是他姐姐给买的，他喜得连走路都哼着歌，手里还拿着一个大大的红信封，上面写着"捐助金"，高兴地说："常老师送哩！一凡天赐你们都有，赶紧回家看看吧！"我和一凡都没搭茬，接着聊刚才的话题。

像去年一样，奶奶还是铆足劲准备过年，洗洗刷刷，连那口常年做饭的大铁锅也从锅灶上取下来，用铲子把锅底的灰抢得干干净净。今年还是个肥年，常老师送来了两千块钱，说是一家企业捐助的助学金。那个叫"妈妈"的人也送来了钱和一堆年货，还给全家人买了新衣服。

"磨剪子嘞，抢菜刀——"听见这熟悉的吆喝声，我让奶奶把家里的菜刀和剪刀都找出来，循着声追出去。

他在八姑家门口停住，在路边扎下摊子，跟去年的位置差不多。我暗暗笑话他死心眼，逮着一个地方不挪窝。

"又是你！长高了不少啊！"看见我，他边收拾磨刀工具，边跟我打招呼。这人很奇怪，平时不来，一年才来一回。

"我进城打工去哩,本来不想回来过年了,一想你们的菜刀、剪子都得磨,狠狠心又回来啦!"

"说得好听,怕是丢不下自家的手艺吧?"八姑给他端过来大半碗水。

"是嘞是嘞,一年不磨,手还真痒痒啦!"说着埋头干起活来。

"你们庄上今年娶了不少新媳妇吧?"我知道他又来了,偷偷乐了。

"可不是,光棍汉都娶上媳妇啦!"八姑故意逗他。

"那可是啊,我第一个想来的就是你们庄!你望望条条大马路跟镜子似的,闭着眼都不怕摔着,不穿新鞋都不好意思在上面走!你望望,俺专门换了双新鞋来哩!"他抬抬脚,让我们看脚上的鞋,果然是双新鞋。

"今年磨刀是不是便宜啦?"八姑见他这样,继续逗他。

"一样价,你不知道吗?今年的菜都跟肉一样贵了!前些日子那场大雪把菜棚都压塌了,菜都冻死了,磨刀不涨价就是降价啦!"说着,他又吹起欢快的口哨。

32 快把晚生藏起来

大年三十晚上,我们在晚生爷爷家一起守岁,满心欢喜地等待新年的到来。

跟去年一样,我们凑钱买了各种零食,晚生奶奶给做了好几样菜,加上花生、瓜子、糖块、点心,摆满了桌子。

趁爸爸妈妈不在跟前,晚生老向爷爷撒娇,指使爷爷拿这拿那,明明一伸手就够着,非得让爷爷帮忙,爷爷总是乐呵呵地听他指挥。奶奶嫌他太瘦,恨不得让他吃下一桌子的东西,也不断劝我们吃。

晚生比去年高了半头,就是瘦了很多,原来他动不动就开怀大笑,很有感染力,这次回来这么多天,一次也没见他这样笑过,笑容好像被他落在了城里。我还是喜欢爱笑的晚生。我们谈

论起晚生离开半年来的各种趣事,还有我们保护常老师的事,晚生很羡慕,说要是他在,肯定会让八斤和四元更难看。

我们还谈论大家,一凡进步很大,考进了前十名,他奶奶高兴得差点掉下眼泪。大家说是因为有了新老师,我知道一凡是想让妈妈回来看到他学习拔尖。一凡很羡慕我,盼着自己的妈妈也能快点儿回来,就像我家那个"妈妈",忽然就回来了,像是从天上掉下来的一样。

天宝爱干净了,作文写得很好。颜实很聪明,一用功学习就冒尖。刚子去镇上参加运动会拿了两块奖牌,校长夸他给学校争了光。

刚子今年很精神,他姐姐刚花边学服装设计边打工,给他买了新衣服和书包,刚子奶奶逢人就夸,见了常老师就说:"多亏了你,小丫头才有今天!"

晚生奶奶依然干净利索,说话慢声细语。她问起那个"妈妈",我挠挠头,不知道说些什么好。年前她来家里,我还是没怎么说话,只是不再故意不理她。她给我试穿新衣服,我不再躲避。

我们边吃边玩,吃不动了,没啥花样可玩,就开始打牌,谁输了还是学驴叫。颜实输了,他不好意思学,被大家逼得躲不过，勉强学了两声，一点儿也不过瘾。我们都希望天宝输，可是今天他的手气好，第二局又赢了。天不早了，我们就回家了。

庄里灯火通明，新安的路灯照亮了各个角落，各家各户都亮着灯，家家都在守岁。回家过年的街坊邻居都趁机聚聚聊聊，猜拳声、嬉笑声很远就能听到。夜空像块巨大的布，上面撒着一闪一闪的星星，像宝石一样，它们陪着大家一起等待新年的到来。

大年初一，磕头还是老规矩，只是路好走了，不再磕磕绊绊。三五成群，到处都是磕头拜年的人。

晚生爸爸、晚生二叔和一群人来我家磕头，晚生二叔看见我，说："今年真见长，快撵上晚生了！"

"晚生那家伙真不是学习的料，天天上辅导班，还是考倒数。"晚生爸爸摇头说。

我期待着他们说起爸爸，说他在城里很好，晚些时候就会回来……说来说去，没有谁提起。爸爸离开家一年了，他在哪里过年呢？

我跟爷爷磕了一圈头，到家就想爬到被窝里睡觉，昨天夜里没睡多久，困得很。我打着哈欠刚想上床，一凡和晚生他们就

跑来，让我到广场上去看扭秧歌，弟弟也缠着奶奶一起去。我一下来了精神，跟着他们一路疯跑。

广场上很热闹，锣鼓家什已经抬出来了。刚子奶奶带领秧歌队穿着演出服，摩拳擦掌准备上场，支书他们也换上了表演服，敲起鼓，打起锣，咚锵咚锵咚咚锵……村庄一下沸腾起来。

梦丽妈妈和跳广场舞的一群年轻媳妇换好跳舞衣服，正披着棉袄，凑在一起聊得正欢。

"今年咱们可得好好练，正月十五比赛非得拿冠军回来，要不对不住常书记一片苦心！"

"是嘞是嘞，趁这几天没活，赶紧练练！"

"让梦丽妈妈多带带咱！"

"梦丽妈妈晚走几天，带俺们比赛完再走，去年排第三，今年咋着也得争第一，给常书记长长面子！"

"中，中！正好在家里多乐呵几天，到了城里就没这么热闹啦。"

"那你还不早点回来，你望望庄上这两年建得多好！"

"支书和常书记来找俺了，咱村要建首饰加工厂，让我回来带头干，我回去把城里的生意交代交代，晚一阵就回来。外头千好万好，还是家里好啊！"

……

她们一扎堆就有说不完的话，笑声跟话一样多，比树枝上的鸟儿还欢。

听见她们说回城里，晚生忽然没了兴致，他不想回去。爸爸妈妈一不在面前，他就缠着爷爷，让爷爷说服妈妈，让他在家上学。

晚生催我和一凡赶紧想，看有没有让他留下的好法子。我们商量过来商量过去，觉得藏起来最好，让他们找不着人，等他们走了再出来。

藏哪里呢？藏在我家，肯定不行，奶奶会给晚生家里人通风报信，藏在一凡家也不行。大家觉得不让大人看见最保险。

我想起了我家原先那个小蓝屋，爷爷把大雪压塌的房顶修好了，现成的床铺，抱来被子就能睡。趁大人串门的时候，可以把家里闲着的被子偷出来……不过就怕晚生夜里害怕。

晚生拍着胸脯说："只要不回城里，上刀山下火海都不怕！"

这个计划让我们兴奋不已，我们互相击了下掌，跟着热火朝天的秧歌队乱扭起来。

"你敢不走，我抬也得把你抬到车上去！"一听晚生不想走，

他妈妈发狠说。看来晚生爷爷没有做通她的工作。

"在家成天玩,都玩疯了!学习啥也不会,上不好学,将来能有啥出息?"

"我在家好好学还不行吗?"晚生边说边乞求地望着爷爷。

"你望望学校建得多好,老师都是大学生,在家上没啥两样。"晚生爷爷帮腔道。

"不行!明天就走,回去上辅导班,趁假期赶紧补补课!"

"反正我不走,打死也不走!"

晚生拗不过妈妈,就让我和一凡尽快把被褥偷出来,今天晚上就藏起来。

偷被褥不难,趁奶奶串门时我们就行动了。晚生在胡同口放哨,一凡开着电动车在外面等,我从柜子里抱出不常用的被褥,顺手拿过来那边大门上的钥匙。晚生趴在车斗里,蒙上被子,怕被谁看见。还好,一路上没遇到人。

安置好晚生,天快黑了,周围一片寂静。我和一凡还是担心晚生害怕,他拍着胸脯保证不会。

吃晚饭的时候,晚生爷爷来我家,问我看见晚生了不,我摇摇头。奶奶盯着我,问:"你们不是成天一块儿玩吗?今天没玩?"我还是摇摇头,赶紧把头埋进碗里,吸溜吸溜喝起粥来。

"这能跑到哪里去呢？"晚生爷爷失望地想要离开。

"没跟谁闹仗吧？"奶奶不放心地问。

"倒是没闹仗，就是天天闹着不愿意回城里，这不明天要走嘛！"

"哟，八成孩子不愿意走，藏哪里去了。"

从小到大，我的那些小把戏从来没逃过奶奶的法眼，听起来，奶奶就像看到我们藏晚生一样。

晚生爷爷恍然大悟，说："就是哩，大冷的天能藏哪儿啊？要是冻坏了就麻烦啦！"

天越来越晚，我也越来越担心晚生。那个小屋周围没有人家，一个人住还是挺吓人的，幸好现在是冬天，四周啥也没有，不用担心庄稼地里藏着什么。

村里大喇叭响起来。"谁看见晚生了？谁要是看见晚生，给说一声……"晚生爷爷焦急地反复喊着这些话。

要是晚生整个晚上都不回家，家里人会急成什么样呢？去年爸爸忽然不声不响地走了，家里那阵子哪像过日子啊！我心一软，很想去跟他们说晚生在哪里，或者去把晚生叫回来。

正在犹豫，晚生二叔来了，看见我就问："天赐，晚生就好跟你玩，你说晚生能去哪里呢？"我张张嘴正想说晚生藏哪里

了,但是一想,要是他妈还逼着他走,那岂不白折腾了。

"晚生就是不愿意回城里上学,要是不让他走,他就出来。"我此地无银三百两地说。

"这回说啥都不让他走了,他妈都快哭断气啦!"晚生叔叔气恼地说。

"真哩?"

"那还有假。让你们在一块儿上学多好啊!我也不赞成把他弄到城里去,跟棵小树似的,挪不好一辈子就瞎了!"

我抓起手电,带着晚生二叔往外走。

"真是你干的啊?以后可不能这样了,吓得大人不轻快!"奶奶在后面絮叨着。

晚生二叔搂着我的肩,一起往那个小蓝屋走。

天一冷,街上几乎看不见人影。通往小蓝屋的路边没几户人家,更显得安静。离庄越远,我们"啪嗒啪嗒"的脚步声就越响。

"你们也跟我们小时候一样,成天在一块儿玩,不舍得谁走。"晚生二叔说,"你爸学习最好,大家都以为他能考上大学。"

我不敢说话,怕打断他。

"唉！这些年他这样折腾那样折腾，也没折腾出啥名堂来。"

"我爸爸在哪儿？你见过他吗？他还会回来吗？俺常老师说等爸爸出息了就会回来，可是我……"

压在心头的问题一股脑儿都冒出来了，还没等我说完，晚生二叔就打断我，说："常老师说得很对，你爸爸在省城做生意哩，我还见过他，他说等挣了钱，买辆车开着回来。"爸爸果然像我想象的那样，我一时高兴得不知所措。

说着我们到了院子门口。

院子的大铁门我没有锁，要是晚生后悔了或者害怕了，随时能跑出来。我刚想推大门，"嘘，咱们吓吓这个熊孩子！"晚生二叔说着轻轻地推开一条缝，我们侧着身子挤过去，蹑手蹑脚朝小蓝屋走去。

天上有半个月亮，有很多星星在眨眼，地上不是很黑。小蓝屋的门没有锁，我轻轻推开门，门"吱呀"一声，很久没有人住，大概门轴生锈了。我们停在那里，借着从窗外透过来的月光，往那张靠墙的床上仔细看。

"谁啊？"被子底下传来晚生的声音，发着颤，带着哭腔。

"我们是妖魔鬼怪，专吃小孩的心肝，哇呀呀，赶紧拿过来！"晚生二叔边模仿着怪兽的声音，边去掀被子。

"来人啊,快来救救俺吧!快来救救俺吧!啊——"晚生扯着嗓门没命地喊。

我用手电筒照着,晚生二叔费了半天劲才把被子扯开。晚生抱着头,蜷缩成一团,脸朝墙,吓得吱哇怪叫,浑身发抖。

我乐得笑出声来。

"就这二两胆还藏啥!"他二叔笑着把他拉起来。一看是我们,晚生破涕为笑。

晚生终于留下来了,重新回到我们中间。他仿佛被松了绑,整个人都轻快了,又成了动辄就开怀大笑的晚生。

"你妈立下了军令状,说这学期一定得排到班上前十名,要不暑假还得跟着回去,反正学籍还没办回来哩!"晚生爷爷拉下脸严肃警告道,不过话还没说完,他就笑起来。晚生留下他也很高兴。

"六爷爷,俺跟天赐都帮他,肯定能行!"一凡搂着晚生高兴地说。

我们三个更加形影不离,连走路都互相搂着肩膀,八姑说我们仨好得跟烂姜瓣子似的,掰都掰不开。

33 春天里的牵挂

热热闹闹过完正月十五,一转眼就到了二月二。风的手不再那么粗糙,吹拂在脸上柔柔的。树梢上不知什么时候泛起绿意,田野在苏醒,麦苗打着哈欠,伸着懒腰,都能听见它们"嘎巴嘎巴"的关节响。

天时冷时热,倒春寒的时候,寒风呼呼刮着,好像冬天卷土重来了。我们还是急不可待地脱掉棉袄,在春天里奔跑。

庄上又迎来了一年中最炫的季节。

街道两旁又在施工,年前修好的绿化带里,几个人正忙着栽种花草。常老师说多栽些月季,月季好养活,而且花色多,花期长,路两旁开起花来很漂亮。绿化苗木,高矮相间,错落有致。路一下有了生机。等到月季开花时,一路鲜花,街道会

美成什么样呢？

街两边的房子粉刷成了白色，不少地方还画上了画，或是一丛牡丹，或是一片竹子，或是旭日东升，或是高山流水。

我拿出去年夏令营老师给的种子，找出墙角废弃的瓦盆，去田里挖了些土。八姑帮我在盆底钻了个窟窿，又在窟窿上盖上一个瓦片，她说这样盆里就不会积水，花就不会沤根。我在羊圈里收了些羊屎蛋铺在盆底，土里也掺进去不少，然后浇透水。第二天土干松了，把花种撒上，上面又盖上一层土。怕变天冻着了，八姑帮我在盆上蒙了一层塑料薄膜，然后把瓦盆放在阳光充足的地方。

我天天去看，期待着小苗从土里探出头来。等它们开花，夏令营老师就会来了，但常老师也该走了，庄上纷纷传着她要走的消息。要是花不开，常老师能不走，就让它们永远别开。但是大家都说常老师是留不住的，她还有新任务。

"常书记，听说你该走了？"

"没有，还早呢！"

每回有人问，常老师都这样说。我也总掰着手指头算，算来算去也没有算明白。第一次看见常老师时是在暑假，感觉已经是很久以前的事了，当时自己还是个小孩，还光着腚下水呢。爸爸闹腾得全家不得安宁，而常老师像春天雨后的田野。常老师说得对，我们一起长大，一起往好处走。

"还早呢，还早呢！"说着说着，日子就短了。

白天被暖风拉得越来越长，夜短了，梦依然很长。我经常梦见自己长大了，考上了大学，常老师还给我们上课，给我们从女娲炼五彩石补天讲到贾宝玉……看到站在讲台上的常老师，我经常分不清哪些是梦里见过的，哪些是白天发生的，有时我会把其他老师当成她。

奶奶让我想几个字，绣在鞋垫上，她想给常老师绣几双鞋垫，走的时候送给她留个念想。

"常老师走还早着哩，常老师哪会走呢？人家说常老师不走了！"我语无伦次地说着，泪流不止。

"是嘞是嘞，不走送她几双鞋垫也没啥，她帮衬咱这么多！"

奶奶顺着我说，是想让我好受点儿，大家都知道常老师早晚要走，只是我不愿承认。

我琢磨了老半天，还是想不出来写什么好。奶奶说常老师是好人，就写"好人平安"吧。我觉得很对，让常老师以后不要再遇到像八斤、四元那样的坏人，不再被气哭、气病。我一笔一

画写好字,奶奶搭配起丝线,一针一线绣起来。奶奶跟八姑学绣花,还真绣得不赖。

这一阵子,常老师在村委的时候多了,我们只要有空就在广场玩,这样就能多见她几回。一看见她,我们就围上去,紧跟着。有时我们会陪她一直走到弘村,在弘村村口的小桥上,常老师给我们拍了很多照片。她经常带着相机,随时拍照。她给八姑拍,八姑赶紧用胳膊挡住脸,说:"这张老脸见不得人!"常老师就趁她做针线活的时候偷着拍。

"天气真好,咱们去岭上看看吧,也没空带你们去水库玩了!"常老师从村委一出来,就招呼着我们。大家紧跟着她往岭上走。

常老师随手把车放在广场。"老师,车没锁!"一凡提醒她。

她笑着说:"放心吧,丢不了,谁不认识这辆车!"可不是,庄上谁不认识这辆自行车啊,风里来,雨里去,几天不见,大家就像少点儿什么。

每回看见常老师骑车从坡上下来,刚子奶奶总是惊得睁大眼,说:"这是啥车啊?跟飞机一样!"常老师火急火燎赶路时都是这样,要不八姑总是跟在她后面说"不急慌,不急慌"。

我们慢慢走着，这么大的庄，从南到北，从东到西，男女老幼这么多人，同村的人都还认不过来，但常老师都很熟。

"常书记又来望望啦！"大家都跟她打招呼，就连上了岁数的老奶奶，都拄着拐杖，颤巍巍过来，拉住她的手，亲热地说："小丫头又来啦！"

遇见人就聊几句，我们跟着常老师走走停停。

"这一刷，屋子跟新的一样，怪好！"

"满眼都是画，确实好看！"

"小巷要是能再修起来，就更好喽！"

"正商量这事呢，除了国家补贴，把小巷都修起来还差十来万，要是每家出两百块钱，差不多就够了，主要是看大家愿不愿意出。"常老师说。

"两百还叫钱吗？咋不能出哩！"

"要是大家伙都同意，很快就能把小巷修起来。"

"来了快两年了吧？听说该走了？"

"活还没干完，哪能走啊！"

这种走不走的话经常有人问，常老师从来没有说过走，她越是这样，我越觉得她马上就要走了，就禁不住难受。

"这棵梧桐树真好看！"常老师仰头看翠翠家院子里的那棵

梧桐树,我们跑过去都仰起脸看。这棵树的树干笔直高颀,盖过周围的槐树杨树,枝枝杈杈均匀地向四周散开,上面开满淡紫色的花,把蓝色的天空分割成无数小块,圆圆的光斑在我们脸上跳动着。

庄上的春天随处可见,院子里的春色关都关不住,花枝从墙头上探出头来。墙角砖缝里的小草,使劲挣开砖头的撕扯,拼命朝外生长。空中飘着柳絮,屋檐、墙根下积聚了一层,一凡一吹,柳絮飞旋起来。

"柳絮因风起!"常老师笑着说,"这是《世说新语》里的故事,形容下雪时的情景,你们看像不像下雪?"

我们走过池塘,池塘周围的树木一片翠绿。菜园里一畦一畦的菜苗,舒展着腰身。

我们走到田野,麦子在拔节抽穗,起风时,泛起绿色的麦浪。我们在田间小道上,边走边追逐打闹,常老师微笑着,任我们玩乐。

一凡眉飞色舞地跟常老师说着他家的牛,花花脾气如何大;黑黑如何听话,跟他如何亲;刚买的饲料粉碎机如何厉害,打一次草料牛能吃好几天……

"咱们去养牛场看看吧,这里的小牛也很听话。"常老师带我们向养牛场走去。

到了养牛场,沙瓦热情地招呼我们。爷爷说沙瓦跟牲口打交道有一套,哪头牛爱打架,哪头牛饭量大,他都心知肚明,哪

头不听话,他会狠狠训斥,牛就低眉顺眼不敢胡闹了。

两个宽大的棚子里全是牛。一凡睁大眼睛,惊叹道:"哇,这么多牛!一二三四——"说着指点着数起来。

常老师笑了,说:"看你能数过来吗?"我们一进牛棚,卧着的牛纷纷站起来,瞪着大眼睛望着我们。

"还认识它们吗?"常老师指着最头上的那几头问我。年前我见过它们,个头长大了不少。常老师伸过手去,一头牛伸出舌头舔她的手。"个头大的都出栏了,我还挺舍不得呢!"常老师拍拍一头个头小的牛,"赶紧长大吧!要是这些牛都出了栏,少说也能赚二十万!"常老师很有成就感地说。

从养牛场出来,我们穿过麦田,去爬那座小山包。山上没有路,全是荆棘和乱石,还有一丛一丛的矮枣树,一不小心就会被上面的刺扎到,很疼,翠翠她们不断提醒老师小心。

一凡敞着怀,褂子被荆棘扎扯住,他使劲一拽,褂子撕破了一道口子。他索性把褂子脱下来,捆扎在腰上。晚生站在一块大石头上,朝常老师喊:"老师,来来来!"并向常老师伸出手。

"你们真是长大了!"常老师笑着把手递给晚生。

我们真是长大了,尤其是这两年,个头不说,每个人好像都在朝最好的自己奔跑。常老师经常鼓励我们说,每个人都有无限可能，要自信，要努力成为最好的自己。一凡、田田、天宝、晚生、刚子、颜实……每个人好像都发现了另一个自己，还有弟弟、八姑、大伙儿、我的家和我们的庄，都像春天的田野，朝气蓬勃，充满希望！

八姑说，庄上这么多年缺的就是这精气神。其中，常老师操了多少心，谁都说不清。眼前的常老师，脸庞黑里透红，一双泛白的运动鞋上沾满了泥土。

前一阵安装路灯时她在一旁帮忙，装灯的人一会儿让她拿这，一会儿让她拿那，还以为她是打杂的。快干完活了，才知道是庄上的书记，还是从省里来的。八姑说有一回有两个人在庄上到处逛，见人就问庄上有"第一书记"吗？见过吗？大家伙都说没有"第一书记"，倒是有个常书记，庄上的人没有不认识的。

山包不高，不一会儿我们就爬到了山顶。一凡站在最高的那块石头上，摇着褂子，欢呼着。天气晴好，天空湛蓝，时有鸟儿鸣叫着滑过，远处有淡淡的雾气，隐隐约约能看见李桥水库。牛场看起来还没有牛的眼睛大，四周的麦田像海洋，脚下的山包就像绿色海洋里的小岛。

我们站在山顶上，迎着阵阵暖风，非常惬意。常老师伸开

双臂要把整个庄拥在怀里的样子。

"这一带适合种果树。"常老师指着山包南面说,"果树下可以养鸡或是种中草药,发展立体经济。东边适合搞养殖,养牛场以后再扩建,就可以建一个大型养殖场。要是整个岭上都栽上果树,春天满山满坡都是花,秋天满山满坡都是果子,想想就让人着迷。"常老师憧憬着这里几年后的景象,深深陶醉着。

"等你们长大了,不管在哪里、干什么,一定记着给咱村做些力所能及的事情,村子的未来靠你们了!"常老师给予我们很高的期望。

我忽然想到常老师终究得走,情绪一落千丈。我不想让她走,但又不知道该怎么办。

34 第一次出远门

这学期，常老师慢慢减少了给我们上课的次数。一有空，她就站在学校操场边上看我们做课间操，用相机给我们拍照。一凡、天宝他们在镜头前做各种鬼脸，低年级的小孩吵吵嚷嚷，摆好姿势争着让常老师拍。常老师抓拍我们的表情，说要建一个表情包。

课下，常老师跟我们一起在操场玩丢手绢，跟我们打羽毛球，我和一凡一伙跟她打，还是输。晚生他们轮番上场，都纷纷败下阵来。

常老师鼓励我们说："熟能生巧，经常打就好啦！"

我希望日子永远都是这个样子：八斤不来找事，疤瘌脸不来吓唬，庄上没有烦心事，常老师整天跟我们在一起。因为常老

师在,大家都兴高采烈,但我总有种说不出的忧心,我不敢像一凡、晚生他们那样放声大笑,总担心笑声太响,惊醒了眼前的美梦。常老师还有一摊子事,不能老缠着她,校长经常这样提醒我们。其实要是大人们省心些,常老师就能天天这样了,可是这种没风没火的日子实在太少了!

八姑让我给常老师带个信,让她中午放学到家里来一趟,常老师一听就笑了,说:"是不是又有好吃的啦?"

一放学,我和弟弟还有一帮高高矮矮的同学,簇拥着常老师一起往家走。远远看见一凡二叔和二婶迎面走过来。

一开春,一凡二叔就从城里回来了,他在城里做生意亏了本。他刚回来那阵子,家里除了咩咩的羊叫声,一天到晚没个动静。我经常看见他坐在门楼底下,垂头丧气。他们家的羊又生了两只小羊羔,一凡婶子脸上渐渐有了喜色,但他二叔还是打不起精神。受了伤,恢复总需要时间,我是这样,常老师是这样,一凡二叔也是这样。奶奶常说:"日子总得朝前看!"常老师给我们讲过很多历史故事,她常说"前事不忘,后事之师"。

"你们这是'夫妻双双把家还'啊!"常老师老远就跟一凡婶子开玩笑,他们不好意思地笑了。

"赵大哥,我正要找你呢!"

"啥事？用着的地方说一声就成！"

"省里又来了发展特色农业的专项资金，扶持发展种植和养殖。大家开会商量了一下，咱村土质好、水好，又有不少户种菜，觉得还是建高温蔬菜大棚合适。六个高温大棚，每个扶持十万。有四户已经定下来建了，还差两户。你在城里做过蔬菜生意，懂市场，我希望你能承包个大棚。不过得先个人垫资建起来，验收合格后才拨付资金！"

"中，咋不中哩！十万建个大棚差不多够了，好事啊！我这一阵正寻思干点啥好呢！本来想好好养羊，上头发给的羊真不赖，这两年羊的价格也很稳，就是我手底下没有闲钱……"一凡二叔不好意地挠挠头说。

"这你不用愁，嫂子是残疾人，你们家可以申请国家贴息贷款。大棚只要验收合格，资金马上就能到位，资金周转起来就好啦！"

"太好了，我就不用犯愁了！高温大棚比小棚强，啥菜都能种，产量也高。要是效益好了，一两年就能回本！"

"果然是行家里手！因为是扶贫项目，每个大棚都必须缴纳租金，用来扶持贫困户，具体交多少还没定，不会太高，这个你放心。"

"这些俺都明白,这是国家的事,才不会乱要价呢!再说,俺不信你信谁去!"

"那咱们就先这样定了,等大家伙都定了,就一起签合同。"

远远就看见八姑站在大门口往这边望。

"过来一起吃吧?"她招呼着。

"你那口小锅能做多少饭啊,能够吃?"一凡婶子打趣道。

"那不会多做几锅?还是自家锅里的饭香,赶紧回自家吃吧,不虚让你们啦!"八姑说笑着,"大孩,你也来一起吃吧,我跟大婶子说好啦!"

八姑家果然有好吃的,除了有常老师喜欢吃的槐花饭,还有一只烧鸡,大概是她哪个外甥女送来的。八姑撕下一个鸡腿放到我碗里,说:"大孩多吃,这两年你跟着常老师没少长见识,个头也没少长。"

常老师笑得捂起嘴,说:"你望望,这老嬷嬷也跟着常老师长见识了,说话都这样好听啦!"八姑也笑起来。"好好吃饭,'食不言,寝不语'!"常老师一本正经地说。

"好好,听老师哩!"八姑像个学生一样答应着。我笑得嘴里的饭差点喷出来。

"有件事想问问你。"八姑还是没憋住。

"啥事?"

"修小巷的事定了吗?"

"定了啊!差的十来万各家各户摊,让各个队的小队长分头去收钱了!"

"我咋听说,大家伙知道这个工程是八斤干,都不想拿钱,怕他又偷工减料。"

"你这个老嬷嬷这次没传对话。"常老师抿嘴笑道,"工程要招标,谁能保质保量谁做,八斤也想投标。"

"你对他放心啊?"

"他生病,我去医院看他时,他发誓好好做人,你想想他这大半年的表现如何?"常老师笑盈盈地望着八姑。

"你还别说,他和四元还真老实了,倒是没听说他们兴啥风作啥浪。"八姑沉思着说。"你是不是在操持建蔬菜大棚的事?"八姑又问。

"是啊,人一定下来就动工。"

"听说八斤放出话来,说这事不让他掺和,办不成!"

"他要承包两个大棚,跟大家一样签合同、交租金,他还说要带领大家好好种菜呢!"

八姑满脸狐疑道:"'江山易改,本性难移',他之前事事针对你,我不信他以后就改了。"

"针对我个人无所谓,关键是不要耽误庄上的大事。这次错过修小巷的机会,不知道还得等多久。建高温大棚也是,这是给咱村的专项扶贫资金,其他村都没有,要是错过就太可惜啦!"

"收收尾,赶紧走吧,别再操心了,没个头!"

"我在不在都一样,工程该怎么做还怎么做。希望小巷赶紧动工,大棚赶紧建起来。"

常老师吃了一大碗槐花饭,但我觉得她肯定没吃出什么滋味。我也一样,那种喷香喷香的味道哪里去了?鸡肉在嘴里跟蜡块一样。

又起风了,春天风多,天气变化也快,上午天还很暖和,这会儿太阳还没落山,就涌起了阵阵寒意。

今天一凡很怪,蹲在墙根抹眼泪,很少见他这样。我过去蹲在他身边,搂住他的肩。

"俺爸伤着了!"说着他大哭起来,我吃了一惊,"他粉碎饲料的时候,机器把手吃进去了!"我想象着粉碎机像粉碎秸秆一样把手指头粉碎,不禁头皮发麻。

"不严重吧?"

"不知道,奶奶说送大医院去了。"

田田坐在教室里不断抹眼泪,我不知道该如何是好,盼着常老师快点来,她总会有办法的,但一天都没见她人影。放学后,我陪着一凡回家,田田蔫蔫地跟在后面。

常老师、晚生爷爷、九斤跟一凡奶奶都坐在院子里,个个神色凝重。我大气不敢出,闻出了坏消息的味道。家里一遇上大事,大人就是这样,我搂紧一凡。

常老师他们刚从医院回来,一凡爸爸有两个手指截去了一截,但没大事。我看着自己的手指想,要是截去一截怪难看,也怪疼。

晚生爷爷安慰一凡奶奶,让她别担心医疗费,新农合能报销一大部分,国家给贫困户买了保险,也能报销。

常老师嘱咐晚生爷爷和九斤,帮着照应一下家里,医院那边一凡姑姑照顾着,让大家都放心。

自此,一放学,一凡就急着回家,他不再呼朋引伴去疯玩,去踢球。没有他,大家踢起球来乱作一团,不大会儿就散了。放学后,梦丽不再拉着一凡一起练英语对话,哪天他迟到了,大家

都争着替他值日、擦黑板。

一到家,一凡放下书包就去喂牛、打扫牛圈,把清出来的牛粪用"小电驴"运到地头。他平时开"小电驴"都是为了好玩,运牛粪还是头一遭,看上去不是很利索,但像模像样。我知道他家缺人手,每天都跟他回家,帮着干完活再回家写作业。

一凡开始关心家里大大小小的事:"姑姑来电话了吗?爸爸怎么样?谁又来给爸爸送东西了吗?"……边干活,他边问奶奶,一副一家之主的架势。八姑和奶奶都送了鸡蛋,跟一凡爸爸要好的,还送来钱。一凡都一一记在本子上,想带给爸爸看看,让他心里有数。常老师答应周末带他去医院看爸爸。

星期六,九斤开着车带着常老师、一凡、田田和我去市里的医院,这是我第一次出远门。我很小的时候,奶奶抱着我去过城市,但那时我一点儿都不记得。那个叫"妈妈"的人想带我去城市玩几天,我没答应,跟她没什么话说,怪别扭,还没有跟着常老师自在。

"妈妈"总是隔三岔五来家里,送点儿东西,给些钱,待不了一会儿就走了。奶奶嫌我不跟她说话,成天嘟囔我:"你不搭理她,她的心慢慢就凉了,就不来了,你可就见不着她啦!"

有啥好说的呢?我实在想不出说啥好。她有时站在旁边看我写作业，会说"字写得真好看"，那我能说啥呢？奶奶还说我，她不也是没啥好说的吗？

常老师坐在前面跟九斤说着村里的事，时不时回过头来问我们"晕不晕车，要不要上厕所"。

我觉得有些闷，九斤把我身边的窗户开了一条缝。

我成天梦想着爸爸开车带着爷爷、奶奶、弟弟和我到处走走，跟天宝哥哥成天开着车带着他到处跑一样。爸爸啥时候能回来呢？他要是看见那个"妈妈"会怎么样呢？

想着想着，我不知不觉睡着了。

"醒醒，醒醒，到啦！"我们迷迷糊糊睡了一路。

从车里下来，眼前是座高楼，很多人进进出出。我们拎着大包小包的东西，跟着常老师走进去。

病房里，一凡爸爸抬着左手，上面缠着白纱布，看到我们喜笑颜开。见爸爸这样开心，一凡和田田也露出久违的笑容。

从医院出来，常老师问："咱们先去吃饭，吃完饭去滨河公园转转，然后再去书店，怎么样？"

一凡和田田见爸爸很好，一下轻松了，我也很为他们高兴。我们拍手叫好。

车在车流里时快时慢地行驶着,树林一样的高楼大厦不断从车窗闪过。一点儿不假,城里就是车多、楼多,比田里的庄稼还密。

我们来到一条街上,人挤人,人挨人,比村里集上的人还多。常老师怕我们挤散了,紧紧牵着我和田田的手,一凡紧攥着我的手。我边走边打量着身边来来往往的人,期待能遇见爸爸。

街两边,店挨着店,橱窗里摆着各种各样的商品,让人眼花缭乱,很多都叫不出名字来,也不知道干什么用,又不好意思问老师。

吃完饭,九斤把我们放在公园就去忙了。

眼前是一条宽宽的河,岸边是成排的垂柳,丝线一样的柳枝垂到水面上。河岸上是大片大片的绿树花草,高矮参差。其中有一棵树,树上开满了花,姹紫嫣红,花朵压弯了枝头。或窄或宽的石子路向绿树花草间延伸,引着我们穿过一片竹林,又进入一片花海。蝴蝶一样的花五颜六色,仿佛在风里振翅欲飞。要是八姑能来,一定很喜欢。

"怎么这么老实?放开玩啊!"常老师看我们缩手缩脚,让我们放松,她想让我们跟在庄上一样疯玩。到了一个开阔的场地,那里有个不大的沙坑,很多小孩在里面玩,满满的都是小脑袋，哪有在庄稼地里玩得痛快！

公园不远处是书店，有好几层，满眼都是书，我一时晕头转向，不知道该从哪里看起。老师看着指示牌，给我们介绍每层都有什么样的书。二楼是童书区，很多小孩坐在那儿看书。我选好书，找到一个凳子，很快就沉浸在书的世界里。

晚上我做了一个梦，梦见村里的房子都是用书垒砌的，路是用书铺成的，树上结满了各种各样的书，庄稼地里也都是书……

35 伤离别

傍晚,风停了,庄上弥漫起烟火气,田野里升起淡淡的雾。前几天刚下过雨,太阳一落山,地上的湿气升腾起来,裹挟着庄稼的气息,浸润着庄里庄外。

低年级的小孩在路上玩滑板、骑车,嬉笑声老远就能听见。

"大嘴"赶着羊从路南头过来,正好跟一凡婶子赶着的羊走个对头。一凡婶子牵着羊躲到一边。"大嘴"的羊群浩浩荡荡走过去,把一凡婶子的五只羊羔卷带走了,母羊"咩咩咩"叫唤着不肯挪步。"大嘴"扬着鞭子,把羊羔从羊群里赶出来。"这几只羊养得可真不赖!""大嘴"边赶羊羔边夸一凡婶子。

"庄上多了好几十家养羊户,不怕抢你生意啊?"秀成跟"大嘴"开玩笑。

"这是哪里话!你没听常书记成天说嘛,一家好不是好,一家富不是富,大家都好才是真好,大家都富才是真富!"

"哟,啥时候觉悟这么高了!"

"一直都这么高!"

天一暖和,八姑家门口又堆满了人。天一黑,路灯亮起来,总有一群人在那里或站或坐,或是端着饭碗边吃边聊,谈西家唠东家。听"大嘴"这么说,大家都乐了。

"看好你的羊,你的觉悟高,羊的觉悟可没那么高,又把俺饭碗踢翻啦,去去去!"八姑从地上端起饭碗,撵着刚想把嘴伸进碗里的羊。

"又是一地羊屎蛋子,亏得有灯,要不又踩一脚。"

"八姐,正好扫起来给你的花当肥料。你给的月季我栽大门口了,上了羊屎蛋子,长得可不赖。常书记夸我养得好,啥时候撵上你的就中啦!"

路一修好,八姑把大门两旁的空地重新整饬,栽上了月季,种上了指甲花。周围的人家也都学着八姑,在大门口、路两旁,栽树的栽树,种花的种花。常老师高兴地说:"让全村人都向你们学习,村子就变成花园了,还节省绿化资金!"

我也想在大门口两旁种上花,奶奶让先等等,等修起小巷

来再种，要不修路时都给糟蹋了。

小巷到底修不修，大家伙到一块儿就议论这事。

"我又去开会了，常书记说，村里还有二十万扶贫专项资金，加上国家补贴，还差十来万。如果大家同意修，就各家各户出点钱，小巷就能修起来。"

"人家常书记当场拿出来两千块钱，说修小巷用，她决心大着呢，关键看咱们！"

"常书记说修，那就有门！"

"要说让各家各户出点钱，那也是应该哩！修家门口的路自家不出钱，谁出钱？总不能光伸着手向国家要！"

"这个理谁还不明白？就怕攀，有一家不拿，别家就学着不拿。"

"再说，不是常书记快走了嘛，这事还真难说！"

"这回真要走吗？"

"那还有假。哎，那不是常书记吗？"

"常老师来啦，常老师来啦！"我们在灯下玩得正欢，不知谁一吆喝，都朝常老师跑过去。

常老师和晚生爷爷从南面走过来，我们一下把他们团团围住。

"常书记,你望望,你要是走了,光这些小孩就受不了!"晚生爷爷说。

"又来了。"常老师摆了摆手,不让晚生爷爷再说下去。

我们簇拥着常老师往前走,把晚生爷爷甩在后面。

"常书记又来望望啦!"

到了八姑门口的人堆,大家伙纷纷跟常老师打招呼。

"路灯装齐备了,我看看整体效果,大家伙门口的灯有什么问题及时打电话,厂家保修包换!"

"都怪好,亮堂堂哩!"

"刚老师,明天找几个人把这里拾掇拾掇。文化宣传栏和桌凳都定好了,过两天就来安。"

"有小八在,还用找其他人吗?让小八带着干就行!"晚生爷爷的话音刚落,八姑就拍手笑道:"那咋不中哩,我们这几个花木兰就能干!"

"常书记要走了吗?"

常老师站在灯下,正在跟晚生爷爷、八姑商量桌凳安放在哪里合适,还没来得及搭话,另一个人就抢过去问:"小巷没修就走吗?"

"开了好几次会,大家伙都愿意修,我希望赶紧动工,今天

修小巷的工程队还来问,他们准备投标呢!"

"嘴都会吧啦吧啦地说,交钱的时候就不吱声了!让小队长去收钱,多些天了,收的钱呢?光指望常书记给操持钱,光伸着手给国家要钱?"说着,晚生爷爷恼起来。

一凡二叔走过来,说:"常书记,俺的大棚建好了,啥时候去望望吧!"

"建得真快!"

"其他几家也快建好了。"

"那更好,一块儿验收更省心。"

常老师走了,大家都各自回家。人声、脚步声渐渐稀落,鸡飞狗跳的院子安静下来,喧闹的村庄渐渐晃入梦乡。一轮圆月当空,照得地面如同白昼。我心里却翻江倒海,躺在床上,看着窗外月光下的枣树,怎么都睡不着。

枣树开花了,软绵绵的花香满院子都是,晚上湿气一上来,花香里多了几分清气。风吹过来,枣花簌簌落下来,明天院子里又是一层。

牛老师准备了一个本子,让我们每个人在本子上写一句话,送给常老师。常老师真的要走了,一想起来就难受,但还是要写,我想了半天也没想出来写什么好。本子传过来传过去,没有谁动笔。田田看着本子直抹眼泪。

大家都问常老师什么时候走，牛老师说她也不知道。校长听镇上的人说，跟常老师一起来的"第一书记"都在准备考核，考核完就走了。晚生追着爷爷问常老师到底什么时候走，爷爷说反正是快了，具体啥时候还不清楚。这样说，常老师可能说走就走了！

女生想给常老师准备个礼物，商量来商量去，大家都说常老师喜欢月季，就给她叠一大束月季花吧。课间大家一起动手叠花，瞒着常老师，到时候给她个惊喜。

一凡建议给老师准备一首歌，她最后一次来上课的时候唱给她听。大家都觉得好，牛老师帮我们选好了歌，自习课的时候，她带我们反复练习，每回练唱，我心里都酸酸的。

奶奶绣好了两双鞋垫，深红色的底子，粉红色的字，很好看。这些天，奶奶把其他的活都放下了，戴着老花镜一心绣鞋垫，她心里也会难过吧？还有八姑，这个时候她也会望着窗外的月光心里发酸吗？那常老师呢，她会不会难受？

常老师来给我们上课了，想想这可能是她给我们上的最后一节课，我很难受。

"老师，你要走了吗？"

"啥时候走?"

大家纷纷问,她笑着说:"谁说我要走啊?我哪里都不去!等忙完了,天天给你们上课,好不好?"

"好哇,好哇!"大家鼓起掌来。

我笑啊笑啊,眼泪都出来了。笑醒了,窗外还是白白的月光。

我一出巷口,就碰见常老师,她的自行车后面载着棉被,正往八姑家走。过八姑大门口的门槛时,我帮着她抬了一下车子。八姑正在院子里侍弄花草,她困惑地看看被子,望着常老师。

"天暖和了,我收拾了一下宿舍,这棉被太占地方,先放你这里吧。"说着,常老师解下绳子,把被子抱到屋里。

还没等八姑回过神来,常老师又折回院子,提过来一个袋子,说:"这是几本书,适合你看,放宿舍都忘了。对,还有这块花布,看见一凡婶子交给她,让她给孩子做裙子穿。"说完推起车就走,八姑愣在那里。

我和常老师出了大门,才听见八姑说:"今儿过来吃饭吧,紧吃也吃不了几回了!"常老师没回头,也没应声,眼眶一下红了。我强忍着泪,常老师揽住我的肩,默默往前走。

看到常老师,校园里又是一片欢腾。

35 伤离别

常老师给我们上课还是原来的样子,只是多了些叮咛,让我们不管怎样,都要好好读书,做有知识有文化的人。遇到困难时,就想想她讲过的那些励志故事,凡事不要轻易放弃……她说的每一句话,我都记在了本子上,她奖给我的本子都记满了。

放学回到家,我草草吃了几口饭,就往学校跑。今天常老师在学校和牛老师一起吃午饭,早去能跟她一起玩。平时,我们吃完饭就往学校跑,因为在学校能找到各种乐子。知道常老师在,大家往学校跑得更欢、更勤了。到了学校都围着她,有说不完的话。

除了一年级,其余的几个年级常老师都给上课。有个一年级的小孩问啥时候给他们上课,常老师逗她说:"等你长大了就给上!""俺长大了,你就走了吧?"常老师摸摸她的头,没说话,带着大家往操场走。

今天一起玩的人多,常老师带着玩老鹰捉小鸡,她当鸡妈妈,大家高高矮矮,在后面扯成一串。晚生当老鹰,他一左一右跑着抓"小鸡",常老师张开胳膊护着。"小鸡"队伍左右晃荡,队伍太长,前头到了左边,后面还在右边。低年级的小孩抓不紧被甩开,队伍分成两截,后半截人仰马翻,都摔在地上,一下都

被"老鹰"抓着了。大家笑弯了腰,响亮的笑声在校园里激荡,久久不散。

八姑家附近的十字路口有一片空地,八姑她们把这里打扫得干干净净,用沙子垫得平平坦坦。没几天,两个石桌、五六条石凳就安好了。我好奇地坐在石凳上,把脸贴在石桌上,滑滑的,凉凉的。

"咱这一片快成小公园啦!"八姑高兴地说。

靠近屋墙的地方安上了两个宣传栏,秀成正往里面贴照片。他笑嘻嘻地说:"国家政策方针、健康卫生知识、庄上大事,都能在这里看到。广场上也安了两个,还有石桌石凳,快去看看吧!"

"玩游戏就不用在地上了!"

"吃饭拉呱,就不用蹲着站着了!"

"听说小巷就要开工啦?"

"小巷一动工,常书记一时半会儿就走不成了,肯定等修完了再走!"

类似的消息让我们兴奋不已。

"噢——常老师不走了,常老师不走了!"我们拍着手笑着、叫着,但是接连好多天,小巷还是没动静,关于常老师要走的传言又多了起来。

"你们还没看出来吗?常书记啥都安排得板板正正,这不是收尾是干啥?"

"是啊,学校里、村里,琐琐碎碎的事一样不落,都办得妥妥当当哩!"

"村东头有辆大吊车在干活,听说是安指示牌,这回可摸不错路了。"

"天赐,去庄头看大牛喽!"一凡、天宝、晚生他们骑着车远远地叫。

爸爸一出院,一凡又活泼好动起来,不过比原来勤快多了,啥活都抢着干。他爸爸的手不大碍事,不耽误干活,住院的时候还顺便治了治腿,走路比原先利索很多,一出院就跟着爷爷去工地干活了。

我跨上晚生的车后座,大家猛蹬起车子在路上飞驰,冲下村头高坡时,耳边的风呼呼直响。

这条路通往去县城的那条大马路,两旁栽上了杨树。庄稼地里的玉米苗子半腰高了,花生秧苗盖满了田垄。时间过得真快,麦子收完没多久,夏庄稼都长这么大了。

我忍不住盯着路北的那块花生地看,仔细寻找那片空地、那口井。去年秋天那一幕,想起来跟做梦一样。生过那场病后,再也没有梦见过爸爸。那个叫"妈妈"的人时不时到家里来,就像习惯了没有爸爸一样,我也习惯了她的来来去去。她问什么我都只是点头或者摇头,很少开口说话。她从来没有提起过爸爸,奶奶也是,她们都把爸爸忘了吗?

"看啊,大牛,大牛!"一凡、天宝他们兴奋地叫起来。果然是一头大石牛,它扬着两只前腿,低着头,使出浑身的劲往前抵。石牛放在村口,上面刻着村庄名,有个红色的箭头指着去庄里的方向。

"把坏人抵趴下,让他们进不了咱庄,哈哈哈!"我们围着石牛嬉闹着。

离开的时候,我骑车带着晚生。爬上庄东头那个高坡,站在那儿朝庄里看,笔直平坦的街道、新粉刷的墙壁、路两旁的花草树木、街上骑车的小孩……都被落山的太阳涂上了一层橘黄色。

36 人间真味是团圆

鞋垫绣好了，奶奶说等上头考核常老师的那天再给她，给她鼓鼓劲。在班主任准备的那个本子上，大家都写了最想跟常老师说的话。我想了又想，只写了"谢谢您，常老师"，几个字写了大半天，泪把纸都打湿了。常老师说，天下没有不散的筵席，有花开就有花落，来就意味着要离开，离开是为了更好地回来。想着老师还会回来，心里就好过点儿。

八姑大门口安静下来，她不怎么出门，门口也少有人来。偶尔见她往池塘的方向去，又从池塘的方向来。奶奶说八姑的性子就是硬，她老娘出殡那天，硬是一滴泪都没掉，还没有谁见她落过泪。平时，她最烦看见谁哭，但对常老师例外，"哭哭轻快，该哭就哭！"她常像哄小孩一样让常老师哭。刚子奶奶对八姑

说，她们要给常老师戴上大红花，敲锣打鼓扭着秧歌送常老师，一直送到庄外。八姑瞥了她一眼，没吱声。爷爷说庄上不少人给常老师准备了锦旗，自己也想做一个，奶奶说那个没啥用，还不如送几双鞋垫。

五月端午，奶奶专门包了小米红枣粽子，用艾叶煮了鸡蛋。奶奶说去年没心思做，今年正好让常老师尝尝，也算是送行了。八姑也变着花样做饭，拣常老师平时爱吃的做，但是看见常老师的时候越来越少了，总看见八姑站在大门口张望，又见她一次一次失望地折回家。

好几天没看见常老师了，大家伙都猜着她肯定忙着"考试"。有一回她开玩笑说："跟当年参加高考一样，又要上考场了，想想还是挺紧张哩！"

晚生爷爷说："干这么好，怕啥哩！大家伙都会给你加油！"

晚生爷爷通知八姑明天上午八点半到广场，让她转告其他人，往后见面就难了，都去送送常书记吧。八姑扭身回了家，没吱声。奶奶把鞋垫包在一个塑料袋里，放在大门底下显眼的地方，怕明天急着走忘带了。我把那本写完的日记本放到书包里，也想明天送给常老师。

晚饭没吃几口,我就放下碗筷,阵阵难受在心头翻滚着,让我坐立不安。

爷爷叹息说:"这回常书记真要走了,怪舍不得哩!"

"别瞎叨叨啦!"奶奶白了爷爷一眼,嫌他多嘴,话还没说完,她的泪就扑簌扑簌掉下来。

我一时憋闷得很,想大哭,想大叫,想狂奔。我跑出家门,沿着那条主路往田里跑,路灯一个一个被甩在后面。今天怎么了,灯下一个人影都没有,家家户户毫无声息,只听见我气喘吁吁的声音。黑虎紧跟着我跑,它知道常老师要走吗?它以后看不见常老师会难受吗?

庄离我越来越远。

我停在地头,大口大口喘着气,泪哗哗流下来。月亮缺了一块,月光像水一样从天上倾泻下来,高高矮矮的庄稼蒙上了白色的纱巾,虫子的叫声紧一阵慢一阵,一会儿远,一会儿近。

"啊——"我大叫几声,黑虎也汪汪汪叫起来。藏在庄稼地里的鸟儿,扑棱着翅膀飞走了。

我再不情愿,天还是亮了。爷爷站在猪圈旁,目光却在墙外。

"你咋还不干活去?"奶奶拉着脸撵爷爷。

"不是常书记要走嘛,我去送送!"

弟弟嘴一撇哭起来:"不让常老师走,不让常老师走!"

校长说,本来打算带着全校的学生去给常老师送行,但考虑人太多,场地没那么大,就只让我们五年级去。我们排好队,往广场上走。大家都很安静,谁都没了玩乐的兴致。校长走在队伍旁,完全不用像原来那样,连哄带吓地让我们好好走路。

不少人都往广场走。"常书记要走了,送送去!"话里都带着不舍。

老远就听见喇叭里的歌声:"顶风冒雪严寒你从不徘徊……难事琐事你把胸脯拍……你是党群之间连心带……你是老百姓的贴心人,党的温暖送进咱胸怀……"

广场上已经黑压压一片人,九斤让我们坐在最前面。舞台上放好了一溜桌子,桌子上挂着很多锦旗,还有人不断送锦旗来,晚生爷爷把锦旗一一展开挂在桌子上。奶奶她们擦着泪,八姑坐在那儿什么表情都没有。校长让一凡和晚生在后面打起横幅,上面写着"热心教育,关心下一代"。还有好几个横幅,大人们打着。风吹得树木摇头晃脑,有几只鸟儿落在房顶上。

那么多人,却静得出奇。广场的石桌石凳、宣传栏、运动器材……都陷入沉静,幸亏音乐又响起来。

"……你是老百姓的贴心人,党的温暖送进咱胸怀……"

"来啦,来啦,把喇叭停停!"支书他们迎上去,两辆车停在广场上,陆续下来十来个人。

又是一阵安静。

他们走上舞台,纷纷落座。大家都期待着常老师出现。

常老师从村委大院出来,她跟平时没什么两样:朴素的着装,晒得黑红的脸庞,只是眼睛红红的,好像刚哭过。

哗哗哗,哗哗哗,不知谁带头鼓起掌,全场掌声雷动。

晚生爷爷示意大家安静,整个会场又安静下来。台上有个人对常老师说:"常书记,开始吧!"说着把话筒递给她,"坐下讲吧!"

常老师说:"还是站着吧!"她拿着话筒,深深吸了一口气。

"乡亲们,孩子们!"一开口,常老师就红了眼眶,台下掌声一片。

"站在这里我感慨万千!"跟站在讲台上一样,常老师给我们讲易水送别;讲伍子胥过韶关一夜愁白头;讲程婴、公孙杵臼舍生取义,保护忠良后代……常老师讲这些故事的时候,我的脑子里总会浮现各种场景、各种形象,像放电影一样。

"时间过得真快啊,转眼我到咱村两年了,两年来咱村发生很

大变化。吃水不忘挖井人，咱村有今天的新面貌，首先要感谢党和国家，没有国家的扶贫政策，咱村就不会有今天，我也不会来到这里，不会站在这里与大家道别。感谢在关键时刻推我一把的朋友，感谢战友们。当然，最应该感谢的是乡亲们，正是你们接纳我、包容我、支持我，我才能一步一步走到今天，谢谢你们！"

说到这里，常老师深深鞠了一躬，台下又是一阵雷鸣般的掌声。

常老师不紧不慢地说着，眼泪不断流着，台下不少人也不断抹着眼泪，我也泪流不止。

"我第一次进村的时候，发现咱们村真大啊，骑自行车，光走大路也得大半天；路真难走啊，到处坑坑洼洼，尘土飞扬。一个大嫂说：'俺娘都好几年不来俺家了，嫌咱庄上的路太孬，小商小贩也都不愿来。'大家跟我说得最多的就是'修路'。咱村光主街就十几条，需要大量资金。修路，从我进村那天起就像山一样压在我心头。

"我们克服重重困难，修好了村里的所有主街；加宽了排水沟，解决了村里排水难题；修好了断头路；桥上装了护栏……

"修路时，乡亲们都舍小家顾大家，拆屋的拆屋，砍树的砍树。路修好后，自觉把门前的路铺上草，天天洒水。大家同心协力,让我很感动!除了小巷,全村的路都修好了,并进行了绿化,还粉刷了墙壁。路平坦了,咱村漂亮了,咱们心里也舒坦了,对吧?"

掌声一阵又一阵地响起,我的脑海里浮现出常老师规劝锤子、劝解宋车爷爷、勇拦水泥车的景象……

今天,常老师第一次讲关于庄上的各种事情,她讲的这些

事情我大都亲眼见过或是听说过,但是还有很多事老师没有说,她光说了村里的大事。

常老师向大家鞠了一躬,泪水又涌出来,阳光下,像晶莹剔透的露珠,亮闪闪的。

"咱村的今天来之不易,大家一定记住过去,珍惜现在,爱惜一草一木、一桌一椅,爱护好咱们的路、咱们的路灯。乡亲们加油!"

常老师握紧拳头举在胸前。掌声再次响起。

"每年春节中秋节,我们村委都会给村里的老年人、贫困户和特殊家庭挨家挨户送温暖。大爷大娘见到我总会说:'你来我就很高兴了,啥东西不东西哩!''你把党的温暖送到我心里了!'大家担心我的安全,经常提醒我骑车注意安全,别摸黑;大家院子里的果子熟了专门给我留着,到谁家都有饭吃,都有茶喝;孩子们一会儿给我送牛奶,一会儿给我送花生;大婶大娘塞给我各种吃的,口袋都胀破了……乡亲们给了我很多温暖和感动,这些都会永远留在我心里。谢谢大家!"

常老师有些泣不成声,台上有几个人眼圈也红了。坐在中间的那个人我认识,他经常来庄上,常老师说他是"第一书记"的领队,也是她的老师。

"虽然我要离开了,但大家有需要一定记着给我打电话,即使帮不上忙,也能帮着出出主意。我会想念大家,想念孩子们!谢谢!"常老师又深深鞠了一躬。

我的泪又唰地流出来,眼前一片模糊。恍惚中,我们回到学校;恍惚中,班主任发给我们每人一个笔记本。本子上,常老师一一给我们写了寄语,写给我的是"艰难困苦,玉汝于成"。

放学回到家,恍惚中看到常老师坐在院子里笑盈盈地看着我,我扑过去紧紧抱住她,放声大哭:"常老师,妈妈,别走,别走!"

她摸着我的头,说:"不走,不走,妈妈再也不走啦!"

后　记

我曾是一名第一书记。

2015年，我主动请缨到农村担任省派第一书记。

在扶贫一线攻坚克难的两年，我与乡亲们朝夕相处，他们对我的信任和依赖、他们的悲喜人生，常常深深触动我，尤其是留守在家的孩子们。在乡村无数个静谧的夜晚，当我写工作日志时，村里的所见所闻常让我泪流满面。两年来，村里的点点滴滴、孩子们的笑靥，时时萦绕于心。

2020年是决胜全面建成小康社会、决战脱贫攻坚之年。作为国家精准扶贫政策的亲历者，基于对国家扶贫政策给贫困百姓带来的变化的了解和对质朴乡村的热爱，我拿起笔，从孩子纯洁的视角，讲述一个他们眼中真实、可爱的第一书记扶贫扶智的故事。

书里的故事有些是真实的，有些是经过文学加工的；有些是

后　记

亲历的，有些是想象的……都是我借《天赐》向在全国各地脱贫攻坚一线奋斗的基层干部致敬。

故事中的主人公、留守儿童"天赐"作为第一叙述人，他的经历、所见所闻是小说的骨架，"第一书记"——常书记在村里的工作是小说的灵魂，而儿童的天真童趣、乡村的质朴美丽则是小说的血肉。希望通过这本书，反映国家精准扶贫政策对美丽乡村建设的至关重要，实现"致敬第一书记""关爱留守儿童""扶贫先扶志，扶贫必扶智"的初衷。

"常书记"身上凝聚了千千万万个"第一书记"的形象，从她身上可以看到广大"第一书记"不忘初心、牢记使命、不畏风浪、直面挑战的身影。故事里村民十几年的修路期盼、留守儿童的家庭团圆、建养牛场的致富道路、对"厕所革命"实施的迫切、不出远门就能上学的心愿……这一个个生动、有趣的故事，表达了百姓对家园发展好、建设好、生活好的美好夙愿。

在那段难忘的日子里，我分享了村民和孩子们的快乐，目睹了他们的家庭不幸，但他们却像麦苗一样，经过严寒风雪，反而更加茁壮。全面建成小康社会，是村民的"中国梦"，是孩子的"中国梦"，也是每一个中华儿女的"中国梦"。

我曾是一名第一书记，我很自豪，很庆幸，很感激。